岩波現代文庫／文芸 144

JN307171

うん

シナリオ集 I

向田邦子

岩波書店

1980年ごろ　　（写真提供：ままや）

❖巻頭エッセイ

甘くはない友情・愛情

友情、愛情。

甘く美しいものにみえますが、このふたつ、それだけでは駄目なんですね。人間には、人に見せない、見せたくない顔があるものです。「あ・うん」の主人公水田仙吉は、しがない月給取りですから、軍需成金で美男の親友、門倉修造を妬《ねた》ましく思わないわけがありません。しかも、門倉は自分の妻たみに惚《ほ》れているのです。それを知りながら、人間としての門倉に惚れています。

門倉のほうも、たみには指一本触れず、全身全霊で、水田一家に尽くします。たみにも、門倉の愛を知りながら、決して法《のり》を越えることはありません。

嫉妬《しっと》、劣等感。普通に考えれば、友情をこわす原動力ともなるはずのものが、ここではかえって、三人を結びつける接着剤の働きをしています。

みにくいもの、危険なものをはらんでいるからこそ、そこで結ばれた人間同士のきずなはほんもの、という気がいたします。

女には、これが欠けているのかもしれませんね。夫の地位や収入。子供の出来・不出来。もっと手っ取り早く言ってしまえば女同士、逢ったときの身なりひとつでも、小さく傷ついたりします。それを乗り越えて気持の深いところでつき合うのは、女にとって、とてもむつかしいことです。私自身も、出来ません。

女は具体的な動物です。夫を愛し子供を愛する本能はすぐれていますが、友情という抽象的な精神は男にはかなわないのでしょう。

私は、それはそれでよい、と思っています。女のからだや精神の仕組みが、そういう風に出来ていないのですから。でも、男同士の間に、ごくたまにみかける、醜も不快も、ときに呑み込んだ分厚い友情を見せられると、いいなあ、と思います。私がこの物語を書いたのも、自分の持っていない、こういう大きな気持がうらやましかったのでしょう。

現代社会の味気ない人間関係を批判した作品、と書いていただきましたが、私にはそんな大それた気持はありませんでした。私の生まれ育った戦前の、昭和十年から十三年にかけての東京山の手の中流家庭。ヨウカン色に変色した二枚の家族の記念写真。怒ったような顔をして、不器用に突っ立っているお父さんやお母さんや娘。

教育勅語のことば通り「夫婦相和シ朋友相信ジ」――でも、そのしかつめらしい皮膚のすぐ下には、それだけではない人間としての赤い血が流れていた――そんなものが描けたらいいな、と思って書きはじめた覚えがあります。

結果的にそういうものが流れていて、読み取っていただけたとしたら、作者冥利《みょうり》に尽きるというものです。

読んだかたにはおわかりのことですが、「あ・うん」というのは、神社の前に坐っている二頭のこま犬のことです。

（『日本経済新聞』夕刊、一九八一年八月二十六日。小説『あ・うん』について読者の投書に答えたもの。『男どき女どき』新潮社所収）

目　次

あ・うん

1　こま犬

●仙吉の家・風呂場

焚《た》き口にうずくまり風呂を沸かしている門倉修造《かどくらしゅうぞう》(43)。
薪《まき》を入れ火吹き竹で吹く。
金のかかったモダンな背広姿。
門倉の会社の小使い大友金次(60)がとんでくる。
大友「社長！　社長さん。そんなことは、自分が」
門倉「風呂焚きは俺がやりたいんだよ」
大友「──」
門倉「湯上りとシャボン、揃《そろ》ってるな」

大友「揃ってます」
門倉「夜具、布団《ふとん》、届いた。座布団届いた。火鉢《ひばち》に火」
大友「おこってます」
門倉「洗面器、お、便所に紙」
大友「入ってます」
魚屋(声)「チワース！　魚勝でござい」

●勝手口

籠《かご》にみごとな鯛《たい》、伊勢《いせ》エビ、サザエなどが盛られている。ふくらんだ札入《さついれ》から、魚屋の御用《ごよう》聞きに金を払っている門倉と大友。

門倉「釣《つ》りはいいから」
魚屋「こりゃどうも」
　魚屋、うちわと手拭《てぬぐ》いなどを出す。
魚屋「魚勝でございます。どうかよろしく」
大友「違うんだよ」
魚屋「――――」
大友「こりゃ、うちの社長。住むのは社長の友達」
魚屋「友達――」

門倉、チョッキのポケットから金時計を出して眺《なが》める。

家具も何もないガランとした借家が見渡せる。

●二等車

床にはめ込んだ痰壺《たんつぼ》がゆれている。

みかんの皮がほうり込まれる。

青痰、ゴールデンバットのあき箱、すいがら。みかんの皮などもほうり込まれている。

東海道線上り二等車。

すぐそばのボックスで揺られている水田一家。

水田《みずた》仙吉《せんきち》(43)。妻たみ(39)。

娘さと子(18)。

仙吉の父初太郎(70)。

たみはみかんを食べ、さと子はゆで卵を食べている。

初太郎は目を閉じている。

仙吉は、ちり紙を鼻に突っ込み、真黒になった鼻の孔《あな》の掃除をしている。

窓のすき間から入る油煙で、仙吉のワイシャツの衿《えり》も袖口《そでぐち》も真黒。

仙吉は、几帳面《きちょうめん》なたちらしく、黒くなったちり紙の丸めたのを窓枠《まどわく》のところに一列にならべている。

さと子の声「『仙吉は神田《かんだ》の或《あ》る秤屋《はかりや》の店に奉公している』これは、志賀直哉の『小僧の神様』の書き出しです。これを読んだ時、私は笑ってしまいました。父がこの小僧と同じ名前だからです。父の名前は水田仙吉。秤屋でなく製薬会社に勤めていますけど。四国の松山出張所長から本社の課長に栄転になって、私たち一家は、五年ぶりで東京へ帰ってきたところです」

車掌が入ってくる。

車掌「間もなく東京駅着」

初太郎、痰壺にカッと痰を吐く。

じろりと見る仙吉。

さと子が窓を少しあける。

飛込んだ油煙が仙吉の目に飛び込んだ。

仙吉「馬鹿《ばか》」

汽笛を鳴らして汽車はトンネルへ入ってゆく。

●東京駅の写真

東京駅。

『昭和十年』のテロップ。

●仙吉の家・表（夕方）

芝白金三光町《しばしろがねさんこうちょう》あたり。

豆腐屋のラッパ、背中に赤ン坊をくくりつけて子守りをしている子供たち。

円タクを降りて、地図を頼りにやってくる水田一家。

大トランク、信玄袋《しんげんぶくろ》。

門構えの家。

門柱に「水田仙吉」の堂々たる表札。

たみがみつける。

たみ「あ」

仙吉「（嬉《うれ》しいがわざと）何様じゃあるまいし、バカでかい表札出しやがって」

たみ「三十円にしちゃ、いいうちじゃないの」

仙吉「そりゃ……奴《やつ》がめっけたんだ。間違いないよ」

仙吉、門を入りながら、どなる。

仙吉「門倉、おい、門倉！」

玄関の戸のすき間からのぞいている門倉に、水田一家の顔が順に見える。門から玄関までは少し距離がある。

キョロキョロしながら入ってくる家族の顔。

仙吉。

たみ。

さと子。

少しおくれて初太郎。もう一度たみにもどったところで、戸をしめ、裏口から出てゆく気配。

仙吉「おい、子供っぽい真似《まね》よせよ門倉！」

さと子「――この前ン時は、おじさん、バアーって、玄関の戸、あけて出て来たんじゃない」

仙吉「そうだよ。中へ入ると火鉢に火はおこってる、座布団はならんでる、風呂は沸いている。びっくりする俺たちの顔が見たくてさ」

さと子「それで門倉さん、いつも駅へ迎えに来ないのね」

仙吉「おかしな男だよ、おい！」

少し待つ。

しかし、玄関の戸は内側からは開かない。

仙吉、手をかける。

戸があいて、無人の中が見渡せる。

●仙吉の家

仙吉を先頭に入ってゆく一家。

瀬戸の大火鉢には、火がおこっている。

鉄びんがたぎり、茶の道具。炭取りに炭。

火ばし、座布団。

食卓にはかごに入った大鯛、伊勢エビが飾られている。

「榮轉　おめでたう」の札がついた清酒の一升瓶《いっしょうびん》。

仙吉「相変らず下手クソだね。字だけは俺の方が上手《うわて》だな」

たみ「聞えますよ」

仙吉「おい！　かくれんぼする年じゃないだろ。門倉！」

たみ、客間の押入れをあける。

上物の夜具布団が入っている。

下の段には、枕《まくら》やねまき、毛布など。

たみ「お父さん！　夜具布団。絹布《けんぷ》よ」

仙吉「チッキが着くまでなんだから貸布団でいいじゃないか。無駄《むだ》遣いしやがって──。

おい、いないのか！」

仙吉、風呂場へゆく。

湯気で曇りガラスがくもっている。

乱れ籠に湯上りタオル。

中には石けん。

仙吉、風呂桶《おけ》のフタを取る。

湯気。湯の中に手を入れる。

そのままじっとしている。

単純にうれしい。

うしろで見ているさと子。

台所のたみ、米ビツをあける。

米。マスが入っている。

へっついには釜《かま》、なべなど、さしあたりの新品の台所道具。

米をすくい上げる、たみ。

さらさらと米をこぼす。

遠い目になる。

見ているさと子。

さと子の声「これはみんな門倉のおじさんの仕業《しわざ》です。門倉のおじさんは父のお友達ですが、見かけも気性も正反対で、第一、父が融通の利《き》かない月給取りなのに引きかえ、門倉のおじさんは鋳物《いもの》工場を経営して、とても景気がいいのです。

昔から、うちの転勤、引っ越しというと、ひとりで世話をやいてくれます。借家をみつけて、すぐ住めるようにしておいてくれるのです。

この前、やはり地方から東京へもどった時は、門倉のおじさんはうちの中にいて、私やお母さんがびっくりしたり、よろこんだりするのを面白《おもしろ》がって見ていたのに、今日は一体どうしたというのかしら」

●カフェ「バタビヤ」表（夜）

●カフェ「バタビヤ」店

目黒駅前の、小さなカフェ。
ボックスで五、六人の女給に囲まれて、陽気にさわいでいる門倉。
口あけなので、ほかに客はいない。
門倉のとなりに女給の禮子《れいこ》(28)がくっついて、一同「二人は若い」を歌っている。
女給たち・門倉「〽あなたと呼べば
あなたと答える
山のこだまのうれしさよ」
禮子「〽あなた」
一同、待つ。

門倉、ポカンとしている。
禮子「〽あなた（ぐいと突つく）」
門倉「え？」
女給たち「絵じゃない、字！」
一同、ぶん殴る。
禮子「〽あなた」
門倉「ああ〽なあんだい」
一同「〽空は青空
二人は若い」
口先だけは歌いながら、門倉、遠い目になる。

●仙吉の家・風呂場（夜）

くもりガラスにうつる風呂に入っている仙吉。

●カフェ「バタビヤ」店（夜）

女給たちと一緒に歌いながら、心ここにない門倉。

●仙吉の家・茶の間

たぎる鉄びんのフタを取るたみ。

熱くなった指を耳たぶにさわって冷やしている。

おくれ毛をかき上げ、耳のうしろの衿《えり》の汚れを指でたしかめている。少し大儀そうである。

湯上りの仙吉が来る。

隣りの部屋で、トランクから着替えを出しているさと子。

夜の庭を見ている初太郎。

たみ「おすしでも取りましょうか」

仙吉「あわてるな、あわてるな。そのうちに、何かうまいもンが届くよ。それにしても門倉の奴、どうしたんだろうなあ」

●カフェ「バタビヤ」店

放心している門倉。

禮子、見ている。

女給たち、あくびをしたりしている。

思い出し笑いをする門倉、いきなりつねり上げる禮子。

門倉「あたた」
禮子「誰のこと、考えてたのよオ」
門倉「――聖徳太子」
禮子「？」
門倉「百円札だよ。百円札」
禮子「男じゃないわ。女のこと考えてた目玉だわ」
門倉「――――」
禮子「ねえ、誰のこと考えてたのよオ。言いなさいよオ」
　禮子、焦《じ》れて、門倉を叩《たた》く。年かさの女給、梅子。
梅子「こわれたラジオじゃあるまいし、叩いたって音は出ないって」
　笑う一同。
門倉「――このへん、電気屋あるかな」
禮子「電気屋？」

●仙吉の家・玄関
　鰻屋《うなぎや》の出前持ちが鰻重を持って来たところ。「うな徳」の岡持ち。
　たみが受取っている。
　うしろに仙吉。

たみ「お代は——」
出前持ち「いただいてます」
仙吉「頼んだのは、背の高い男だろ、金のかかった洋服着た——愛想のいい色男——」
たみ「——門倉さん——」
　出前持ちのうしろに、大きな包みを抱えた門倉。
　仙吉、はだしで飛びおりて、首ひとつ背の高い門倉を物も言わずどやしつける。
門倉「ラジオ、つけるの忘れちまってさ。ラジオ」
　仙吉、なおもぶん殴る。
門倉「よせよ、真空管がゆるむだろ。おい、よせよオ」
　見ているたみ。
　うしろから、顔を出す、さと子。
門倉「お、さと子ちゃん」
さと子「——」
門倉「別嬪《べっぴん》さんになったねえ、もうお嫁にゆけるね」
仙吉「まだ早いよ」
たみ「いいとこあったら、おねがいします」
門倉「夫婦で別《べ》っこのこと言ってンだから、おじさんもやりにくいよ」
さと子「——」

たみ、ポカンとしている鰻屋に、
たみ「ごくろうさま」
門倉「(片手を上げる)」
帰ってゆく鰻屋。
たみ、上りがまちに両手をつく。
たみ「門倉さん、このたびは、何から何まで」
門倉「――奥さん――」
仙吉「水臭い挨拶《あいさつ》すンなよ。そんな仲じゃないんだよ。なあ」
門倉「おう。――あ、うなぎ、冷めないうちにやって下さいよ」
仙吉「お前の分、ないぞ」
門倉「こっちは済ませて来たから」
たみ「あたしさと子と半分こで（目くばせ）」
門倉「いや、奥さん」
仙吉「いいんだよ。(たみに）招《よ》ばれる方がよろこぶんだから」
門倉「さてと、ラジオは、やっぱり茶の間だろうなあ」
門倉、ラジオを抱えて上ってゆく。
仙吉「荷物が着きゃ、ラジオあるのにさ」

●仙吉の家・茶の間

門倉、仙吉、たみ、さと子。

門倉「新型が出たんだよ」
仙吉「お前みたいのをな、大メシ食って、大グソ垂《た》れる、って言うんだぞ」
さと子「やあねえ、お父さんたら」
たみ「ねえ――」
仙吉「大きく稼《かせ》いだって、こう豪勢に使っちゃさ」
門倉「――遺《のこ》す人間、いないんだから、いいじゃないか」
仙吉「――――」
たみ「――奥さん、お変りは」
門倉「相変らずですよ。明けても暮れても――これ」
門倉、刺繍《ししゅう》をする手つき。
たみ「フランス刺繍、まだ続けていらっしゃるんですか」
門倉「フランスだか日本だか知らないけど――もう」
仙吉「お前が夜、早く帰りゃ、奥さんもこれ、やンなくたっていいんだよ。おい、感電すンなよ」
門倉「――電気は明るいんだよ。ハハ、こりゃ、当り前だ。こっちはいいから、うなぎ早く！　おじいちゃん――」
　縁側で、庭を見ている初太郎。
　門倉におうと片手を上げて見せる。
門倉「おじいちゃんのために、ちょいと植木、奮発して入れたんだけどね」
初太郎「こんなのは、木のうちにゃ入ンないよ」
たみ「おじいちゃん――」
仙吉「(低いがきつい声で）木のはなしはよせ」
門倉「(これも声をひそめて）もう虫は起んないだろ」
たみ「――そうでもないんですよ」
仙吉「死ぬまで直んないな。あの病気は」
　仙吉の言い方にはトゲがある。
　聞えているのかいないのか、背を向け庭を見ている老人。
　たみは食卓をととのえに立つ。
　ラジオが雑音を出しはじめる。
さと子の声「おじいちゃんは『山師』です。もと『山師』と言った方が正しいかも知れません。父とおじいちゃんは、じかに口を利《き》くことはありませんが、そのわけは、いずれゆっくりお話しします」
　ラジオの雑音が納まって、放送が流れ出す。

軍縮関係のニュースなどが高く低く切れ切れに茶の間に流れる。
仙吉は、酒をあける。
仙吉「さあ、あったかいうちに招ばれようや。たみ！」
たみ(声)「はい、いま、お茶」
仙吉「あとでいいよ」
門倉「さと子ちゃん、おじいちゃん——」
さと子、初太郎、食卓へくる。
たみもくる。
仙吉、飲み残りの茶を自分でのみ、酒をつぐ。門倉、ひょいと見て、初太郎にもつごうとするが、初太郎は、かたくなに、手でフタをして、つがせない。
門倉「栄転、おめでとう」
仙吉「栄転てほどじゃないよ」
門倉「栄転だよ。奥さん、おめでとうございます」
たみ「おかげさまで——」
仙吉「そっちこそ軍需景気で、笑いがとまらんだろ。おうそうだ、大丈夫か。お前ンとこは」
門倉「なにが」
仙吉「軍需景気でウケに入ってる工場で、職工を虐待《ぎゃくたい》しとるとこがあるそうじゃないか。

新聞に出てたぞ。警視庁の工場課で、抜き打ち的検査を行っておる」
門倉「大工場のはなしだよ」
仙吉「とか何とか言いながら、盛んらしいじゃないか。軍縮軍縮は、掛け声だけか？」
ラジオ、ピイと鳴る。
門倉直す。
仙吉「山本——イソロクって読むのか、海軍予備会議の日本代表——航空母艦は全廃しよう、主力艦もやめようなんて主張してるようだけどなあ」
門倉「くわしいじゃないか」
仙吉「地方へ出てるほうが、新聞読むね」
仙吉、たみが、うなぎに手をつけないのを見とがめる。
仙吉「なにしてンだよ、ほれ」
たみ「いただきます」
仙吉「やっぱり、うなぎは軍縮だよ」
一同「え？」
仙吉「や、いや、うなぎは東京だよっていうつもりがさ」
門倉「うなぎは軍縮か——」
二人の男も女たちも大笑い。
初太郎もフンとかすかに失笑する。

門倉「似てないこともないぞ。いやあ、うなぎと軍縮会議だよ。あっちへヌラリ、こっちへヌラリ。(うなぎをつかまえるまね) そのスキにドイツのヒットラー総統なんかがガアッと——」

突然、たみが口を押える。

袂《たもと》で口をおおい、台所へかけ込む。

仙吉「どした、おい」

さと子「お母さん」

門倉「——」

流しもとでえずいているらしい気配。

仙吉、立って、とんでゆく。

したたかに門倉の足を踏んづける。

仙吉(声)「どしたんだよ、気分、悪いのか」

たみ(声)「——大丈夫」

仙吉(声)「大丈夫って、お前」

たみ(声)「ほんと、大丈夫——」

箸《はし》をとめて、待つさと子。黙々と食べつづける初太郎。

仙吉、入ってくる。

仙吉「汽車弁にアタったんだ」

さと子「汽車弁なら、あたしだって食べたわよ。おじいちゃんだって、お父さんだって
　──どしてお母さんひとりアタるのよ」
仙吉「そのときの具合（言いかける）」
初太郎「生れるんじゃないのか」
仙吉「生れる──まさか」
　入ってきかけるたみ。
　その目で、事態をさとる仙吉。
仙吉「──汽車ン中で、みかんばっか、食ってたの、そのせいか」
たみ「────」
　箸を手にしたままのさと子。黙々と食べつづける初太郎。
　奇妙な間があっていきなり笑い出す門倉、酒のコップを仙吉にぶつける。
門倉「おめでとう」
仙吉「（絶句している）」
門倉「二人でな、提灯《ちょうちん》行列やろうや」
仙吉「提灯行列？」

●夜の道

　闇《やみ》の中を、人魂のように二つの提灯が、フワリフワリとゆれて動いてゆく。

門倉「万歳！　万歳！」

　提灯を手にフラフラ歩くのは、門倉と仙吉である。

　すれちがう人たち、風呂帰りや、工場の夜勤帰り、夜学生たち、びっくりして、ふり向いたりして通りすぎてゆく。

　門倉、万歳をくりかえす。

門倉「万歳！」

仙吉「よせやい」

門倉「万歳！　日本帝国万歳！」

仙吉「お巡りにめっかったら引っぱられっぞ！」

門倉「何、言ってンだ。お国の宝が一人増えンだぞ。『弥栄《いやさか》』じゃないか。『日本帝国——』」

仙吉「年、考えろよ、年。俺、あと厄《やく》だぞ。いま三月《みつき》として、生れるときは、たみの奴、四十の恥かきっ子だよ」

門倉「そういうのは、そねんだ奴が言い出したの」

仙吉「娘は十八だよ」

門倉「万歳！　万歳！」

　二つの提灯、もつれ合いながら、歩いてゆく。

　張り切って提灯を振り過ぎたらしく、背の高い方のが燃え上る。

あわてて消しているらしく、右往左往する二つの提灯。

●仙吉の家・台所

空になったうな重を洗っているさと子。

水道をとめ、手のしずくを切ってしばらくじっとしている。

ガランとした台所。

さと子の声「家庭医学宝典にのっている『妊娠』という字が、母にかくれてそっと読んでいた、産科、婦人科、性病科などのページが、目の裏にチラチラしてきました。うちには関係のないことだと思っていたのに。母が、子供を生む——何だか急にうちの中の空気がネバついてきたように思えました」

●茶の間

五燭《ごしょく》の豆電気。

暗い中にポツンと一人前だけ残ったうな重。弱い湯気を立てている鉄びん。

隣りの襖《ふすま》が半分あいて、寝ているたみが見える。

●客間

暗い中に着衣のまま横になっているたみ。目をあいて、天井を見ている。

さと子が来る気配。
たみ、寝返りをうち、縁側の方を向いて目を閉じる。
さと子、入ってくる。
枕もとに洗面器を置く。中に新聞を敷いてある。
置いて、出てゆきかける。
たみ「お前、よかったら、うなぎ、お上りよ。お母さん、箸つけてないから」
さと子「――」
たみ「残すと、もったいないから」
さと子「沢山《たくさん》。なんだか、胸、突っかえて――」
たみ「――」
さと子「あたしよか、お母さん、食べた方がいいわよ。子供の分も、二人前食べろって
――よく、書いてあるじゃない」
たみ、少し笑う。
母と娘、バツの悪い間。
さと子、出てゆく。
たみ、目を閉じる。

●おでん屋・屋台（夜）

火を消した提灯が一つ。燃えた残りがひとつ、横においてある。
ならんで酒を飲んでいる仙吉と門倉。
門倉「物は相談だけどな」
仙吉「判《わか》っている」
門倉「おい」
仙吉「二十年のつきあいだぞ。そのくらい判らなくてどうする」
門倉「判るか」
仙吉「『名前は俺につけさせてくれ』」
門倉「違うんだよ」
仙吉「――」
門倉「生れた子供なあ。大砲がついていたら、お前にとってもはじめての男の子だ、おめでとう、でかしたで引き下るよ。もしも、ついてなかったら――」
仙吉「女の子だったら」
門倉「俺にくれないか」
仙吉「――」
仙吉、答えずだまって、門倉の「エアー・シップ」(舶来たばこ)から一本抜いて、火をつける。
門倉「駄目《だめ》か」

仙吉「──嬉《うれ》しいんだよ」
門倉「水田──」
仙吉「(何度も一人合点する) 男だったら、勘弁してくれ。女だったら、よろこんで進呈する」
門倉「いいのか」
仙吉「(うなずく)」
門倉「しかし、奥さんが」
仙吉「『もと』は──俺だよ」
門倉「── (肩をどやす)」
仙吉「その代り、名前は俺につけさせてくれ」
門倉「おう」
仙吉「いや、未練がましい真似《まね》はよそう。名前もお前、つけろ」
門倉「いやあ」
仙吉「──嬉しいよ。万歳!」
門倉「万歳!」

●仙吉の家・初太郎の部屋 (夜ふけ)

新しい布団《ふとん》の上にすわり、地図や山林の写真に見入っている初太郎。

咳《せき》をする。

●さと子の部屋

これも新しい布団。
眠れないでいるさと子。
酔った足音。
仙吉(声)「おい！　おい！　閉めるぞ」
玄関先でガタガタやる物音。
たみ、起きてゆく気配。

●玄関

鍵《かぎ》をしめている仙吉。酔ってフラフラゆれている。
起きてくるたみ。
たみ「――お帰えンなさい」
仙吉「大丈夫なのか起きて――」
たみ「もう納まった」
仙吉、上がりがまちに立つ。
妻の裾《すそ》を抱くようにする。

自分の中折れ帽子をたみの頭にのせる。
仙吉「『妻ヲメトラバ才タケテ』」
たみ「おじいちゃんやさと子が目さますでしょ」
仙吉「(呟《つぶや》く)『見目ウルワシク情アリ』いや、俺さ、与謝野鉄幹《よさのてっかん》てのきらいでさ、晶子《あきこ》か？　カミさんの方が上だと思っていたけどね。あいつも、只者《ただもの》じゃないね。いいこと、言ってるよ」
たみ「声が大きいのよ。お父さんは」
仙吉「(また小声になって呟く)『友ヲ選ババ書ヲ読ミテ六分《りくぶ》ノ俠気《きょうき》四分ノ熱』」
仙吉、たみを抱えるようにして上ってゆく。
たみ「酔っぱらって――」

●茶の間

仙吉とたみ。
入りしなに、二人もつれるようにしてつまずいてしまう。
帽子がたみの頭から落ちる。
仙吉「気、つけてくれよ。大事な預りものに、万一のことがあると、申しわけが」
たみ「(気にもとめない)何預ってるのよ。お水ですか」
仙吉「水はいいから、坐《すわ》ってくれ」

たみ「え？」
仙吉「ここ、坐ってくれ」
たみ「もう坐ってますよ」
仙吉「あ、そうか」
　仙吉も坐りなおす。
仙吉「あのなあ」
　嬉しさのあまり、笑ってしまう仙吉。
たみ「やあねえ男の癖《くせ》に思い出し笑いなんかして」
仙吉「――門倉の奴《やつ》、なんてったと思う」
たみ「（首筋をかいている）」
仙吉「生れた子が女だったら、呉《く》れとさ」
　たみ、ポカンとする。
仙吉「俺ア、涙、出たね。本社へもどれたのも嬉しいけどさ、あいつに俺たちの子供くれ
　っていわれた方がもっと嬉しかったな」
たみ「酔っぱらっちゃって。なに言ってんですか――（言いかけて――）本気なの」
仙吉「俺、約束してきたからな」
たみ「約束――。子供、やるって、そ言ったんですか」
仙吉「（また思い出し笑いになってしまう）大砲がついてたら、あきらめるってさ。つい

てなかったら――」
たみ「冗談じゃありませんよ」
仙吉「おい」
たみ「冗談じゃないわよ」
仙吉「お前、嫌《いや》なのか」
たみ「当り前じゃないですか」
仙吉「どして！」
たみ「どしてって――そんなこと、聞く方がどうかしてるわよ」
仙吉「どうかしてるのは、お前だろう。ほかの人間じゃないんだよ。門倉だよ」
たみ「ええ、判《わか》ってますよ。門倉さんには、そりゃお世話になってますよ。転任だ、引越しだっていやあ、ほかの人には手つけさせないで、何から何まで一人でやってのけて――至れりつくせりのお世話してくれるわよ。――お金で受取ってくれないから、そりゃ、お返し出来ない借りはたまってますよ。でもねえ、どんな義理があっても子供やることは」
仙吉「義理じゃないよ」
たみ「――」
仙吉「お前は嬉しくないのか」
たみ「――」

仙吉「あれほどの男が――あれほどの男が俺たちの子供欲しいって言ってんだよ」
だんだん高声《たかごえ》になる。
それぞれの部屋で聞き耳を立てる初太郎、そしてさと子。
仙吉「あいつはな、何でも持ってるんだよ。地位もある。金もある。いい親戚《しんせき》もいる。弁も立つしさ、友達も多いよ。人にも好かれるよ。背も高いし男っぷりはいい。女にもモテる――俺はな、お前だから言うけど、今度生れたら、ああいう男になりたい――心底、思うね」
たみ「――」
仙吉「あれほどの男にだよ、何でも持っとるあの男に――無いものが二つあるんだよ」
たみ「――」
仙吉「――女房と――子供だよ」
たみ「奥さん、いるじゃないの」
仙吉「『いい』女房と、子供だよ」
たみ「――」
仙吉「俺ア、ほかはなんにも持ってないけどさ、この二つだけは――いや、それだけじゃあないんだ……もうひとつあら。三つだけな」
たみ「――」
仙吉「あいつだよ。門倉。俺の一番の自慢だよ。その男に、頼むと頭下げられたんだ。お前、こんな嬉しいこと、ないじゃないか」
たみ「――」
仙吉「――あいつは、お前『買ってる』よ。あれだけ女にうるさい奴が、お前の言うことだけは聞くじゃないか」
たみ「――」
仙吉「――奴は、俺とお前の子だから欲しいと言ってンだよ」
たみ「あなた、平気なの」
仙吉「え？」
たみ「あたし、嫌だわ」
夫婦の間に微妙なものがとびかう。
仙吉、目ばたきをして、目をそらす。
たみ「断わって下さいな」
仙吉「――」
黙って坐っている夫婦。

●さと子の部屋

さと子。

さと子の声「何かのはずみで今迄《いままで》見えなかったものが、突然見えて来ることがあります。

父と母と、その横にいつも立っていた門倉のおじさんの影が、月夜の影法師《かげぼうし》のように見えて来ました」

●門倉の家・茶の間（夜ふけ）

門倉の妻君子(48)が刺繡《ししゅう》をしている。
おくれ毛一本ない髪。身だしなみ。
キチンと片づいた部屋。金のかかった調度品。
テーブル掛けも座布団も刺繡である。
玄関ベル――
君子、区切りのいいところまで、一針二針、刺してそっとワクを置き、出てゆく。

●玄関

戸をあける君子。
帰ってくる門倉。
こちらも酒気をおび、上機嫌《じょうきげん》。
君子「お帰りなさい」
帽子を受け取り、中へ入ろうとする。
門倉「たまには、どこへ行ったのかぐらい聞けよ」

君子「伺っても、いいんですか」
門倉「(靴《くつ》をぬいでいる)」
君子「そのコードバン、少しきついんじゃありません」
門倉「――子供、もらうことにした」
君子「子供――」
　門倉「ダイナ」を口笛で吹きながら茶の間に入ってゆく。
　ちょっとタップを踏んだりする。
　棒立ちになっている君子、あわててあとを追いかける。

●茶の間

　ネクタイをゆるめている門倉。
　君子。
君子「――子供もらうだなんて、うまい言い方、なさるもんね」
門倉「え？」
君子「もらうんじゃなくて、引き取るって、はっきりおっしゃったらどうなんです」
門倉「そうじゃないよ。もらうんだよ」
君子「――子供はあなたの子でしょ」
　こんどは門倉が棒立ちになる番である。

君子「キレイごと言って、なによ」
　呟《つぶや》いて笑う君子の顔を殴《なぐ》ってしまう。
門倉「何てことを――お前は何てことを言うんだ。人間にはな、口が裂けても言っちゃいけないことがあるんだぞ」
君子「――（判らない）」
門倉「俺の子だなんて、とんでもないよ。そんな、俺は指一本触れたことないんだぞ。子供はあいつと奥さんの子供だよ」
君子「あいつ――じゃあ」
門倉「水田のとこだよ」
君子「水田さん――」
門倉「――みろ。だから、たまには出先聞けって言ってるだろ。――口、大丈夫か――」
君子「――水田さんとこ、生まれるんですか」
門倉「十八年ぶりだってさ。テレてたよ」
君子「――――」
門倉「お前が反対なら、俺ひとりでも育てるからな」
君子「誰が反対だなんて言いました」
門倉「賛成か」
　君子、少し笑う。嫉妬《しっと》、哀《かな》しみ、怒り、さまざまなものを塗《ぬ》りこめた笑い。

門倉「そりゃそうだな。俺がよそに生ませた子供じゃなし、性《しょう》のわかったとこからもらうんだ。お前だってヤキモチのやきようがないよなあ」

君子、答えず夫に背を向ける。

柱時計の音がばかに大きく響く。

君子「――いつなんですか予定日」

門倉「この秋だろうってさ。あッ、男だったらダメだからな。女が生れるように願かけでも何でもやってくれよ」

門倉「ダイナ」を口ずさみながら奥へ入ってゆく。

君子、しばらくじっとしている。

刺繍をつづけるが針で指先を突いてしまう。下書きをした白い布に、ポツンと赤い玉のしみができる。

君子、かまわずその上に針を刺してゆく。

●仙吉の家

木で枠組《わくぐ》みをした洋服ダンスや机などの家具が運送屋の手で運び込まれる。

姉様かぶりで指図するたみ。手伝うさと子。

まめまめしく働く門倉のところの小使いの大友。

たみ「大きい洋服ダンスは、手前の八畳におねがいします」

大友「奥様、これは」
たみ「あ、それは、横の四畳半です。小使いさん」
さと子「大友さん――」
たみ「大友さん。あと、こっちで出来ますから――」
大友「いや、うちの社長から、きつく言いつかってますんで――。奥さま、どうかおやすみになってて下さい。おさわりがあると、あとで私が怒られますんで」
　たみ、少し困っている。
たみ「どうして人間と荷物が一緒に届かないのかしらねえ、男手のないときに限って荷がつくんだから――」
　初太郎、何も手伝わず、庭で植木をさわっている。

● 庭

　中位の木の根方のところになにかのつるが巻きついている。

　初太郎はそれを丁寧に取っている。

さと子の声「おじいちゃんは、木の根方につるが巻きついているのを見ると必ず取ってやります。こうしないと木が大きく育たないからだと言うのです。木を見るとき葛桜《くずざくら》のようなおじいちゃんの目が、別の人みたいに輝きます」

たみ(声)「さと子！　あんたのお琴《こと》が出たわよ！」

さと子「ハーイ！」
　琴を運び出す大友。
　手伝うさと子。

●仙吉の家・廊下（早朝）

　雨戸の節穴から、光が筋になって入ってくる朝の廊下を、たみの素足が寝巻《ねまき》の裾《すそ》をはだけるようにして走る。
たみ「お父さん！　お父さん！」
　夫婦の部屋の襖《ふすま》を引きあける。
たみ「おじいちゃん、いないんですよ」
仙吉「――はばかりじゃないのか」
たみ「はばかりも風呂場も、みんなのぞいたわよ。どこにも、いないのよ」
仙吉「――（ショックだが、わざとつめたく）毎度のことだ。ほっとけ」
たみ「そうもいかないでしょ。――お父さん！」
　仙吉、起きる。

●初太郎の部屋

　しきっぱなしの布団《ふとん》の上に、寝巻がたたんである。

布団の中へ手を突っこむ仙吉、たみ、うしろから、さと子。
さと子「おじいちゃん、また家出？」
仙吉「ぬく味が残ってるな、そう遠くへ行ってないよ」
たみ「一番電車、まだじゃないの」
仙吉「何時だ、上りは」
たみ「あ、しらべてない。あたし、ひとっ走り駅まで」
仙吉「馬鹿《ばか》！　お前、走るな。さと子！」
さと子「信玄袋とお金、持ち出してるかどうか、調べてからでいいじゃない」
たみ「電車が出ちゃうのよ」
さと子「ひとりでいくの？」
たみ「(小さく)一円上げるから――」
仙吉「一円なんかやることないよ。五十銭で沢山だ。五十銭で」
たみ「早く（目で合図）あとでお父さん、追っかけさせるから」

●玄関

飛び出してゆくさと子。
門をあけかけて、アッとなる。
庭で焚火《たきび》をしているのは初太郎。

さと子「おじいちゃん――おじいちゃん、いたわよオ！」

玄関から飛び出してくるたみ。

仙吉。

家具の枠に使った木や縄《なわ》を燃やしている初太郎。

仙吉「朝っぱらから、焚火するこたァないだろ。人騒がせな真似《まね》するなって言えよ」

たみ「『おやこ』でしょ、自分で言って下さいよ」

仙吉、ピシャンと玄関の格子戸《こうしど》をしめて中へ入ってしまう。

初太郎は、背中を向けて、息子を見ようともしない。

さと子の声「おじいちゃんはもと、四星物産の社員でした。かなりの地位にまでいった人だそうですが、この時、山にとりつかれてしまったのです。山を見て、五年先、十年先に、杉や松や檜《ひのき》がどのくらいの大きさに育つか、それを想像して、値をきめて取引きするダイゴ味が、忘れられなくなったらしいのです。

ぬれ手で粟《あわ》のもうけを、自分ひとりのものにしてみたいとも思ったのでしょう。

おじいちゃんは会社をやめ、山師として一人立ちをしたのです。小さく当ったこともあったようですが、資金繰りにつまり、息子つまり父の実印を無断で持ち出して、あげくのはては財産を根こそぎ無くすという事件を起してしまいました。

勝負ごとがきらいで堅物の父はこういうおじいちゃんを許しませんでした。

養う代り、ひとことも口を利《き》かなくなったのです」

新聞配達がくる。
たみ「ごくろうさん」
たみ、受取って中へ入ってゆく。

●夫婦の部屋（朝）

布団に腹這《はらば》いになってたばこをすっている仙吉。
新聞をさし出すたみ。
仙吉「おい。焚火するんならな、山の地図や地下足袋《じかたび》や、信玄袋、燃せって、そう言え！」
たみ「もう、やりゃしませんよ。足腰だって、弱くなってるし——第一、お金がなきゃ動きとれないでしょ」
仙吉「持ち出されないように、気、つけろ」
たみ「『おやこ』で——やあねえ」
仙吉「門倉の奴《やつ》にも、そ言ってあるんだ。じいさんにだけは金貸さないでくれって。昔、取引した山の中で、ぶら下られたりして新聞ダネにでもなってみろ、笑い者になるのは俺だからな」
たみ、黙って雨戸を一枚繰る。
黙々と焚火をする初太郎の背中が見える。

●路地

琴のおさらいをしているのが聞えてくる。仙吉の家の垣根《かきね》。メンコをしている男の子たち。

キツネの衿巻《えりまき》をした洋装の女(三田村禮子《れいこ》)が、キョロキョロしながら通ってゆく。

男の子たち「キツネ、キツネ!」とはやす。

●仙吉の家・勝手口

井戸端にしゃがみ込んですすぎものをしているたみ。

目の前にモダンな緑色のハイヒールの足が立つ。

目を上げる。

キツネの衿巻の若い女。三田村禮子。

禮子「水田さんの奥さんですか」

たみ「――どちらさま」

禮子「差し出がましい真似《まね》、しないで下さいよ」

たみ「あの、どういう」

禮子「何様か知らないけどね、男と女のことに、クチバシはさまないでもらいたいわね」

たみ「あの、あなた」

礼子「あんたのおかげで、あの人切れてくれっていうのよ」
たみ「あの人……」
禮子「水田の細君に子供が出来て、それ、もらうことにしたから切れてくれっていうのよ。父親になる男が、身持ちが悪くちゃ申しわけないから、これからは、キレイに生きたい。チャンチャラおかしいっていうのよ。『カンジンより』じゃあるまいし、そう簡単に切れますかよ。こんなもんじゃあ女の気持、ケリがつきませんて、奥さんからそう言って返しといて下さいな！」
　禮子、ハンドバッグから、百円札ひと束出して、ほうり投げる。
　札はヒラヒラと飛び散って、洗っていた長靴《ながぐつ》やタライの中に。
たみ「あ、お札——」
　たみ、あわてて取ろうとして、ころんでしまう。ひざと腹をしたたか打ってしまう。
たみ「(うめく)」
禮子「大丈夫ですか。ねえ、大丈夫？」
　禮子、人のいい女らしく抱き起す。
たみ「あたしは、いいから、早く、お札ぬれるから——」
　禮子も、あわくってひろう。
たみ「あいた——」

●縁側

ぬれた百円札に、碁石《ごいし》をひとつずつのせて、干してある。
たみ、茶をいれている。
禮子、気持が納まったらしく、恐縮している。
たみ「どうぞ」
禮子「いただきます（茶をすすって）じゃあ、子供上げないんですか」
たみ「育てられないんならともかく、おなかいためた子、よそへはやれませんよ」
禮子「――――」
たみ「主人に、ことわって下さいよって、そ言ったんですけどねえ」
禮子「ご主人、言いそびれてンだ」
たみ「仲がいいの」
禮子「古いお友達なんですってねえ」
たみ「ご存知でした」
禮子「店でしょっちゅう聞いてましたもの。『水田』『水田』――。門倉さん、奥さんのこと、とっても、大事に思ってるみたい」
たみ「（勘違いして）そりゃねえ、あの人が肺病になって、サナトリウム入ってたときの看護婦さんだった人ですもの。生きるの嫌《いや》になってて、死んじゃおうかってときにはげましてくれた命の恩人——ごめんなさい。あなたにこんなこと言って——あたし、気がきかないって、いつも主人に叱《しか》られてるのよ」
禮子「——門倉さんの奥さんじゃなくて——（指さす）」
たみ「あ、あたしのこと？」
禮子「——『水田の奥さん』ていうとき、違うんですよ。男の子が大事にしてるアメ玉、口の中で転がすみたいに言ってるわ」
たみ「——そんな」
禮子「女のことも、みんな相談するんですってね」
たみ「——前のはなしですよ。ここ三年、あたしたち、東京離れてましたもの」
禮子「じゃあ、あたしのこと」
たみ「——初耳」
禮子「あら——」
たみ「お名前」
禮子「あたし言ってませんでした？」
たみ「ええ、まだ」
禮子「『バタビヤ』って店——。目黒駅前の」
たみ「あ、『バタビヤ』さん——」
禮子「それは店の名前であたしは禮子」

たみ「禮は、禮儀作法の禮」
禮子「無作法ですみません」
たみ「かわいたわ。お札」
禮子「それ、奥さんから、返して下さい」
たみ「困ります。どうかご自分で——」
　札束で、もみあっている二人。
禮子「あ、膝《ひざ》、すりむいてる——」
たみ「ほんとだ」
　屈託《くったく》のない気性とみえて、たみは膝小僧のすり傷にツバをすり込んでいる。
たみ「チチンプイプイのプイ」

●路地（夕方）

　帰ってゆく禮子。
　機嫌を直している。
　水田仙吉の表札をキツネの衿巻の尻尾《しっぽ》で、掃《は》くようにする。
　また、メンコの男の子たちが、「キツネ、キツネ」とからかう。
　その子たちの頭をキツネのしっぽではらうようにする禮子。

●仙吉の家・客間（夜）

たみの前に、両手をついて詫《わ》びている門倉、そばに仙吉。

門倉「奥さん、この通り。まさか、あの子が、奥さんとこへどなり込むとは思わなかったもんだから――」

たみ「いいですよ。もう済んだことだから」

門倉「膝小僧に怪我《けが》したって聞いたもんで」

たみ「ほんのかすり傷。手上げて下さいよ」

門倉「そうあっさり勘弁《かんべん》していただくと」

仙吉「拍子抜けだなあ。もちっと怒ってやんないと、張り合いがないってさ」

たみ「（突ついて）まあねえ、門倉さんに女の人が一人や二人いない方が心配ですけど」

仙吉「死に目が近いよ」

たみ「今度の人悪くなさそうじゃないの」

門倉「気は強いけどね」

仙吉「気が弱くちゃ、職業婦人として、やってゆけないだろ」

門倉「それは、それとして――例の――ダメですか」

仙吉「そのはなしは（目くばせ）」

あとで二人だけで、と目で合図している。

たみ「――（静かに、しかし、ハッキリと）門倉さん、それだけは勘弁《かんべん》して下さいな」

門倉「奥さん――大事に育てますよ、どんなことをしても一生、不自由は、いや、贅沢三昧《ぜいたくざんまい》――」

たみ「それが困るんですよ。苗字《みょうじ》がかわったって、姉妹には変りはないわけでしょ。同じ姉妹でデコボコがあっちゃ」

門倉「デコボコがまずいんなら、同じにしますよ。おい、水田」

仙吉「うむ――」

　門倉、たみに哀願の目。

たみ「門倉さん。それだけはあたし――」

　言いかけて、急に口をつぐむ。

仙吉「どした（のんびりと）」

　たみ、無言。

仙吉「どしたんだよ」

たみ「――すみませんけど――。出てってくれませんか」

二人「え？」

たみ「この部屋、出てって」

仙吉「おい――」

たみ「あたし、立てないの。あんたもこの部屋出てって――」

たみ、腹を押え、えびのように体を丸める。
額に脂汗《あぶらあせ》。
仙吉「おい！」
門倉「奥さん！」

●仙吉の家・玄関（夜）

お使いから帰ってくるさと子。
ガラリと玄関の戸をあけて、どなる。
さと子「ねえ、聞いた？　忠犬ハチ公、死んだのよ！　いまねえ、八百屋《やおや》さんで聞いたの。
今朝、駅のそばで息引きとったって――あの犬、トシ十三だったんですってよ」
言いかけて、初太郎が上りがまちのところにすわっているのに、気づく。
さと子「おじいちゃん。こんなとこで、何してンのよ」
くつぬぎのところに見馴《みな》れない男の靴と、女の白い靴があるのに気づく。
さと子「だあれ。お客さん」
初太郎「医者と、看護婦だよ」
さと子「だれ――お母さん？」
初太郎「子供は、流れたらしいな」
さと子「――」

●客間

ねているたみ。
洗面器で手を洗っている医師。
カバンを片づけている看護婦。
仙吉。
医師「――あと、お大事に」
仙吉「(礼)」

●玄関

帰ってゆく医師と看護婦。
見送る仙吉。
さと子。
初太郎。
玄関の戸がしまる。
仙吉、もどってゆく。
不意に男の号泣が起る。
庭を見て縁側にすわっていた門倉である。

少しはなれて、その横に凝然とすわる仙吉。
天井を見たままのたみ。
その目尻《めじり》から涙が流れている。
二人の男はひざを抱え、同じ姿勢。
二人の男の姿を見るさと子。
うしろに初太郎。
初太郎「『こま犬』だな」
さと子「こま犬」
初太郎「神社の前にいるだろ」
さと子「あ、同じ格好してすわってる」
初太郎「――――」
さと子「こま犬さん・あ、こま犬さん・うん」
初太郎「――――」
さと子「『こま犬』か――」
同じ格好でうずくまる二人の男。
そして、たみ。
さと子「門倉のおじさんて（言いかける）」
初太郎「（孫の口を封じるようにポツンと呟《つぶや》く）『夫婦相和シ』」

さと子「――――」
初太郎「『朋友《ほうゆう》相信ジ』」
さと子「――――」
さと子の声「おじいちゃんが呟いたのは教育勅語の一節です。『夫婦相和シ』たしかに、うちの父と母のことです。『朋友相信ジ』たしかに、父と門倉のおじさんのことです。でも、本当に、本当にそれだけなのでしょうか」
うす暗い電灯の下の二人の男と一人の女。

2　蝶《ちょう》々《ちょう》

●初夏の町（夕暮）

東京、芝、白金三光町あたり。
ゴムマリをついていた女の子。
スカートをまくって輪にし、マリを通したりしている。
男の子は木登りなどをしている。
子供たち、口々に――。
子供たち「へカエルが鳴くからカーエロ」
母親が門口に立って子供の名を呼んでいる。
盛り場の方から、勤め人、職工、仕事師、学生などが帰ってくる。

和服に袴姿《はかますがた》の女教師風もいる。
その中に、弁当を入れた風呂敷《ふろしき》包みなどを下げ、猫背《ねこぜ》でヒョコヒョコ歩いている水田
仙吉もいる。
仙吉、歩きながら、内ポケットのあたりを押してたしかめる。
子供たち「〽カエルが鳴くからカーエロ」

●仙吉の家・表

もうかなり暗いのに、電気をつけていない。
たみ(声)「おじいちゃん……それだけはやめて下さいよ……」
ほとほと困ったようなたみの声が中から聞える。
急に、門灯がつく。
たみ(声)「ねえ、おじいちゃん……」

●仙吉の家・玄関あたり

玄関に立って、スイッチをひねったのは娘のさと子。
さと子、玄関の電気もつける。
下駄箱《げたばこ》の上の花器には六月の花。
たみの声が聞える。

半開きになった便所の戸。縮みのステテコ、尻っぱしょりの初太郎がのろのろと金《きん》かくしを掃除している。

たみ、袂《たもと》で鼻を押えながら初太郎の背中に頭を下げる。

たみ「〝しゅうと〟にお便所掃除されたんじゃあ、いかにも嫁がお引きずりみたいで――困るのよ」

たみのうしろから帯《おび》を突つくさと子。

たみ「なによ」

さと子、母を少し離れたところに引っぱる。

さと子「お母さんも、しつこいなあ」

たみ「？」

さと子「なんど言ったって、おじいちゃん、やめやしないわよ」

のろのろと、男便所の金かくしにとりかかる初太郎。

たみ「――判《わか》ってるけどさ」

さと子「そんなら、どうして言うのよ」

たみ「ご近所の手前、言うだけは言っとかないとね」

さと子「――聞かせるために言ってンの」

たみ「そうでもないけど――」

さと子「おじいちゃんも、お父さんが帰ってくるっていうと、働くんだから――」

たみ「——聞えるよ」

玄関の外から、仙吉の声。

仙吉(声)「おい！　おーい！」

たみ「あ、お父さん」

さと子「お帰ンなさい！」

初太郎、とたんに大働きの様子。

母と娘、玄関へ、すっとんでゆく。

入ってくる仙吉。

たみ　「お帰りなさい」

さと子）「お帰ンなさい」

仙吉、うむと勿体《もったい》ぶって、うなずき、たみに帽子と弁当の包みを手渡す。

急いで歩いたとみえて汗をかいている。

わざと仏頂面《ぶっちょうづら》をして、たみに、
仙吉「ちょっと、来い」

たみ「——はい」

仙吉、上りがけにわざと戸を開けて便所掃除の老父の姿を見る。匂《にお》うらしく、舌打ちして顔をしかめ、そっぽを向いて入ってゆく。

小走りに追っかけるたみ、あわくって仙吉の中折帽をおっことし、ご丁寧に足で踏んづけてしまう。
たみ「あ、すみません」
たみ、帽子にあやまっている。
くったくのない性質らしい。

●茶の間

食卓の前にすわる仙吉。
つぶれた帽子を直しながら入るたみ。
仙吉「坐《すわ》れ」
たみ「――口、すっぱくして言ったんですけどねえ、ご近所の手前もあるって。おじいちゃん聞かないのよ」
仙吉「あのな」
たみ「冬はともかく夏場は匂《にお》うんだから、ご飯前はやめてもらわないと」
仙吉「帰ったそうそう、便所のはなしする奴《やつ》があるか。馬鹿《ばか》!」
たみ「――すみません」
仙吉、怒ってしまったので、自分も少し弱る。
仙吉「――出たぞ」
たみ「え? あ!」

たみの顔が輝く。仙吉、内ポケットからしっかりした紙質の角封筒を出す。
「賞與」と書いてある。
たみ丁寧に押しいただくと、持ったまま、立ち上る。
仙吉「おい――」
たみ「神棚《かみだな》」
仙吉「中、見てから上げろよ」
たみ「ああ」
仙吉「賞与のたんびに同じこと言わすなよ」
たみ「(呟く)すみません」
いつものように夫は空威張りをし、妻は下手《したで》に出ているが、夫の顔は、頬《ほお》のゆるむのを無理にこらえており、妻も少し厚味のあるボーナスに、わくわくする程うれしいのだ。
たみ、押しいただいて封をあける。
中から紙切れと札。
たみ「あ、お父さん、ああ――」
仙吉「(得意)」
たみ、札をかぞえ直す。
指にツバをつけ、丹念にやる。

仙吉「バカ、揉《も》まれて、お札から垢《あか》が出るぞ」
　縁側からチラッと見るさと子。
さと子の声「父の趣味は威張ることです。嬉《うれ》しいときも威張りますし、照れくさいときも威張ります。威張っているくせに、月給袋や賞与の袋は絶対に自分では切りません。母に切らせます」
　かぞえ終るたみ。
　袋にもどして、踏台にのり神棚にそなえる。
　柏手《かしわで》を打つ。
　ことのついでに天皇、皇后両陛下の御真影にも手を叩《たた》く。
　仙吉も、すわったまま、妻のしぐさに合せて頭だけ下げる。
仙吉「早く、メシにしてくれ」
たみ「あら、お酒――（上ンないンですか）」
仙吉「すぐ、出かけんだよ」
たみ「また、ですか」
仙吉「うん」
たみ「門倉さんとこ？」
仙吉「うむ」
たみ「この間うちからよくゆくわねえ、なんか――」

仙吉「いや（口の中でごまかして）メシ！」
たみ「さと子！」
　さと子。
たみ「お鍋《なべ》、あたためてちょうだい（台所をあごでしゃくる）」
さと子「――はい――（母に小さく）沢山《たくさん》出たの」
たみ「（お父さんの前でよしなさい。あとで……のめくばせ）」
　さと子、台所の方へ。
たみ「……随分、多い……」
仙吉「へへ、本社の連中も、べんちゃらばっか言う人間じゃ、仕事は出来んてことが、判ったんじゃあ（ないのか）」
　笑いかけて、仙吉が気がつく。
　離れたところから初太郎が神棚をじっと見ている。
仙吉「おい」
たみ「え？」
仙吉「気つけろ」
　たみ、初太郎に気づく。
たみ「（夫をにらむ）」
仙吉「前にやられてンだから――」

たみ「一軒のうちで――」
仙吉「お前、肌《はだ》から離すな」
たみ「――あした、一番で、積んできますよ」
仙吉「それまでだよ。それに全部積むわけにゃいかないだろ」
たみ「そりゃ、そうだけど」
仙吉「（わざと大きな声でいう）オレがさ、夜学だ、なんだっていわれながら、汗水たらして半年働いた分なんだから、徒《あだ》やおろそかに扱わないでくれよ」
たみ「――お父さん……」
初太郎、行ってしまう。
台所で聞き耳をたてるさと子。
さと子の声「もと山師のおじいちゃんはうちのお金を持ち出したことがある。おじいちゃんは、お父さんと一緒にごはんを食べない。口も利《き》かない。
あ、これは、お父さんの自慢ではありません。
一番の自慢は、門倉さん。古いお友達です。この間うちから、夜になると、よく出かけます。前は門倉さんがうちに来ていたのに、どうしたんでしょうか――。何ンか、あるのかな――」
大茶碗《おおぢゃわん》で、大いそがしで、ごはんをかき込んでいた仙吉、急に箸《はし》をとめる。
仙吉「ぺ」

たみ「?」
仙吉「ペチョ」
たみ「ごはん、ペチョペチョでした?」
仙吉「黙っててくれ」
たみ「——」
　さと子、入ってくる。
仙吉「ペチョーリンスカヤ」
二人「?」
仙吉「エカテリーナ・ペチョーリンスカヤ先生」
　出来た! という感じで、ほっとしてメシをかき込む仙吉。
　さっぱり判らない女二人。

●門倉の家・居間(夜)

　門倉と仙吉がヴァイオリンを習っている。
　教師は、白系露人のペチョーリンスカヤ女史。
　二人、ならんで「蝶々《ちょうちょう》」を弾く。
　門倉は、たどたどしいながら、どうにか音が出るが、仙吉は、無惨を極める。
　ペチョーリンスカヤ女史も、思案投首《なげくび》の態《てい》。

茶を入れる君子。

さすがに笑いをこらえている。

ヴァイオリンの初歩教授法などを書いた小さな黒板。

門倉は、器用に言われた通り出来る。

仙吉は食いつきそうに先生の手つきを見てやるが、出来ない。黒い扇風機が廻《まわ》っているが、汗だくだくの仙吉。

そばの君子、ヴァイオリンを持たないのに、気がつくとあごや肩や指で二人と一緒に、やっている。

●仙吉の家・茶の間（夜）

黙々とひとり夕飯を食べる初太郎。

何も見ていない目。

給仕をするたみ。

ペタンとすわって、柱によりかかっているさと子。ぼんやりしている。

たみ「おじいちゃん、おかわり」

初太郎、手を振る。

たみは茶をいれ、初太郎は、爪楊子《つまようじ》を使いながら、どっこいしょと、食卓につかまって立ち上がる。

たみ「いま、お茶」
初太郎「夜中に、はばかりに起きるから――」
　口の中で、ごちそうさん、と呟《つぶや》いたような。
　柱につかまりながら出てゆく。
　姿が見えなくなるやいなや、パッと単衣《ひとえ》をぬいで、腰巻と汗とり襦袢《じゅばん》になるたみ。
さと子「蚤《のみ》いるの？」
　たみ、パッパッと大胆に脱ぐ。
さと子「ねえ、もう蚤出たの？」
たみ「蚤なんか、いないよ」
　たみ、あごで、神棚の賞与の袋をとれと合図。
さと子「あ、おなかに巻くのか。ううん――先、とってから裸になりゃいいのに」
たみ「お母さんも、バカだね。(ほれ、お前とあごをしゃくる)」
　さと子、大儀そうに踏台《ふみだい》にのり、袋をとる。
さと子「おじいちゃん、さっき、全然見てなかったわよ」
たみ「そういうときが、かえってアブないの」
　言ってから、
たみ「やだけど――、なんかあってからじゃあ――おたがいにもっと、やだものねえ
……」

自分に言いきかせながら、袋ごと、肌にしっかりとつける。
やりながら、
たみ「お前、顔が赤いねえ」
さと子「――なんか――だるい」
たみ「そういやあ、目もうるんでるよ」
たみ、襦袢のまま、おでこを娘のおでこにくっつける。

●門倉の家・居間（夜）

立てかけてある二挺《ちょう》のヴァイオリン。
紅茶をのむ、ペチョーリンスカヤ女史と門倉、仙吉。
ビスケットをすすめる君子。
黒板に、仙吉が、「寝台戦友」と書き終ったところ。
門倉「『寝台戦友』」
ペ女史「ソレナンデスカ」
君子「ペチョーリンスカヤ先生にはお判《わか》りにならないわよ」
仙吉「寝台はベッド（寝るまね）」
門倉「戦友は戦争（突撃のまねをしかけるが）――いや、軍隊のときの友達」
仙吉「フレンド」

ペ女史「寝台のフレンド？」
　ペ女史、困ったような、おかしな目つきで二人を見る。
　二人、大あわて。
仙吉「あ、いや」
門倉
仙吉「まずい、まずいよ」
「変なのじゃないです。断じて」
門倉「そっちの気《け》は、二人ともなあ」
仙吉「こいつは、女好きで（小指を出しかけて）こりゃいかん」
君子「大きな声で言って下さいよ。水田さん」
門倉「いやね、先生、切実というか運命――」
　二人、何とか判ってもらおうと必死。
君子「――徴兵検査があるんですよ日本では。男は二十歳《はたち》になると体格検査うけて」
ペ女史「あ、チョーヘイケンサ」
君子「それで甲種合格になりますと兵役ってのがありまして」
仙吉「その軍隊で、二人一組にされるんですよ」
門倉「寝台のとなり合った者同士がほら、ベッド作るとき、二人でこうやるでしょ」
　二人、シーツをひろげるまねをしてみせる。
ペ女史「ああ、メイク・ベッド」

門倉「その二人は、一組とみなされるんですよ」
仙吉「一人が銃なくせば、二人一緒にビンタ」
　門倉、殴《なぐ》るまね。
ペ女史「オウ！」
門倉「戦争がありゃ、死なばもろともで」
君子「兄弟以上でしょうね。とっても仲がいいんですよ。仲がよすぎて――。なにしろ、水田さんとこに、二人目の子供生れたら、うちにいただく約束してたくらいですもの」
ペ女史「子供サン、いつ来ますか」
仙吉「それが――」
君子「そのおはなし、だめになりました」
　門倉、黙って「蝶々」を弾く。

●仙吉の家・さと子の部屋（夜）

　布団《ふとん》をしいて横になっているさと子。
　体温計の目盛りを見ているたみ。
　ヴァイオリンが聞えてくる。
　ヘタクソな調子っ外れで、「熱海《あたみ》の海岸散歩する……」(金色夜叉《こんじきやしゃ》の一節)。
　二人、変な顔をする。

●玄関

仙吉、上機嫌でヴァイオリンを弾いている。流しのまね。玄関の電気がついて、戸があく。

たみ。

たみ「お父さん。なにふざけてんですか」

仙吉「――いや、実はさ、門倉ンとこで、これ、習ってたんだよ。いや、音が出るまでが一苦労だよ」

たみ「さと子がおかしいんですよ」

仙吉「どした！」

たみ「微熱があるのよ。少し前から、体がだるくて、寝汗かいてたっていうのよ」

仙吉「――まさか、『胸』じゃないだろうな」

●レントゲン写真

胸部のレントゲン写真。

●さと子の部屋

ねているさと子。

うるんでいる目。

さと子の声「胸を患《わずら》うということばにあこがれたこともありましたが、いざ、肺病といわれると、今にも血を吐《は》いて死ぬみたいでひとりでに涙が流れてきます。少し美人になったように思えました。あたしの病気がもとで父と門倉のおじさんがけんかをしたのも、はじめて見る光景でした」

●客間

仙吉と門倉。胸ぐらを取り合わんばかりの大げんか。
真中で茶を入れながら気をもむたみ。
たみ、例の賞与を腹にまいているので、汗疹《あせも》になり、かゆい。
（声、大小つけながらテンポの早いやりとり）

門倉「肺門、淋巴腺炎《りんぱせんえん》？　立派な肺病じゃないか」
仙吉「馬鹿《ばか》（二階）聞えるだろ」
門倉「（小声）町医者じゃ駄目《だめ》だよ」
仙吉「何様の娘じゃないんだよ。医者も身分相応ってもンが」
門倉「婚礼や葬式は身分相応が大事だよ」
仙吉「（大声を出してしまう）葬式とは何だよ。縁起でもないこと言うな！」
たみ「お父さん！　声！」

一同の声、また小さくなる。

門倉「そう思ったら徹底的になおせよ。俺ァ、若い時、胸で、棒に振ってるからねえ、ひとごとじゃないんだよ」

仙吉「判ってるけどさ」

門倉「さと子ちゃんの嫁入り支度いくらかける」

仙吉「まず、千円以下じゃ」

たみ「千円だったら、箪笥《たんす》一棹《ひとさお》よ。お父さん」

仙吉「千五百円か——」

門倉「その分の通帳、ここへ出せ」

仙吉
たみ「おい」「門倉さん」

門倉「俺のな、取引先で、大学病院につてのあるのがいるからそこで徹底的に」

仙吉「あのな」

門倉「俺、さと子ちゃんかついでも連れてくからな」

仙吉「門倉!」

たみ「門倉さん（ボリボリかく）」

仙吉「なにやってんだ、お前は」

たみ「汗疹《あせも》がかゆいのよ」

仙吉「汗疹なんて言ってる場合か！　バカ！」

●病院・廊下

さと子を真中に、たみと門倉が緊張してベンチに坐《すわ》っている。
中年の看護婦が呼ぶ。

看護婦「水田さと子さん」

三人、バネ仕掛けのように立ち上る。

三人「ハイ！」

看護婦「レントゲン、とりますから——あ、ご両親は、こちらでお待ちになって下さい」

門倉「あ、あの、ぼくは父親ではない——（言いかけてやめる）よろしくおねがいします」

たみ「（頭を下げる）」

門倉「（さと子に）——ぐっと息とめて——ね」

さと子、うなずいて心細そうに入ってゆく。
二人、少し離れて腰をおろす。
二人揃《そろ》ってため息をついてしまう。
そのことに、あわてて、当惑する。
話題をさがしさがしギクシャクとしたやりとり。

たみ「――お仕事のほう――」
門倉「時局がら――ですか、手綱《たづな》しめてるつもりですが、ついこう（ひろがる）」
たみ「――なんか、新しいアルマイトの、お弁当箱――」
門倉「折りたたみ式のやつ――」
たみ「お父さんたら、あれ、うまくいったら、また門倉ンとこ、伸びるぞ――って」
門倉「それが、なかなか――」
話がと切れる。
たみ、汗疹《あせも》をかく。
また、間があいてしまう。
たみ、かゆい。
たみ「あの、汗疹は（言い間違える）あ、やっぱり、おつゆは洩《も》るんじゃないですか」
門倉「え？　あ、折りたたみ式の弁当箱」
たみ「ええ――」
門倉「つゆの出るおかずは、おかず入れで、別にしていただかないと――」
たみ「じゃあ、鮭《さけ》やたらこなら大丈夫ですね」
門倉「大丈夫です」
さと子、出てくる。
少し離れて、固くなってすわっているたみと門倉。

さと子の声「母も門倉のおじさんも、まるで初対面のように固くなっていました。でも、何か目にみえないものが流れているような気がして、少し息苦しくなりました。胸が悪いせいでしょうか」

●道（昼）

ゆっくりと歩いてくるさと子。

薬瓶《くすりびん》をもっている。

さと子の声「私の胸は大したことありませんでした。滋養をとって半年ほどブラブラしていればよいといわれました」

●仙吉の家・玄関

薬を持って、帰ってくるさと子。

うちの前に立っている老人。

さと子の声「うちの前に立っている金歯をみつけました」

仙吉の家の表札をあらため、ゴミ箱をあけ、生垣《いけがき》を折った枝で突ついている。

さと子、立ちすくむ。

金歯、ちょっと弱るが、ニイッと歯をむいて、あいさつする。総金歯。

さと子、あいまいな会釈《えしゃく》をして中へ入る。

●庭

洗い張りをしているたみ。
鼻唄《はなうた》などうたっている。
汗疹がかゆい。ボリボリかく。
さと子、母を突つく。
たみ「あ、お帰り」
さと子「来てる」
たみ「だあれ」
さと子、ニイッと歯をむき出してみせる。
たみ「金歯かい」
昼寝している初太郎がみえる。
さと子「うちのゴミ箱、突ついてた」
たみ「金廻《かねまわ》り、しらべてたんだ」
さと子「どしてごみ箱のぞくとお金まわり」
たみ「ごみ、見りゃ、食べもの判《わか》るじゃないか」
さと子「あ、そうか」
たみ「あの人が、ウロウロすると、ロクなことがないんだよ――」

外から、ウグイスのなき声がする。

金歯(声)「ホー、ホケキョ」

昼寝していた初太郎、目をあける。

金歯(声)「ケキョ、ケキョ、ケキョ」

初太郎「―――」

金歯(声)「ホーホケキョ」

顔を見合わす、たみとさと子。

たみ、腹のあたりをしっかりと押える。

さと子の声「この人は金歯といって、おじいちゃんの山師仲間です。もう一人、イタチというのがいて、この二人がおじいちゃんを引っぱりこむのです」

●東京駅・一、二等待合室

ひそひそばなしの金歯、イタチ、初太郎。

ニッカボッカズボンにハンチング。エナメルのボタンどめの靴《くつ》、スパッツをつけたしゃれた格好だが、いずれも、かなりくたびれた代物《しろもの》。

金歯、地図を出してヒソヒソバナシ。

まわりはかなり身なりのいい家族連れなどが、女中をつれて、すわっている。

三人、ゆったりとしてみせるが、チビたたばこをすったり、靴がいたんでいたりで、場違いな感じ。
金歯「近頃《ちかごろ》にないうまい山だぜ」
イタチ「どこだ」
金歯「(示す)」
イタチ「『〽天竜下《てんりゅう》れば、しぶきにぬれてよ』か(市丸が歌った当時のヒット・ソング)」
三人、頭をあつめて、何やら内緒《ないしょ》ばなし。
指を使ったりして符牒《ふちょう》ではなしている。
車掌、イヤな顔をして通りすぎる。
金歯「どうだ。三ナカ(三人の仲間で仕事をすること)でやらねえか」
二人、少し、考える。
金歯「俺な、これ、売るぜ」
金歯をむき出す。
イタチ「はずすの痛《いて》えだろ」
金歯「倍、三倍になって、かえってくると思うと、うれし涙よ」
イタチ「こうと知ったら、盛りの頃に金歯入れとくんだったよ」
金歯「イタチ、お前、どうする」
イタチ「最期《さいご》っ屁《ぺ》でいくか」
金歯「じいさん、どうだい」

初太郎「（ゆったりと笑って、二人の上にてのひらを重ねる）」
イタチ「あては、あンのかい」
初太郎「水田初太郎、やせてもかれても」
見得《みえ》を切るが、せき込んでしまう。
それでもつづける。
初太郎「プーンと檜《ひのき》の匂《にお》いがしてきた――」

●街角

紙芝居が、子供たちを集めている。

青っぱなの二本棒、油屋さんとよばれる大きな白いエプロンをかけた幼い女の子、子守りのばあさん、などが桃色のアメをなめながら、継子《ままこ》いじめの因果ものなどの画面に見入っている。

その向うをのんびりと鼓《つづみ》を打ちながら下駄《げた》の歯入れ屋が通る。

歯入れ屋、角のところでいきなり、すっとんできた背の高い男と鉢合《はちあ》わせをする。

男は門倉。

門倉、出合いがしらに馬力《ばりき》とぶつかる。（スローモーション）

●仙吉の家・湯殿
帯《おび》を解き、風を入れ、ボリボリ掻《か》き天花粉《てんかふん》をはたいているたみ。

天花粉の丸い箱の古典的な模様。

そばに、賞与の袋の入ったさらしの帯というか腹巻の如《ごと》きもの。

たみ、ボリボリ掻きながら札を出す。

汗でヨレヨレ、匂いを嗅《か》ぐ。

いきなり、玄関の格子戸《こうしど》がドンドン叩《たた》かれる。

門倉(声)「奥さん！　奥さん！」

たみ「あら――」

門倉(声)「ごめん下さい！　奥さん！」

たみ「門倉さん――はーい！」

たみ、とび出しかけ、着物をかき合せ、帯をとり、体にまきつけながら、小走りに玄関の方へ。

たみ「いま、あけます！」

●玄関
鍵《かぎ》をあけるたみ。

とび込んでくる門倉。

門倉「出来ました！　出来た！」

たみ「え？」

門倉「出来たんですよ」

たみ「あッ、折りたたみ！」

門倉「折りたたみ――」

たみ「折りたたみの、アルマイトのお弁当箱……」

門倉「(はげしく手を振る、子供のように地だん駄を踏む) 折りたたみじゃないよ。赤んぼ！　子供！」

たみ「えッ！　奥さん、おめでた？」

門倉、シュンとなる。

とたんに威勢が悪くなって声も小さくなる。

門倉「(口の中でモグモグ) いや、あっちじゃない……んだ――」

たみ「あっちじゃないっていうと」

門倉、体の横から小指をちょっと出してモジモジする。

たみ「あ、ああ――」

門倉「奥さんも知ってる――あの――」

又しても小指。

たみ「あ、あのカフェの女給さん」
門倉「生ませても、いいでしょう。いけないですか。――」
たみ「あたしにそんなこと（言ったって）」
門倉「女房にゃ済《す》まないけど、血のつながった自分の子欲しいよ。だから女房をどうこうしようって言ってるんじゃないんだ。『糟糠《そうこう》ノ妻ハ堂ヨリ下《くだ》サズ』――あっちはちゃんと立てた上で」
たみ「――門倉さん。――足、どうなすったの」
ズボンが裂けて血が流れている。
門倉「そこで、馬力に――（ぶつかったまね）」
たみ「馬力――ひどいわよ。いま薬」
門倉「いや、奥さん、おかまいなく」
たみ「――とにかく上って――先に洗わなきゃ駄目だ」
門倉「奥さん、ひとりのとこ――いや（口の中で）水田がいないのに――上るわけには」
たみ「ケガしてる人が、なに言ってるんですか。早く」
門倉「いや――」
たみ、引っぱり上げようとする。
カタンと茶の間の方で、かすかな音。
たみ「――」

たみ、ハッとなり「ア」と、声にならない小さな叫びを上げて、奥へかけこむ。

門倉「奥さん――」

●茶の間

入りかけた、たみ、凍りつく。

初太郎が、さらしの二重になった帯(腹巻)から賞与の袋を出し、中の百円札を手にしたところ。

たみ「おじいちゃん――」

初太郎、しっかりと百円札をつかんで離さない。

たみ「おじいちゃん――」

初太郎「貸してくれ」

たみ「――」

初太郎「必ず返す。半年で、倍にして返す」

たみ「勘弁して下さいな」

初太郎「うまい山、めっけたんだよ天竜《てんりゅう》の（言いかける）」

たみ「山はやらない約束でしょ」

初太郎「一回こっきり。これが最後の」

たみ「最後、最後って、おじいちゃん、何度あたしたち泣かせたら気が済むんですか」

初太郎「金歯とイタチとオレと三ナカでやるんだよ。金歯の奴《やつ》ア、歯、はずして金つくるってさ。イタチは」
たみ「おじいちゃんも自分で作って下さい」
初太郎「作れるくらいなら、嫁の肌着《はだぎ》に手はかけないよ」
うしろに立って聞く門倉。
たみ「――（札《さつ》を引っぱる）」
初太郎「――（離さない）盗人《ぬすっと》でいい。殴《なぐ》るなり蹴《け》るなり好きにしてくれ。だから――」
たみ「返して下さい。門倉さん――（助けを求める）」
門倉「おじいちゃん……」
門倉、札をにぎりしめる初太郎の指を一本ずつはずすようにする。
初太郎、させまいとして、体中でブラさがって頑張《がんば》る。
門倉、手をはなしワニ皮の札入れを出す。
新しい百円札を出そうとする。
たみ「やめて下さい」
門倉「これは、奥さん、関係なし。ぼくとおじいちゃんの」
たみ「お気持はうれしいけど、それだけは。うちうちのことですから。こんなことから門倉さんとうちのお父さん、こう食いちがったりしたら、あたし、やだもの（強く言う）」
門倉「（たみの目を見てうなずき札をしまう）」

　初太郎、じっと札を見る。
初太郎「（ポツリと）ニセ札でも作るかな」
　水っぱなをすすると、自嘲《じちょう》の笑い。
　だが、その顔はみじめにこわばり、泣いているようにみえる。
門倉「おじいちゃん」
　呼びとめて、
門倉「ニセ札もいいけど、証文の方がいいんじゃないかな」
初太郎・たみ「？」
　門倉、たみに必死の哀願。
門倉「奥さん、今日は、ぼくの一番、うれしい日だよ。その日に、笑ってる人間のすぐとなりで、泣いてる人間いるのは、辛《つら》いんですよ。生まれてくる子供の景気づけと思って、何とかして上げてくれませんか」
たみ「門倉さん、それとこれは別」
門倉「奥さん」
たみ「あたし、お父さんに（言いかける）」
門倉「返してから言やあ、いいじゃないですか。ぼく、連帯保証人になりますよね。めでたい日なんだから、このけがに免じて――」
　手をつく門倉。血の流れる足。

仕方なく百円を出すたみ。
初太郎、門倉の目をみつめて百円札をにぎりしめる。

●カフェ「バタビヤ」(夜)

「禮子ちゃんお別れ会」の小幕。
禮子、梅子、ミドリなどの女給たち。
客は門倉と、引っぱられてやってきた仙吉の二人。禮子と男二人は、上機嫌だが、女給たちはおめでとうを言いながら、すこし面白《おもしろ》くない。
女たち「禮子ちゃん、おめでとう！(グラスをぶつける)」
梅子「玉の輿《こし》！」
門倉「玉の輿って言われると、どうも——」
仙吉「立派な玉の輿だよ——籍よか愛情(あ、いかん)」
ミドリ「ねえ、コシって、どういう字書くのォ」
仙吉「コシはねえ」
仙吉、女の赤いカクテルを指につけ女給のエプロンに輿という字を几帳面《きちょうめん》に書いてみせる。
梅子「あらア、こっちの腰じゃあないのォ」
梅子、腰を振ってみせる。

ミドリ・女給たち「やだァ」
　禮子、傷つくが、面白がって勝気に笑いとばす。
禮子「同じようなもんよォ、ねえ」
仙吉「ち、ちがうよ。玉の輿のコシは、人をのっける乗りもの――あッ！」
禮子「同じじゃない。昔のことばって、よく出来てるわよ。ねえ（門倉をつつく）」
門倉「え？　うん、ハハ、ハハハ」
仙吉「ハハ、ハハハ」
　二人、仕方ないので、肩を叩き合って笑う。
　みんなはビールやウイスキーなどの酒をのむが、禮子だけは、大きなコップにミルクを入れて、見せびらかすようにのんでいる。
梅子「いい時やめるよ、禮子ちゃん」
ミドリ「ほんと、女給禁酒令っての？　あんなのが出たりしてごらんな」
梅子「お客のおあしで、お酒のめないんじゃあ、禮子ちゃんいたって、しょうがないものねえ」
禮子「そう思って、ミルクにしたのよ」
ミドリ「よく、そんなの、ゴクゴクのめるわねえ。なんか生ぐさくて」
門倉「のみつけると、うまいよ。オレなんか、ここ（胸）やられてねてた時なんか一日三合のんだね。滋養つけて直りたい一心だよ」

仙吉「オレはせいぜい一合だ」
禮子「あたしも」
梅子「二号が飲んでも、一合とはこれいかに」
禮子「――お産をしない人が、サンゴ(三合)というがごとし」
仙吉「うまい！」
禮子「ねえ、生れたら知らせるから顔見にきてよ」
一同「ＯＫ！　いく、いく！」
梅子「あんたも通りかかったら、寄ンなさいよ」
禮子「――モチ(当時、はやったいい方)」
梅子「丈夫な子、生みなさいよ」
禮子「ありがと。あんたたちも」
ミドリ「子供生むの？」
禮子「やだ！　元気でって意味よ」

やきもちをトゲのある言葉でぶつけたものの、一同、笑いながらグラスをぶつけ合う。

ピンポンのレフェリーのように、禮子の顔と一同の顔を、かわりばんこにみながら、女たちのあからさまなことばに気をもんでいた二人の男たち、ほっとする。

にこにこして、ミルクで乾杯する禮子。

●カフェ「バタビヤ」・表

出てくる門倉、禮子、そして仙吉。

仙吉「いやあ、大したもんだ。さすがは、門倉が惚《ほ》れた女だけのことはあるよ」

言いかけた仙吉の言葉をさえぎるように、禮子、いきなり、バタビヤのドアに向って叫ぶ。

禮子「バッカヤロオ！　オッタンチンのマヌケ、なんだい！　オタンコナス！」

門倉「よせよせ、胎教《たいきょう》によくないよ」

禮子「バッカヤロ！」

大荒れの禮子。

男二人、なだめるのに大童《おおわらわ》。

●周旋屋

貸間や文化アパートの札に見入り、手帳にメモする仙吉。

●ミルクホールなど

カフェの女給らしい女に金包みを渡して頭を下げている仙吉。

泣く女。

●仙吉の家・縁側（夜）

初夏の夜。

仙吉が縮みのステテコひとつでヴァイオリンの稽古《けいこ》。

曲は「蝶々」。

つっかえつっかえ弾く。

たみが、わざと見えるように両方のこめかみに頭痛膏《こう》(梅の形に切ったもの)をはっている。

さと子も一枚もらってホッペタに貼《は》る。

さと子の声「お世辞のことを、歯の浮くようなと言いますが、どんなお世辞もお父さんのヴァイオリンにはかないません。今月に入って、二箱目の頭痛膏です。それと、お母さんは、お父さんに対して腹を立てています。お父さんが赤ちゃんの出来た門倉のおじさんの二号さんに、アパートをみつけてあげたり、いろいろ世話をやくのが、少し面白くないらしいのです」

たみ、ガタンと、薬の入っている箱のフタを手荒《てあら》くしめる。

仙吉、ヴァイオリンをやめる。

たみ「もう、おしまいですか」

仙吉「今日はくたびれたよ。いちいちオレの女じゃありませんて、看板下げとくわけにいかないからな。じろじろみるしさ、いやもう」
たみ「けっこうたのしかったんじゃないんですか」
　仙吉、吉川英治の『宮本武蔵』第二巻をよみ出す。
仙吉「『武蔵は、一挺の鎖鎌《くさりがま》を外して手に取った』」
たみ「アパート、みつかったんですか」
仙吉「さがすとなると、ないもんだね。奴のうちと遠くてもいかん、近くてもいかん、いや、もう」
たみ「浮気の気分味わったでしょ」
仙吉「『梅軒は醒《さ》めない。顔をのぞいて、武蔵は、鎌の刃を爪《つめ》でひき出した』」
たみ「――――」
　おかしい物かげのさと子。
さと子の声「吉川英治の『宮本武蔵』はずい分、人助けをしているみたいです」

●門倉の家（夜）

　こちらもヴァイオリンの稽古。
　弾んで「蝶々」の曲。
　じっと聞く君子。

●禮子のアパート

文化アパートに不似合いな犬張子《いぬはりこ》。
少しおなかの目立ちはじめた禮子に岩田帯をしめてやっているたみ。
禮子「どうして戌《いぬ》の日に岩田帯するんですか」
たみ「犬はお産が軽いからじゃないかしら」
禮子「あー、なるへソ」
たみ「高いところのもの取ったり、バケツの水ぶら下げたりしちゃ駄目《だめ》よ」
禮子「はい！」
——言って、急にベソをかく。
禮子「いつかは、申しわけありませんでした」
たみ「？」
禮子「あたしが、お宅へおしかけてお札ばらまかなきゃ、奥さんも今頃《いまごろ》は岩田帯」
たみ「いいのよ、四十の恥かきっ子ですもの。ああなった方がかえっておたがい、よかったのよ」
禮子「——すみません」
たみ「そんなこと気にしないで、丈夫な赤ちゃん生んでちょうだい」
ちょっといい気持のたみ。

●仙吉の家・客間（夜）

　紹《ろ》の羽織の改まった身なりの君子が端然とすわり、馬鹿《ばか》でかいカステラの折を出している。

　仙吉、たみ。

君子「（にこやかに）このたびは、いろいろお世話になりましたようで」

たみ）「はっ」
仙吉）「お世話？」（ギクリとする）

仙吉「なんですか、そりゃ」

たみ「お世話になっているのは、うちのほうですよ」

仙吉「そうだよ。門倉に紹介してもらった病院のおかげで、さと子も」

君子「そんなの、お世話のうちに入りませんわ」

仙吉「門倉――何か」

君子「何も申しませんけど、『持つべきものは、友達だなあ』――フフ（笑って）滅多にあんな声出す人じゃありませんもの」

仙吉「そりゃ、こっちの言葉ですよ。なあ」

たみ「ええ――」

君子「あたくしが気の利《き》かない分、こちらさまで、代って下すってると思って、あ、これだけはごあいさつをしておかなくては心残り」
二人「え?」
君子「『寝台戦友』って、陸軍サンだけなんですってね。ほんとにすばらしいわ」
仙吉「あっ——」
たみ「あの——」
君子「そういえば、あの歌も題は、『戦友』っていうんでしたわね。
〽ここはお国を何百里」
仙吉・たみ「(ほっとして)〽はなれて遠き満州の　赤い夕日にてらされて」
君子「いい歌。何度聞いても涙が出て来て。特にあたくし『あとに心は残れども』ってあそこ大好き」
たみ「あたしも——」
君子、フフと笑う。

●客間(夜)
布団《ふとん》をしいているたみ。
足の爪を切っている仙吉。
便所から帰る初太郎。
たみ「夜中に爪切ると、親の死に目に逢《あ》えませんよ」

仙吉「逢いたかないね」

たみ「お父さん——（小さく）縁側いって——（追っぱらって布団をしきながら）奥さん、知ってるのかしら」

仙吉「調べるつもりになりゃ、判《わか》るだろ」

たみ「だからって、紋つきなんかきて、大きなカステラもってくることないじゃない」

仙吉「——」

たみ「（のんびり鼻唄《はなうた》をうたう）

〽あとに心は残れども
残しちゃならぬ此《こ》の身体《からだ》
それじゃ行くよと別れたが
永《なが》の別れとなったのカァ……」

仙吉、グウッとのどのつまった声を出す。

ハサミをおっぽりだして立ち上るたみ。

たみ「——お父さん——」

吊《つ》りかけの蚊帳《かや》をけとばすようにして、とび出してゆく仙吉。

たみ「——」

●門倉の家（夜）

腰巻を夜干ししている長襦袢《ながじゅばん》姿の君子。

食卓に書置き。

ドアをけとばすようにとび込んでくる門倉。

腰巻ごと、君子を抱きしめる。

門倉「バカなまねはよせ！　水田から聞いたよ！　女と別れる。子供も何とかする。だからな、な、死ぬなんてことは君子！　君子！」

だが、それは妄想《もうそう》。

ドアの方をチラリと見るが、何も起らない。

どこかで赤んぼうが泣く。

君子、もう一度干した腰巻のしわをのばし、食卓の遺書をたしかめ昇汞水《しょうこうすい》と書いた瓶《びん》を手にする。

とたんに戸があく。とび込んできたのは仙吉。

仙吉「あッ！」

仙吉、昇汞水のビンを、なぎはらおうとする。

君子ともみ合いになる。

体ごと押さえこむ。

君子の胸のあたりがはだける。
君子、嗚咽《おえつ》する。
仙吉にかじりついて、身をもんで泣く。
君子「水田さん、あたし——」
仙吉「奥さん……」
君子「あたし生きてるの、いやになった」
仙吉、男の目になる。
仙吉「——奥さん——」
声がかすれる。
抱きあってしまう。
カタンと音がする。
君子、ハッとなる。
仙吉も我にかえる。
手をはなす。
玄関の気配に耳をすます。
仙吉、昇汞水の瓶を手に、出てゆく。

●玄関

門倉が立っている。
上れない。
足許《あしもと》に仙吉の下駄。
仙吉、出てくる。
昇汞水の瓶を門倉に突き出す。
目を見ないで、カスレた声で、せいいっぱい威張って言う。
仙吉「女房、泣かすようなマネしちゃ、ダメじゃないか。気つけろ、バカ！」
間違えて、門倉の靴《くつ》をはいて、出てゆく。
奥に長襦袢姿の君子、立っている。
門倉——。

●仙吉の家・廊下（夜）

帰ってくる仙吉。
仙吉「おい、おい——」
いつもの威張った声ではない。
少し威勢の悪い声で呼ぶ。

さと子——。
さと子「お母さん、お風呂——汗疹《あせも》ひどいから、お先にって——」

●風呂場

くる仙吉。

風呂場のくもりガラスの戸が少しあいて、そこに例の金の入った帯(腹巻)がある。端は長くのびている。風呂場に垂らして入浴しているらしい。

湯を使っている音。

仙吉、ふと気になって中を改める。

ヨレヨレの札の匂《にお》いをかいだりしてかぞえる。

中から初太郎の借用証が出てくる。連帯保証人、門倉修造の名も。

たみ「だあれ？　さと子？——」

ガラス戸のすき間からのぞいてアッとなる。

たみ「お父さん——」

仙吉、だまって証文をしまい行ってしまう。

たみ「————」

●縁側

ぼんやりと庭を見ている初太郎。
そのうしろを通る仙吉。

●茶の間

たみがくる。たみ、例の証文で怒られるとビクビクしている。
たみ「――お先に、お湯、使わせていただきました」
仙吉、一升瓶の酒をコップについでいる。
たみ「――門倉さんの奥さん――」
仙吉「――いや、別に――」
仙吉、もうひとつのコップを出す。
たみ、少しほっとするが、まだ安心はしていない。
たみ「あら、あたしはダメよ。のむと、足の裏までかゆくなるから」
仙吉、だまってつぐ。
あごを初太郎の方へしゃくる。
たみ「――どうしたの？」
仙吉「――――」

たみ「なんだか、変ねえ」
仙吉、ごくごくのむ。

●縁側

初太郎のうしろに酒のコップ。
初太郎、ほんの少し口をつける。

●仙吉の家・さと子の部屋（昼下り）

薬をのむさと子。
横になって明治大正文学全集をめくる。
ヴァイオリンの音合せが下から聞えてくる。

●門の外

金歯——ただし金歯をぬいたらしい白い歯の元金歯が、家の中をうかがっている。ヘタクソな「蝶々」の二重奏が聞えてくる。

●初太郎の部屋

ひるねをしている初太郎。

蚊《か》が出ている。スネを叩《たた》く。

「蝶々」の曲。

●客間

ヴァイオリンをひいている仙吉と門倉。仙吉は門倉に追いつこうとし、門倉はヘタクソな仙吉にせいいっぱい合わせる。

真中で、麦茶を入れるたみ。

ゆったりとしている。

たのしそうに二人を見る。

さと子の声「父といる時の母は暮しにくたびれた三十九歳の女です。門倉のおじさんと二人のときは、学校の先生みたいです。父と門倉のおじさんと二人の間にいるときは、くだものみたいに瑞々《みずみず》しく見えます。もう、私はこの先を考えるのが恐《こわ》くなりました」

「蝶々　蝶々　菜の葉にとまれ

菜の葉にあいたら　サクラにとまれ」

をもじって三人の関係を見る。さと子の目で――。

うちわで仙吉をあおぎ、三度に一度ぐらい、門倉にも風を送っているたみ。

3 青りんご

●門倉の家（夕方）

風呂敷《ふろしき》包みの竹籠《たけかご》を抱いて、門を入ってゆくさと子。

足許《あしもと》の落葉。季節は秋になっている。肩や、手にした竹籠(中は松茸《まつたけ》らしい)に散りかかる黄色く色づいた銀杏《いちょう》を指先でやわらかくはらう。

さと子、いきなり犬に吠《ほ》えられる。

「門倉修造」と表札の出た玄関横に、家に負けずモダーンで大きく立派な犬小屋。

顔を出す西洋犬。

さと子「キャア！」

犬、余計吠える。

さと子「いやア。おじさん！　おじさん！」
　ドアがあいて門倉。
門倉「こら。バロン」
　門倉、シッと指を自分の唇《くちびる》にあてて犬を黙らせる。
　尻尾《しっぽ》を振る犬。
　門倉、頭をなでながら、
門倉「さと子ちゃん、犬、嫌《きら》いだったのか」
さと子「嫌いじゃないけど、いきなりだったから、びっくりしちゃって――これかア（思い出しながら）ええと、ワイヤー（言いかけて、つっかえる）」
門倉「ワイヤー・ヘアード・フォックス・テリヤ――」
さと子「お父さん、同じの飼いたいって――お母さんとけんかしてンの」
門倉「水田が？　飼いたいって？」
さと子「お父さんたら、なんでも、おじさんの真似《まね》するのよ」
門倉「（笑って奥へどなる）おーい！　さと子ちゃん来た！」
　奥から、小走りに出てくる君子。
君子「いらっしゃい――」
さと子「こんにちは。松茸。到来物ですけどって」
君子「いつもすみません。（のぞいて）あら、みごとな松茸」

玄関のドアが閉る。
さと子の声「お父さんは、何でも到来物があると、いいのを、門倉のおじさんのところへ届けます。松茸だって、うちには、カサのひらいたのと虫喰《むしく》いしか残っていません」
犬小屋から首を出している犬。
ドアの中から話し声。
門倉「お父さん、元気かい」
さと子「ううん――（言いよどむ）」
門倉「そんならいいんだけどね、ここんとこ、連絡がないんで、どうしたのかと思って――」
犬、クンクンと啼《な》く。
さと子「――」

●門倉の家・居間

紅茶をすする君子、さと子、門倉。
君子のやりかけの刺繍《ししゅう》。
さと子の声「実は、父はあまり元気ではないのです」

●仙吉の家・縁側（夕方）

庭に向って、ぼんやりしている仙吉。茶の間の方から見るたみ。そっと小箪笥《こだんす》の抽斗《ひきだし》をあけて通い（預金通帳）をのぞく。

かなりの金額が引き出してある。

縁側の仙吉。大きくため息をつく。

たみ、通いを手にそばへゆきかける。

ご不浄から帰る初太郎が通りかかる。こちらは、珍しく元気がいい。

勿論《もちろん》、ヨタヨタしているし、もともと無口なので浮かれるといってもタカが知れてはいるが。

初太郎「（口ずさむ）〽敵は幾万ありとても　すべて烏合《うごう》の勢なるぞ」

初太郎、嫁に気がつくと、敬礼をしたりして、自分の部屋に入ってゆく。

たみ、見送って、夫のそばへ。黙って、前に通いを置く。

仙吉「なんだよ」

たみ「（通いを開いて示す）」

仙吉「――――」

たみ「おじいちゃんじゃないかと思って」

たみ、そうではないと判《わか》っている。

わざと聞いている。
仙吉「俺だよ」
たみ「（やっぱり……）――一体、なにに、こんなお金（言いかける）」
仙吉「俺の稼《かせ》いだの、何に使おうと、俺の勝手だろう」
たみ「――お父さん――」
仙吉「――」
たみ「お父さんのことだもの、女やかけごとじゃないわよ。何に使ったのか判ればあたし
――そりゃ、さと子の病気は、もういいようなもンの、年寄抱えてりゃ、いつ何どきお
金いるか判らないのに、こんな――」
仙吉「うるさい！」
たみ「――だってお父さん――」
仙吉「男のすることに、口出すな！」
通帳を、手で払うようにする。
たみ、夫をにらみつけ、茶の間の方へすっとんだ通帳をひろう。
仙吉「（呟《つぶや》く）このくらいじゃ、焼石《やけいし》に水なんだよ」

●初太郎の部屋（夜）

小さな柳行李《やなぎごうり》から水筒、地下足袋、ニッカボッカ、鳥打帽《とりうちぼう》など出している初太郎。

鳥打帽を頭にのせて、地図をひらく。

天竜川《てんりゅうがわ》あたりを眺《なが》めている。

さと子の声「ひとりだけ、おじいちゃんは元気です。お母さんから強引にボーナスを百円借りて、昔の山師仲間とひと仕事することになったらしいのです」

たみ(声)「おじいちゃん。お布団《ふとん》、しきましょう」

初太郎「(大あわて)自分でしくから、いいよ」

あっという間に、たみ、唐紙《からかみ》をあけてしまう。

ころがるようにとんでいって、しめる初太郎。

唐紙の向こうのたみ。——ため息をつく。

たみ、まだ縁側にポオッとしている仙吉に声をかける。

たみ「お父さん。まさか、犬、買ったんじゃないでしょうね」

仙吉「犬?」

たみ「ほら、この間うちから、お父さん、飼いたいっていってた——門倉さんとこと同じ西洋犬——ええと、ワイヤー・ヘアード・フォックス・テリヤ」

仙吉「馬鹿《ばか》!　ゾウやキリンじゃあるまいし、犬がそんなするか!」

わからない、たみ。

●さと子の部屋（昼下り）

琴を出し、琴柱《ことじ》を立て直すさと子。

ポツンポツンと爪弾《つまび》く。

さと子の声「下では父が寝ています。風邪で、会社を欠勤しているのです。今までだと、三十九度あっても、這《は》ってでも行ったのに。どうかしています」

また、ポツンポツンと琴を爪弾く。

禮子(声)「ごめん下さーい！」

さと子の声「誰かしら。うちのお客でごめん下さーいと、しっぽを長くひっぽる人、いたかしら」

禮子(声)「ごめん下さーい」

たみ(声)「はーい！」

足音、玄関のあく気配。

●玄関

あけるたみ。

立っている禮子。

たみ「あ――」

禮子「お産婆《さんば》さんの帰り。おかげさまで順調ですって」

たみ「よかった。……」

そろそろ、おなかの目立つ禮子。
禮子「奥さんに、それだけ言いたくて。どうも」
たみ「あら？」
禮子「さよなら」
たみ「ちょっと待ってくださいよ。お父さん！　お父さーん！」

●階段

下りてゆくさと子。
寝巻姿の仙吉と、たみが、遠慮する禮子を引っぱり上げているところ。
禮子「ほんとに、ここで（失礼します）」
仙吉「仇《かたき》のうちへ来てもお茶ぐらい飲むもんだっていうじゃないの。たみ、ほら（ひっぱり上げろ）」
たみ「ね、お茶いっぱいだけ」
禮子「いいんですか——」
たみ「ヨイショ！」
二人に、引っぱり上げられた禮子、下りて来たさと子に会釈《えしゃく》。
仙吉「娘。さと子」
禮子「あ、いつも、聞いてます」

ちょっと腰をかがめて入ってゆく。
さと子の声「言われなくても、すぐ判りました。門倉のおじさんの二号さんで、もとカフェの女給をしていた禮子という人です」

●茶の間

茶の支度をするたみ。手伝うさと子、仙吉もウロウロしている。
仙吉「俺、これ寝巻でいいかな」
たみ「(ぐいと引っぱって)ね、苗字《みょうじ》、なんて言うんですか」
仙吉「苗字？」
たみ「(客間の方をあごで示す)」
客間で、庭を見て静かに坐《すわ》っている禮子。
仙吉「苗字か――苗字は――奥さん――」
たみ「(目で、バカねえ、だめよ、とたしなめる)」
仙吉「――名前、呼ばなくたって、しゃべれるだろ」
客間から、禮子が声をかける。
禮子「水田さん、会社だと思ってたら――」
仙吉「風邪ひいちまってね」
たみ「一緒になって、はじめてじゃないかしら、会社休むの」

仙吉「二度目だよ」
　たみ、茶をもって客間へ。
　仙吉もついてゆく。
　さと子は、菓子の缶《かん》をしまいながら、つまみ食い。
　たみ、坐りながら、
たみ「――男の子じゃないかしら」
禮子・仙吉「え？」
たみ「顔がきついもの」
禮子「あら、顔、きついと男の子なんですか」
たみ「そう言うんじゃない」
禮子「うちのほうは、おなかが四角くなるっていうか角《かど》ばると男の子――」
仙吉「四角いんですか？」
禮子「(さわって) どうかしら」
　仙吉、ウームとうなってまぶしそうに見る。
　さと子も、のぞきこむようにする。
仙吉「門倉は、やっぱり男が欲しいだろうなあ」
禮子「口に出しちゃ言いませんけどね」
たみ「門倉さん、やさしいから。女は困るのよ。男生めっていわれたって。おみおつけの実じゃないんだから大根にしろ、若布《わかめ》にしろ、言われた通り、はいってわけにゃいかないわよ」
禮子「ほんと――」
仙吉「門倉、かわいがるよオ。男でも女でもさ。あいつ一日中、これ（抱っこ）で、会社行かないんじゃないのかねえ」
三人、笑う。
そこへ声あり。
君子(声)「ごめん下さいまし」
仙吉とたみ、ハッとなる。
君子(声)「ごめん下さいまし」
禮子「お客様……」
仙吉とたみ、目を見かわす。禮子、夫婦の目から相手を察する。
仙吉「は、はい！」
たみ「い、いま、あけます！」
禮子「あたし、裏から――」
仙吉、拝みかける。たみ、それを突きとばすようにして小声ですばやく――。
たみ「さと子！」
さと子「――」

たみ「お客様（上）お前の部屋」

遠慮する禮子をさと子に押しつける。

追いやっておいて玄関へ走り出す。

●玄関

くつぬぎの上にならべてある、コルクの上に畳表のついた禮子のぞうりを、うしろにポンとほうる。

さと子、すばやくひろって、禮子と一緒に二階へ上ってゆく。

たみ、見とどけて、
たみ「すみません、お待たせして――ちょうど、着替えしてたとこ――すみません」

衣紋《えもん》などつくろいながらあける。

君子、立っている。

君子「駅前まで、刺繡《ししゅう》の糸、買いに出たもんで――それと、ちょっとお見せしたいものがあって――いいですか（上っても）」

たみ「――どうぞ――」

奥では、仙吉が茶を引っこめようと大あわてで働いている。

●さと子の部屋

出窓に斜めに腰かけて、外を見ている禮子。

さと子、自分の花柄《はながら》の座布団を差し出す。

禮子、目で笑いかけ一礼して敷《し》く。

さと子の声「下に奥さんがいて、二階におなかの大きい二号さんがいる。こんな場面はいま読みかけの『明治大正文学全集』のどこにものっていないと思います」

下から声にならない話し声や笑い声が聞えてくる。

知らんプリをする禮子。

さと子、琴を爪弾きはじめる。

合間に、声をひそめて禮子が話しかける。

禮子「小さいときから？」

さと子「(両手をひろげてみせる＝十歳。あなたは、としぐさで)」

禮子「(首を振る) 働いてたから――人のうちで……」

しぐさで、子守り。

さと子「子守り。……」

禮子、拭《ふ》きそうじのしぐさ。

さと子「女中さん……」

禮子「それから（しなだれかかって酒をつぐしぐさ）でしょ。大正琴はさわったことあるけど、本ものお琴は――」

さと子、突ついて、どうぞ――と、琴の爪を出す。
禮子、教わりながら指にはめて、糸を弾く。
ボヨヨンと変な音が出てしまう。

●客間

若い男(辻本《つじもと》研一郎)の写真を見せている君子。仙吉、たみ。
君子「辻本さん、この三月に帝大をご卒業（言いかける)」
たみ「奥さん」
仙吉「奥さん。お心にかけていただくのはうれしいんですがね。うちのさと子は、まだ十八だから」
君子「十八はすぐ十九になるのよ。十九になったら、アッという内にハタチになって気がついたら二十一になってるんですよ」
たみ「そりゃそうですけど」
仙吉「第一まだ、ここが（胸)」
君子「直ったも同然だって、おっしゃってたじゃないの。もう直ったってことでしょ。病いは気から。いい『おはなし』がありゃ、肺門淋巴腺《りんぱせん》なんて、すっとんじまいますよ。元看護婦が言うんだから間違いなし」
たみ「でもねえ」

仙吉「うーん」
たみ「――」
仙吉「――」
君子「あたしの持って来た『はなし』じゃ、お嫌《いや》かしら」
仙吉「とんでもない」
たみ「そんな、ねえ」
君子「だったら――。逢《あ》うだけでも逢って下さいな。あたしもひとつぐらいは、お役に立ちたいんですよ」
二人「――」
君子「おねがいします」
辻本研一郎の写真をのぞきこむ夫婦。
哀願するような、切実な君子の眼《め》。
またボヨヨンと、変な琴の音が聞える。
仙吉、気を揉《も》んで上目使いに二階を見上げる。

●さと子の部屋

禮子、琴をもてあそんでいる。
見ているさと子。

●門倉の家・玄関

例のワイヤー・ヘアード・フォックス・テリヤがあくびをする。

枯葉が舞う。

さと子の声「お見合いをしました。生まれてはじめての体験です」

●居間

大盛装。髪にリボンをつけ、大緊張のさと子。

その向い側に、やはり固くなっている辻本研一郎。

上気しているたみ。

上機嫌で、世話をやく、君子。

満更《まんざら》でもない門倉。

調子を合わせて談笑してはいるが、どこか浮かない仙吉。

君子「昔はねえ、お見合いっていうと、両方ともコチコチで、畳のケバばっかしし、むしってるなんてはなし聞きましたけど、いまは世の中もすすんだことですし」

門倉「ケバ、むしられないように、絨毯《じゅうたん》敷いてあるから大丈夫だ」

門倉、大声で笑う。

一同、少し笑う。

しかし、すぐ、間があいてしまう。
君子「辻本さん。お聞きになりたいことあったら、ご遠慮なく」
辻本「別に、ありません」
また、間があいてしまう。
門倉・仙吉「あの」
門倉「え？」
仙吉「いや――」
二人、ゆずりあう。
仙吉「大したことじゃないから――門倉」
門倉「いや、いいんだ、いいんだ」
また、間があく。
君子「さと子ちゃん、お琴、なさるんですよ」
さと子「――」
君子「辻本さん――（目で、何かしゃべりなさい）」
辻本「あ、あの、琴の糸、何本ですか」
たみ「あッ！　何本だったかしら、やだ、何本だったろ」
仙吉「バカ。お前に聞いてンじゃない――」
門倉「さと子ちゃん――」

さと子「はい、あの、――十三本です」
辻本「十三本――」
　一同、ほっとする。
　また、間があく。
門倉「（話題をさがして、目を白黒させる）十三本か。そんなにあるの」
仙吉「ヴァイオリンは四本だよなあ」
門倉「四本だ」
仙吉「（少し間の抜けた間で）――三味線は三本……」
（間）
門倉「十三てのは、外国じゃ、縁起が悪いっていうんで」
君子「縁起のいいおはなし、して下さいな」
門倉「縁起のいいはなしか」
仙吉「縁起のいいはなしねえ――」
たみ「あ、あの、わたくしの実家《さと》の母ですけど、地震のとき」
仙吉「地震のどこ、縁起がいいんだ！」
たみ「ですからそういうとき、『鶴亀《つるかめ》』『鶴亀』って、いうんですよって、そう言おうと思ったんじゃないの」
君子「鶴と亀なら縁起がいいわ」

門倉「先、聞いてからどなれよ」
仙吉「下らないはなし、しやがって」
　若い二人、少し、おかしい。
　（間）
門倉「スキー……」
君子「スキー、縁起がいいかしら」
門倉「いや辻本君、スキー、やりますかって言おうと思ったんだよ」
辻本「やりません」
門倉「あ、そう――」
　（間）
門倉「スキー、縁起、いいんじゃないかな。スーッと、とどこおりなく事が運ぶ」
君子「縁起、いいわ」
　一同、ほっとする。
門倉「――水田、届いてるぞ」
仙吉「え？」
門倉「道具一式。スキーの……」
　門倉、仙吉を目でさそう。
たみ「（辻本に）何でも、門倉さんのすること、まねするんですよ。この前はヴァイオリン。こんどはスキー」

さと子、チラチラと辻本を見る。

●門倉の家・別室

スキー服を着てみる仙吉。（昭和十五年頃《ごろ》流行《はや》った男のスキー服）

帽子をかぶり、スキー手袋もはめ、ストックとスキーをかつがせられている仙吉。

門倉「いいよ。似合うよ」

仙吉「そか……」

仙吉、元気がない。

門倉「滑り初めは、やっぱり赤倉かなあ」

仙吉、スキー服のまま、すわり込む。

仙吉「——見合いだけどなあ。断ってくれないか」

門倉「——気がすすまないのは判《わか》ってたよ。ただ、なんていうか、こういう形で——まじりたい、っていうか、中へ入りたいっていう、うちの奴《やつ》の気持も——判るんで、よせとは言えなくてさ」

仙吉、スキー帽をぬぐ。

仙吉「金のかかることは駄目《だめ》なんだよ」

以下、低い声で、

門倉「嫁入り支度だったら（俺にも）」
仙吉「使い込み、分っちまってさ」
門倉「使い込み⁈　お前がか」
仙吉「俺に使い込みが出来りゃ、もちっとエラくなってるよ。――支店にいた時の、下の男だよ」
門倉「そんなら、何もお前が弁償（言いかける）」
仙吉「しなくてもいいさ。だけどな、ひびくんだよ――」
門倉「――――」
仙吉「俺は、夜学だからな。それでなくたって、一段低く見られてるんだ。表沙汰《おもてざた》になったら――」
門倉「出世に障《さわ》るか」
仙吉「出世ってほどの大会社じゃないがね」
門倉「――大きい小さいは関係ないよ」
仙吉「マジメに働きゃいいってもんじゃないね……どうも俺は――きついな。こりゃ（手袋をとりながら）――神仏《かみほとけ》か、そういうのに、可愛《かわい》がられないように出来てるらしい」
門倉「――いくらだい」
仙吉「（聞えないフリで）さと子のここ（胸）まだ本当じゃないから、そのへん理由に、ひとつ、（あっちの方）」

門倉「いくらだと聞いてるんだ」
仙吉「(うめくように言う) 馬鹿《ばか》にしないでくれ。用立ててもらおうと思って言ったんじゃないよ」
門倉「人、馬鹿にしてるのは、そっちだろう。俺は、役に立たないのか」
仙吉「――」
門倉「俺にゃ、都合のつかない金か」
仙吉「――」
門倉「おい――」
仙吉「五千円だよ」
門倉「あした、一番で届ける」
仙吉、何か言いかけて、うつむく。
いきなり、ぬいだスキー帽で門倉を殴《なぐ》りつける。何度も殴る。
かげで聞いている君子、フーとため息をもらす。
廊下に出て、夫や君子の姿をさがしているらしいたみの姿が見える。

●居間

さと子と辻本。
二人だけで、ぎこちなく向い合っている。

辻本「新聞——」
さと子「とってます。うちは」
辻本「読みますか」
さと子「ええ」
辻本「どっちから——（めくるまね）」
さと子「（これも手まねで）うしろの三面記事から——あ……（言ってからしまったと思う）」
辻本「女の人は、そのほうがいいですよ」
さと子「——」
　二人、はじめて目をみつめ合う。
　スキー支度の仙吉、門倉、たみ、君子が入ってくる。
さと子「お父さん——やだア（笑ってしまう）」
たみ「門倉さん、あんまりお金のかかることにさそわないで下さいよ」

●仙吉の家・さと子の部屋（夜）
　布団《ふとん》をしき、寝間着に着替えたさと子。うっとりしている。
　ガラス戸に、辻本研一郎の顔が目が見えてくる。
　湯気でくもったガラスに、水田さと子と書き、水田を消して辻本と書く。

●茶の間

固い顔で、向き合う仙吉とたみ。

たみ「見合い、ことわるんですか」

仙吉「他人に金、用立ててもらってて、縁談でもないだろ」

たみ「――辻本さん、うちがよすぎて、あとのおつき合いが、ねえ」

仙吉「俺の器量からいやあ、帝大出の婿《むこ》は気が重いね」

たみ「(チラリと夫を見て茶を入れる) それにしても、門倉さんもまあ」

仙吉、立って、ビリッと日めくりをめくる。

うしろを向いたまま、

仙吉「あいつは、俺に用立てたんじゃないよ」

たみ「――――」

仙吉「お前が泣くの、見たくなかったんじゃないのか」

たみ「――お父さん……」

くるりとこちらを向いた仙吉。いつもにもどっている。

仙吉「オッチョコチョイだよ、あいつも――(笑って) 風呂にしてくれや」

●門倉の家・居間（夜ふけ）

こめかみに癇筋《かんすじ》を立てんばかりにして刺繍《ししゅう》をする君子。

葉巻をすい、スキーの本をよむ門倉。うしろにスキー道具。

君子「大丈夫なんですか」

門倉「――」

君子「工場の方、大変なんじゃないんですか。アルマイトの、新しい設備つくるんで、資金がかかったって、この間、言ってらしたじゃないの。競争相手もふえたし、資金繰りが」

門倉「シュテムボーゲンか――」

君子「そんなときに五千円も――会社、つぶれたら」

門倉「会社は、つぶれたって、また頑張《がんば》りゃもどるさ。友達ってやつは、そうはいかないんだよ」

君子「――」

●仙吉の家・茶の間

裁板をひろげて、一心に仕立物をするたみ。

面白《おもしろ》くなさそうに、ポツンと昼食をとる初太郎。

給仕をするさと子。

貧しい食膳《しょくぜん》（チクワの煮たのかなにかが一皿《ひとさら》）。

　そとでは氷雨《ひさめ》が降っている。

さと子の声「母は仕立物の内職をはじめました。門倉さんに借りたお金を返すためです。

　おかずも、目立って、粗末になりました」

●さと子の部屋

　さと子、ぼんやりしている。
　外は雨。
　窓ガラスに辻本さと子と書いて、バツをつける。
さと子の声「お見合いは、断わられました。母は、こちらから断わったんだと言っていますが、私の気持を傷つけないためにそう言っているに決まっています」
　襖《ふすま》があいて、コップに牛乳を入れたたみ。
たみ「(突き出す)」
さと子「いらない」
たみ「滋養とらないと、なおりが遅いよ」
さと子「――――」
たみ「体が本当にならないと、お見合いしたって、また、ことわらなくちゃならないよ」
さと子「――　(のむ)」
　たみ、チラリと窓ガラスのいたずら書きを見る。

たみ「仕立てもの、とどけてくるから」

さと子「――（立って）いってらっしゃい」

　さと子、ガラスの落書を体でかくすようにする。

　出てゆくたみ。

さと子の声「『巷《ちまた》に雨の降るごとく
　　　わが心にも　雨ぞ降る』

わたしに詩が作れたら、こううたっていたと思います。ヴェルレーヌという人も、お見合いしてことわられたことがあるのでしょうか」

　いたずら書きを消す。

　外は雨。

●仙吉の家・外

蛇《じゃ》の目《め》をさし、爪皮《つまかわ》をつけた高歯《たかば》(雨降り用の下駄)をはき、風呂敷《ふろしき》包みをかかえ、裾《すそ》をからげるようにして出かけてゆくたみ。

急の雨らしく、油紙をかぶって、おもてにいた二人の男、クルリとたみに背を向けて、生垣《いけがき》にはりつくようにしてやりすごす。

金歯とイタチ。しかし、蛇の目をかしげて、雨足を防いで歩くたみには、男たちの人相は見えなかったらしい。

男たちの二人で一枚かぶった油紙に、雨がザアザアとあたる。

●台所

初太郎が、家《や》さがしをしている。

一升瓶《いっしょうびん》を出し、戸棚《とだな》をあけて、酒のつまみをさがす。

初太郎「さと子！　さと子！」

顔を出したさと子に、するめを突き出す。

初太郎「これ、あぶって——（割いて）もってきてくれ」

さと子「——いいの？」

初太郎「（聞えないフリで）いやあお待たせ、お待たせ」

おどけて、出てゆく。

●初太郎の部屋

金歯とイタチに酒をつぐ初太郎。

初太郎「まず、前祝いといいこうじゃないか」

三人、乾杯をする。

イタチ「おっとっと！」

金歯「こりゃ、いい酒だ」

初太郎「いやあ、聞いたときは、はなしちがうんでびっくりしたけどさ」
金歯「そりゃ、天竜川《てんりゅうがわ》のつもりが秋田になったんだ。だけどな、イタチの奴《やつ》が体はってしらべたんだ」
イタチ「アブないとこよ、なんたって、今年は雨が多いんだよ。天竜が暴れてみろ、筏《いかだ》も材木もいっぺんでバラバラだよ」
金歯「虎《とら》の子はたいて、一《いち》、六《ろく》勝負に出たやつ、みごとにやられるとこよ」
初太郎「(イタチに) ありがとよ」
金歯「――今年の正月は、うまいおとそがのめるぜ」
初太郎・イタチ「おう！」
襖《ふすま》が少しあいて、するめの皿を差し出すさと子の手。
初太郎「なんだ、そりゃ。ちゃんとあいさつしなさい」
誰もいないと、態度の大きい初太郎。
さと子「――いらっしゃい」
初太郎「――孫のさと子」
金歯「おう」
初太郎「金歯」
さと子「――？」
金歯「もとだ、もと」

イタチ「はずして資金《もとで》にしちまったからな」
初太郎「イタチ――」
さと子「(鼻をピクつかせる)」
イタチ「大丈夫大丈夫。普段は匂《にお》わないから――」
三人、上機嫌で大笑い。
初太郎「ボオッとしてないで、お酌《しゃく》――」
さと子「あたし？」
初太郎「ほかに誰がいる。嫁にいこうって歳《とし》になってなんて気が利《き》かないんだ」
さと子、仕方なく馴《な》れない手つきでイタチにつぎ、金歯につぐ。
イタチ「こりゃこりゃ」
金歯「どうも」
いきなり襖があく。仙吉。
そのままの姿勢で凍りつく一同。
さと子「お父さん」
仙吉「何やってンだ、お前は！　芸者じゃないんだから、そんな真似《まね》することないよ」
さと子「――」
初太郎「――」
仙吉「たみ！　たみ！」

さと子「どしたの、こんな時間に」
仙吉「急に、出張することになったんだ。カバン！　サルマタ！」
さと子「だって、お母さん、仕立もの、とどけにいって――」
仙吉「お母さん帰ってきたらな、わけのわからん連中、うちへ上げるなってそう言え！」
　バタンと襖をしめて足音荒く出てゆく仙吉。反動で少し開いてしまう襖。
　初太郎、コップをおく。
　金歯、何も聞かなかった、見なかったという顔で立ち上る。
金歯「ぼつぼつ、行くか」
　イタチ、意地汚なく、残りをのむ。
イタチ「行くか」
　スルメをポケットに入れるイタチ。
　初太郎も、さりげなく、よおと手を上げる。

●夫婦の部屋

　タンスの抽斗《ひきだし》を全部あけ、サルマタ、シャツなどぶっちゃけ、カバンにほうりこんでいる仙吉。

●仙吉の家・表

一枚の油紙を二人でかぶり、帰ってゆく金歯とイタチ。

●初太郎の部屋

酒とするめ。

一人、すわっている初太郎。

●茶の間（深夜）

仕立物をしながら、うたた寝をしているたみ。

背中の柱時計が一時を打つ。

玄関の戸をドンドン叩《たた》く音。

たみ「（とび上る）は、はい！　お帰えンなさい！」

仕立物を蹴飛《けと》ばしながらとび出す。

●玄関

鍵《かぎ》をあけながら気がつく。

たみ「（少しねぼけている）あら、お父さん、出張やめたんですか」

ガラリとあける。

ズブ濡《ぬ》れの門倉が立っている。

たみ「――門倉さん」

門倉「奥さん。（笑って）会社（パタンとつぶれたとジェスチュア）」

たみ「つ、つぶれたんですか」

門倉「セイセイしたなあ。負け惜しみじゃなくて、本当の気持。軍需景気のおかげでさ、大したことない人間が、社長なんておだてられて、倍にも三倍にも、でっかくみせて、無理してたのが、もとにもどしただけですよ、ハハ。何にもガッカリすることないんだよ。これでもとっこ！」

たみ「――――」

門倉の目は赤く、無精ひげがのびている。

門倉「むさ苦しいとこ、お目にかけて――今まで債権者に、やられてたもんだから――いやあ、一番に奥さんに知らせたくてさ」

たみ、衿《えり》にかけていた手拭《てぬぐ》いをとって手渡す。

それから、台所へ向かって走る。

暗い廊下を別珍《べっちん》の臙脂《えんじ》の足袋《たび》が走る。

一升瓶とコップをつかむととってかえす。

手拭いで濡れた肩を拭《ふ》いている門倉に、コップをもたせ、酒をつぐ。いっぱい、あふれるほどつぐ。
門倉「素寒貧《すかんぴん》になっちまったけど、奥さん今まで通り、つき合ってもらえますか」
たみ「門倉さん。あたし、うれしいのよ」
門倉「──」
たみ「門倉さんの仕事がお盛んなのはいいけど、うちのお父さんと開きがありすぎて、あたし、辛《つら》かった。口惜《くや》しかったもの。これで同じだと思うと、──うれしい」
門倉「──ありがとう。いただきます」
ぐっとあける門倉、見るたみ、階段の中途にさと子の素足。聞いているさと子。
さと子の声「もしかしたら、これは、ラブ・シーンというのではないでしょうか」

●門倉のわび住まい

棟割《むねわり》長屋のようにお粗末な住まい。
名刺を貼《は》って表札代り。
たずねたずねして来た感じの仙吉。
仙吉「ごめん下さい」
中から返事代りに犬の吠《ほ》え声。
あける仙吉。
せまくるしい玄関の土間いっぱいに例の犬小屋。

ワイヤー・ヘアード・フォックス・テリヤが顔を出す。

仙吉「バロン！」

とびつくバロン、奥から出てくる、君子。

君子「いらっしゃいまし——」

仙吉「奥さん。申しわけありません」

上りがまちに両手をついて、と言いたいが土間は犬小屋でいっぱいなので、体をおかしい格好にねじまげ、犬小屋の屋根に手をついて詫《わ》びる、仙吉。

君子「——」

仙吉「自分の不始末から門倉に無理な金、都合させたんですよ。あの金がありゃ、こんどの倒産防げたんじゃあ（言いかける）」

君子「いいえ。あたし、水田さんにお礼言いたいわ」

仙吉「——」

君子「お金がないって、いいことねえ。あの人、三日に一度は、うちでごはん食べてくれますもの。夫婦らしい暮ししたの、久しぶり——」

仙吉「奥さん……」

君子「水田さんのおかげ……」

うしろから門倉——。

門倉「よく判《わか》ったなあ」

仙吉「門倉——」
門倉「一緒に出るか」
仙吉「——」
門倉「ちょうど出かけるとこなんだ」

●道

ごみごみしたあたりを歩く仙吉と門倉。
門倉、封筒を仙吉に。

仙吉「?」
門倉「あっちへとどけてくれないか」
仙吉「これか(小指、ハラボテ)」
門倉「債権者と談合談合で、いけないんだ。あっちには倒産のこと言えないから——」
仙吉「——文化アパート、そのままか」
門倉「おう」
仙吉「かなり、かかるだろ」
門倉「もうすぐ生れるんだ、言えないよ」
仙吉「——」
門倉「男の見栄《みえ》ってやつだ。笑ってくれ」

●文化アパート

かなりおなかの目立つ禮子《れいこ》、少し固くなって金を差し出す仙吉。禮子、受取らない。

禮子「あの人、仕事、思わしくないんじゃないですか」

仙吉「いや、軍需景気で、奴《やつ》の開発したアルマイトの弁当箱は」

禮子「嘘《うそ》！　あたし、工場へいってみたんです。赤い旗が立って、さわいでるなと思ってたら、この間から、工場閉じてるんです。門、しまって、守衛さんもいなくなって看板もはずされて（言いかける）」

仙吉「――奴に惚《ほ》れたんじゃないんですか」

禮子「惚れたわよ。惚れてなきゃ、籍、入ってないのに子供なんか生めないわ」

仙吉「惚れてんなら、男の言うこと信用してやって下さいよ。奴の会社は、景気よくやってるよ。心配しないで、丈夫な子生んで、奴をよろこばしてやって下さいよ」

禮子、少し笑う。

うなずいて金を押しいただく、それから、涙をこぼす。

●仙吉の家（夜）

仙吉とたみ。

たみ「へそくり？　そんなもの、ありませんよ」

仙吉「無いわけないだろう。お前ほどの女が、へそくりないなんて、そんなバカなことがあるか」
たみ「――」
仙吉「俺は生まれてはじめて、経理から月給前借りしたよ。門倉の奴、生まれてくる子供のためにも、例の文化アパートの――あの人にわびしい思い、させたくないって言うんだよ。男なら当然だよ。オレだってそうするね」
たみ「――」
仙吉「すこし、用立ててくれないか。門倉の奴には、散々、世話になってるじゃないか。あの、禮子ってひと、お前も好きだって、そ、言ってたじゃないか」
たみ「あの人は好きですよ、でも――（首をふる）いやよ」
仙吉「おい」
たみ「あたし、出せないわ。へそくり、あってもだしたくないの」
たみ、じっと仙吉を見返す。
仙吉、いきなりたみの横面《よこつら》をはり倒す。
さと子の声「わたしには、母の気持が判る――ような気がしました。
母は門倉のおじさんを好きな分だけ、父に義理立てをしているのではないでしょうか」

●琴の師匠の家

生垣から、琴の稽古《けいこ》が聞えてくる。
玄関の格子戸《こうしど》があく。
女の声「ありがとうございました。先生、さようなら」
若い娘が三人ほど出てくる。中にさと子。
少しはなれたところに立っている若い男を見てハッとなる。
さと子「（呟《つぶや》く）辻本《つじもと》さん……」
辻本研一郎。
顔をこわばらせてゆきすぎようとするさと子。
追いすがる辻本。
辻本「ひとことでいいんです、教えて下さい」
さと子「――」
辻本「ぼくの、どこが、きらいなんですか」
呆然《ぼうぜん》とするさと子。
●喫茶店「蛾房《がぼう》」
暗い文士好みの趣味の店。ルパシカを着て、コーヒーをのむ男たちがたむろしている。
向き合うさと子と辻本。
さと子「あたし、ことわられたと思ってました」

辻本「ことわられたのは、ぼくのほうです」
さと子「――」
辻本「砂糖は、いくつ、ですか」
さと子「(判らない)」
辻本「――」
さと子「うちでは飲ませてくれないんです。子供はコーヒーのむと頭が悪くなるって――」
辻本「(笑う)」
さと子「あたし、新聞、三面記事から読むって言ったでしょ、お見合のとき。それで、ことわられたんだと思ってました」
辻本「ぼくは、あのとき、あ、いい人だなって……」
　二人――コーヒーをのむ。
辻本「琴のお稽古が終るのは、いつも、今時分ですか」
さと子「(うなずく)――でも、お見合いして、ことわったのに、逢《あ》うのは、いけないんじゃないでしょうか」
辻本「『自由恋愛』なら、いいじゃないですか」
　さと子、体を固くしてコーヒーをすする。
さと子の声「男の人と二人だけでのむ黒くて重たい液体と自由恋愛という言葉に、わたしは体が熱くなりました。胸が苦しくなりました」
　辻本、さと子。

●仙吉の家（夜）

　青いりんごをむくたみ、皮を長く垂《た》らして、丁寧にむいている。
　見ている仙吉と門倉。
　帰ってくるさと子。
さと子「ただいま、あ、いらっしゃい」
門倉「よお！」
仙吉「おそかったじゃないか」
たみ「おそいねえ」
　両親の口を、封じるようにさと子、はしゃぐ。
さと子「そんな青いりんご、すっぱくて食べられないわよ」
仙吉「バカ。物、知らないな、お前は。こりゃな、青りんごっていうんだよ」
さと子「青りんご」
門倉「こうみえて、甘いんだよ。新種のりんごでね」
仙吉「いま、はやってんだ。そのくらい、おぼえとけ」
たみ「自分だって、いま覚えたくせに」

仙吉「ハハハハ」
たみ「門倉さんから、いただいたのよ」
門倉「ほら、さと子ちゃん」
　門倉、一切れとって、さと子の口に入れてやる。
さと子「あッ！　ほんと——すっぱくない」
門倉「おいしいだろ」
　門倉、仙吉に一切れ、たみにも差し出す。
　たみ、中の一切れを皿《さら》にのせる。
たみ「——おじいちゃんに——（目くばせ）」
さと子「（モゴモゴさせながら）はい——」
仙吉「お前、どこ——」
たみ「どこ、いってたの」
さと子「——お琴の帰り、友達と、お汁粉《しるこ》たべてきた」
　さと子、青りんごの入った皿をもって出てゆく。
　少し行ってふり返る。
　青りんごを食べている仙吉、たみ、門倉の三人。
　白い歯をみせ、サクサクと、りんごを食べる母のたみ、男たち。
さと子の声「生まれてはじめて嘘《うそ》をつきました。一番大事なことは、人に言わないということが判《わか》りました。言わない方が、甘く、甘ずっぱく素敵なことが判りました。もしかしたら、母も、父も、門倉のおじさんの気持も同じかも知れません。そういえばアダムとイヴが食べたという禁断の木の実もりんごでした」

食卓の上の青りんご。

りんごを食べる三人の構図が見える。

4 弥次郎兵衛《やじろべえ》

●文化アパート（あけ方）

ワイシャツ姿の仙吉が、水道の前に立っている。

間じきりの襖《ふすま》の向うから禮子《れいこ》の陣痛のうなり声が聞えてくる。仙吉も一緒になって荒い息をつき、脂汗《あぶらあせ》をかいている。

禮子（声）「ああ、ああ――まだなの？」

産婆《さんば》（声）「まだまだ。障子《しょうじ》の桟《さん》が見えてるうちは、まだよォ」

禮子（声）「このうち、障子ないから、判んないわよォ。ああ！　ああ！」

たみ（声）「もう一息よ！　頑張《がんば》って！」

禮子（声）「ああ！」

産婆「（ゆっくりと）さあ、ぼつぼつかな――」

　いきなり間じきりが、顔ひとつ分だけあく。白いかっぽう着、あねさまかぶりのたみが低い切迫した声で――。

たみ「お父さん――」

　仙吉、うなずき、大ヤカンをのせたガス台に火をつけようとするが、オタオタしてしまう。ガスに火をつけるのがこわいのだ。

仙吉「（低い声で）おい。たみ。おい」

　間じきりがあく。

　今度は少し大きくあいて、脂汗にまみれた禮子の顔も見えてしまう。

たみ「なんですよ」

仙吉「ガス！　火！」

たみ「――（小さく）みなさいよ。普断手伝わないから――」

　たみ、火をつける。

たみ「なんにも、おっかなくないじゃないの」

　たみはいつもより態度がでかく、仙吉、体で小突かれて、オタオタしている。

　たみ、入ってゆき、襖、間じきりをしめる。うなり声、一段と高くなる。

　ガスの先をみつめ、祈るような手つきになる仙吉。ガスの炎。祈る仙吉。うぶ声が上る。

たみ「あッ！　男の子だ！」
　仙吉――。
　どこかで、ニワトリが鳴く。

●門倉のわび住まい・玄関（早朝）

　玄関いっぱいの犬小屋。

　テリヤをかまいながら、片足では気ぜわしく靴《くつ》をぬいでいる仙吉。

　上りがまちの君子、両手が黄色くベタベタに汚れている。

君子「すみません。いま、湿布、とりかえてたもんで」

仙吉「こっちかまわないで早く湿布（上りながら）どうですか、熱は。四十度がつづいてるってもんで」

　君子、両手を小さくバンザイしながら――、
君子「やっと下って――でも、まだ八度五分――」

　上ってゆく二人。

●寝室

　芥子《からし》の湿布をしている門倉（白いネルの布に水でといたカラシをベッタリとぬりつけ、胸にはる。油紙を巻いて、布で巻く。当時の肺炎の治療法）。

油紙を巻く君子、そばに、熱でカパカパにかわいてひび割れた、使用済みの芥子の湿布。
新しい芥子が目に沁《し》みるので、仙吉、目をシバシバやっている。
無精ひげをはやし、病みおとろえた門倉。
そばの火鉢《ひばち》にヤカンが湯気を立てている。
門倉、横になる。
君子「すみません、芥子、目に沁《し》みるでしょ」
仙吉「（涙を拭《ふ》きながら）峠、越したじゃないか」
門倉「――肺炎なんて子供の病気だと思ってたよ」
仙吉「無理するからだよ。会社盛り返したって、社長がくたばっちまったら元も子もないぞ」
仙吉は言いたい。
門倉も聞きたい。
君子「どうなすったの、水田さん。こんなに早く」
仙吉「いや。今朝、ちょっと――早番なもんで――会社ゆきがけに」
君子「おひげ、剃《そ》らないで会社いくんですか」
仙吉、うっすらとひげが伸びている。
仙吉「あッ！　あ、あわてたもんで――心配で――」

君子「――お心にかけていただいて、まあ」
門倉「剃ってけよ、オレの――（ひげそり道具を身ぶりで）」
君子、立って出てゆく。
門倉
仙吉）「おい」「あのな」
二人がすり寄り、同時に言いかけたとき、襖があく。
君子「水田さん、蒸しタオル、お使いになる？」
仙吉「あ、いや、ど、どっちでも――」
君子、引っこむ。
仙吉、声を立てず口だけで。
仙吉「ウマレタ」
門倉「――」
仙吉「オトコ」
門倉「――オトコ」
仙吉「（うなずく）」
門倉「――」
仙吉「ボシ、トモニゲンキ」
門倉、急にクシャクシャの顔になる。

また、君子入ってくる。

門倉の顔に自分の額をくっつける。

君子「熱、上ったんじゃないの（言いかけて）どしたんですか、男のくせに涙なんかこぼして」

門倉の目尻《めじり》の涙を指で拭いてやる。

仙吉「四十度の熱がつづきゃ、気が弱くもなるよなあ」

門倉の目尻から、涙がこぼれる。

仙吉、居たたまれずそっと立つ。

芥子の湿布を踏んづけないようにして玄関へ。

犬小屋の犬。

格子戸のすき間から朝刊がさしこまれる。

仙吉、引っぱり、ひろげる。

支那をめぐる状勢が波瀾《はらん》含みになって落着かない。

時代の足音。

奥を気にしながら、見出しを読む仙吉。

●喫茶店「蛾房《がぼう》」

琴の帰りのさと子が研一郎と向い合っている。コーヒー、はこばれる。

さと子、研一郎に砂糖を入れてやる。何度か逢《あ》っている感じ。

さと子の声「お見合いをことわった辻本さんと、お琴の稽古《けいこ》の帰りに逢って、コーヒーをのむことが多くなりました。

辻本さんは、思想や文学のはなしをしました。私は父と母と、門倉のおじさんのはなしをしました」

琴の爪《つめ》をもてあそびながらのさと子。

辻本「『愛』だな、それは」

さと子「――でも、うちのおかあ――母と、門倉のおじさん、手もにぎったことないと思うんです。手どころか、ことばに出して、『好き』とかそんなことも、絶対に言ったことないと思うわ。だから、うちのお父さん、門倉のおじさんと仲よく二十年も――父ね、門倉のおじさんが母のこと、尊敬して、大事に思ってること、自慢してるみたいなんです。それでも『愛』っていうんですか」

さと子、判《わか》っているくせに言っているところがある。

辻本「やっぱり『愛』だと思うな」

さと子「――――」

辻本「『プラトニック・ラブ』ですよ」

さと子「――プラトニック・ラブ」

辻本「北村透谷という人が言い出した言葉です。『肉欲を排した精神的な恋愛』という意味です」

さと子「――恋愛――やっぱりそうなのねえ――」

　さと子、「恋愛」ということばを、大事そうに発音する。

　辻本、たばこをくわえる。

　さと子、マッチをつけようとする。

辻本「カフェの女給みたいな真似《まね》はやめて下さい」

さと子「――門倉さんの二号さん、カフェの女給さんなんです。その人に、こないだ赤ちゃんが生れたんですけど、父も母も、夜明しで手伝いに行ったんですよ。それでも『恋愛』でしょうか」

辻本「男女の愛は、どんな愛も一種の恋愛です」

さと子の声「恋愛ということばを、声に出して、男の人に言ったのは、生れてはじめてでした。二つか三つ、大人になったような気がしました。

こうして、コーヒーをのみながら、今まで誰にも話したことのない母と門倉のおじさんのことをはなすことは、もしかしたら、『恋愛』ではないかと気がつきました」

　目を見つめ合い、少しずつコーヒーをすする二人。

●仙吉の家・玄関（夜）

　仙吉に頬《ほお》を殴《なぐ》られるさと子。とめるたみ。

たみ「お父さん！　女の子ですよ。口で言やあ、わかるでしょ」

仙吉「俺はな、そういうけじめのない真似は大嫌《だいきら》いなんだ。いっぺん、ことわった相手だぞ。親に嘘《うそ》ついて逢いびき（言いかける）」

たみ「逢いびきだなんて大げさな。一緒に喫茶店、入ったぐらいで」

仙吉「逢いびきは逢いびきだ」

たみ「どならなくたって」

仙吉「玄関先でどなってはいかんちゅう法律でもあるのか！　玄関でどなろうと便所でどなろうと、俺の勝手だろう！」

たみ「――」

仙吉「もう琴の稽古なんかやめちまえ！」

たみ「そうもいかないでしょ。どしてやめたかってことになりゃ、あとの縁談にさわりますよ」

仙吉「そんなら、お前、ついていけ！」

　仙吉、足音も荒く奥へ入ってゆく。

　立っているさと子。

たみ、玄関のカギをしめながら、
たみ「お前、嘘ついてたね」

さと子「――」

たみ「お稽古の帰りにお友達とお汁粉《しるこ》たべておしゃべりしてたっての、嘘だったんだろ」

たみ、さと子の顔を見る。

さと子、見返す。

仙吉「おい！　風呂、どしたんだ！」

たみ「はい。いま、加減みます！」

たみ、小走りに入ってゆく。

上りがまちに腰かけるさと子。

さと子の声「母の目の中に、今までにないものを見ました。子供だと思っていたのが女になっていたという、かすかな狼狽《ろうばい》。ほんの少しの意地悪さ。

お母さんと同じプラトニック・ラブなんだから、と言いたい気持でした。小走りにいった母の足音と声に、父への媚《こび》を感じました」

うしろに、初太郎立って、やわらかくさと子の頭を小突く。

袂《たもと》から、クシャクシャのチリガミにくるんだ大きなアメ玉を出す。

きざみたばこや、袂のごみにまぶれたそれを、口に入れるさと子。

大きく頬をふくらませ、右、左とやっているうちに、わけのわからない涙があふれてくる。

●茶の間（夜）

湯上りの仙吉にお酌《しゃく》しているたみ。

アメ玉をなめながら、通りがかりにチラリとみるさと子。

アメ玉は口の中で大分小さくなっている。

●琴の師匠の家

生垣《いけがき》の電信柱に寄りかかって待っている初太郎。

二重廻《まわ》し。

少し寒そう。

中から、琴をさらう音が聞えてくる。

さと子の声「お琴の稽古のゆき帰りには、おじいちゃんがついてくることになりました。おじいちゃんは、お母さんに無理を言ってお金を借りてひと山あてようとしているので、ことわり切れなかったのだと思います」

金歯がくる。

金歯、初太郎のとなりで黙って琴を聞く。やたら生垣のハッパを千切《ちぎ》る。

金歯「やられたらしいぞ」

初太郎「やられた？　水か！」
金歯「人間だよ」
初太郎「人間？」
金歯「イタチだよ」
初太郎「イタチ？　これか（フトコロに入れるしぐさ）」
琴やむ。
中から娘たちの笑い声。
初太郎、目で合図、金歯、さりげなく離れてゆく。
金歯、横に入った露路《ろじ》の電柱に寄りかかる。
派出婦、毛生えぐすり、花柳病、どもり、赤面症、夜泣きカンの虫、など、昭和十一年頃《ごろ》の電柱広告。
三人ばかりの娘たちと、しゃべりながら出てくるさと子、少しはなれてうしろからゆく初太郎、くるりとふり向くさと子。
さと子「あたし、門倉のおじさんとこ、お見舞いにゆきたいんだけど」
初太郎「（じろりと見る）」
さと子「おじいちゃんも、一緒にいかない」
初太郎「気がすすまんな、男は、おちぶれてるとこ、人に見られたかないだろ」
さと子「じゃ、ひとりでいく。いいでしょ」

横町の金歯が顔を出してしまう。
さと子、金歯を見て、黙って初太郎の顔を見る。
初太郎「――よろしく、言ってくれ」

●門倉の仮住まい（夕方）

布団《ふとん》の上にすわっている無精ひげの門倉。
さと子、お茶をいれている。
門倉「さと子ちゃん、お見舞いに来ると判ってたら、ひげ、そっとくんだったなあ」
さと子「そのほうが素敵」
門倉「素敵なんて『はやりことば』使うと、お父さんにおこられるぞ。（あごをなでながら）無精ひげのよさが判るってことは、さと子ちゃんも大人になった証拠かな」
さと子「――フフ」
門倉「――缶《かん》、ないかな、たしか、かい、かりんとかなんか」
さと子「お菓子、いい」
門倉「君子、そのへんだから。もうすぐ帰ってくるだろ――お菓子、帰ってからでいいか」
さと子、二つの茶碗《ちゃわん》をならべ、ゆっくりと茶を入れる。
クンクンと犬のなき声。

門倉「（ゆっくりと呟《つぶや》く）お、いい色にはいった……」

　さと子、茶碗を門倉にわたす。門倉、目を閉じ、ゆっくりと茶をのむ。

　さと子ものむ。

さと子の声「こんなつもりではありませんでした。門倉のおじさんに、辻本《つじもと》さんのことを話すつもりでした。父に殴られたこと。こういう形の男女交際は間違っているかどうか。恋愛のはなしもするつもりでした。でも、こうやっていると、何も言わなくてもいいのです。父とちがった男の雰囲気《ふんいき》があります。

母の気持ちが判ってきました」

　ガラリと戸があく。

　八百屋《やおや》ものを持って君子が帰ってくる。

君子「あら、さと子ちゃん、いらっしゃい」

さと子「おじゃましてます」

　あらまあ、という感じで缶から菓子を出す君子。

さと子の声「帰ってきたおばさんが少しにくらしいような、ほっとするような不思議な気持でした」

●仙吉の家・茶の間（別の日・夕方）
　卓袱《ちゃぶ》台《だい》の上に、写真をならべて、たみに見せている仙吉。

写真は、文化アパートで、生まれたばかりの赤んぼうを抱いた門倉、禮子、赤んぼうを抱いた禮子、赤んぼうだけなど。
明らかに素人《しろうと》がうつしたらしいピンボケなど。
ぼんやりしてうつっていないもの、ダブってしまったものなど失敗作も沢山《たくさん》ある。
たみ「可愛《かわい》くなったわねえ」
仙吉「ありゃ、どっちに似ても、子柄《こがら》はいいよ」
たみ「これ、いいじゃないですか」
仙吉「そりゃ、門倉の撮ったやつだよ」
たみ「これもいいわ」
仙吉「それも、奴《やつ》ンだよ」
たみ「お父さんのは、みんな、ボンヤリしてるわねえ」
仙吉「ひとの写真機で、そんなパッパ、とれるか」
たみ、見ながら、
たみ「門倉さんとこ、どうなんですか」
仙吉「新型のドイツの写真機買えるくらいだから、また、こう（のぼり坂）だろう。沈みっぱなしでいる奴じゃないよ」
たみ「そんならいいけど、門倉さんとこ、所帯ふたつでしょ。この子だってあと二十年は」

仙吉「おい」
たみ「え？」
仙吉「奴に万一のことがあったら」
たみ「万一って――」
仙吉「病気とかさ――この子は、うちで面倒みるからな」
たみ「お父さん――」
　ガタンと物音――。
たみ「おじいちゃんかしら？」

●玄関

　放心しながら自分の部屋に入ろうとする初太郎。
　うしろから、たみ。
たみ「おじいちゃん、ひとり？」
初太郎「う、うん」
たみ「さと子、一緒じゃなかったの」
初太郎「え？　ああ」
たみ「お師匠さんちの前で、待っててくれたんじゃないんですか」
初太郎「いや、待ってたこたァ待ってたんだが――」

仙吉「――さと子、どしたんだ！」
　仙吉がどなる相手は勿論《もちろん》、たみ。
仙吉「おい！　さと子、どしたんだ！」
たみ「あたしにどなったって――おじいちゃん、さと子、どしたの」
　初太郎、なにか具合の悪いことがあるらしく、ぼけたふりをする。
初太郎「（ポカンとしてみせる）」
たみ「（ゆさぶる）おじいちゃん！　どしたの？」
仙吉「男が待ち伏せてたんじゃないのか！　おい、男がいたかどうか（言いかける）」
たみ「おじいちゃん。おもてに若い男――学生さん、待ってたんじゃないんですか」
　初太郎、あいまいにうなずく。
たみ「それで（言いかける）」
初太郎「――（ポカンとして）帽子――」
仙吉「ハッキリ聞けよ。帽子がどしたんだ」
たみ「その人帽子かぶってたの？　学生帽？」
初太郎「ト、トラ」
たみ「トラの帽子？」
仙吉「馬鹿《ばか》！　虎《とら》の皮はフンドシだよ。何言ってんだ」
たみ「おじいちゃん、トラって」

初太郎「トランク――」
たみ「もって待ってたの？　辻本さん、トランク持って待ってたってことかしら」
仙吉「さ、さと子――（どしたか）一緒に」
たみ「それで、さと子、連れてっちまったんですか」
初太郎「（頭を抱える）」
仙吉「おい！　部屋しらべろ。さと子の」
たみ「何も持って出なかったわよ。いつもの通り」
仙吉「いい、おれいく！」
　夫婦、ぶつかりながら階段へ。
　仙吉、たみをぶっとばして階段をかけ上る。

●さと子の部屋

　かけ込む、仙吉、あとからたみ。

　キチンと片づいた娘らしい部屋。

　文学全集がすこし。

　仙吉、仁王立《におうだ》ちしているだけだが、たみは、仙吉を突きとばすようにして、パッと押入れをあける。

　洋服ダンス。

タンスの抽斗《ひきだし》を全部あける。

ささやかな衣裳《いしょう》が丁寧にたたまれて入っている。それを物凄《ものすご》いスピードでたしかめるたみ。

たみ「何も持ち出しちゃいませんよ。洋服も着物も肌着《はだぎ》も長襦袢《ながじゅばん》も何も」

仙吉、机の抽斗をあける。

それから、紙くず籠《かご》の中に丸めてあったいたずら書きに目をとめる。

いきなり手を突っこむ。

千代紙をはった口の小さいつくりなので、仙吉は、猿《さる》のように手が抜けなくなったりする。

たみ、引っぱってやっと抜ける。

ひろげる。

辻本研一郎、辻本さと子、プラトニック・ラブ、北村透谷などと、書き散らしてある。

もう一枚は、駈落《かけおち》。鬼怒川《きぬがわ》、塩原と書き、塩原が消してある。更に、水月の文字。

仙吉「駈落。鬼怒川（うめく）」

たみ「――水月」

仙吉「旅館の名前だろ」

たみ「――お父さん……」

仙吉「門倉に電話して――。いや、電話は上野の、東武の駅からでいいか」

仙吉、逆上している。口をあけ、ハアハアいっているたみに、
仙吉「何やってんだ、お前は。早く支度しろ！」
たみ「支度って、どこ（いくんですか）」
仙吉「鬼怒川に決ってるだろ、早く」
たみ「だって、おじいちゃんの晩ごはん」
仙吉「めしなんかどうだっていい！」
仙吉、部屋をとび出す。足音荒く、梯子段《はしごだん》をかけ下りる音、そしてドスンと墜落する音。

●仙吉の家・座敷（夜）

あわてて出かけたらしく、たみの腰ひもや帯じめがたたみに這《は》っている。ぬぎ捨てた臙脂《えんじ》の底の汚れた足袋《たび》が丸めてある。

雨戸もしめないで、初太郎が庭を見て坐《すわ》っている。

初太郎「（呟く）イタチの野郎、イタチの野郎――」

こちらも何かあったらしい。

●東武電車・車中

ゆられている仙吉とたみ。仙吉は打った足が痛むらしい。

たみ「お父さん、足、痛いんじゃないの」
仙吉「足なんかどうだっていいよ」
（間）
たみ「警察へとどけた方がよかったんじゃないですか」
仙吉「新聞にでも出てみろ、一生キズものになるぞ」
たみ「――北村透谷って、自殺したひとじゃないですか」
仙吉「よせ！　縁起でもないこと言うな」
仙吉、たばこを出す。マッチをする手がふるえて火がつかない。
仙吉「駈落ちとか、鬼怒川とか書いておいといたってことは――。迷う気持と、やってやるぞって気持と――みつけてもらって、とめにきて欲しいという気持と」
たみ「自、自殺する人間の書きおきっての、みんなそうだって。わ――わざと目につくとこ、おいて」
仙吉「縁起の悪いこと言うなっていってるだろ！」
たみ「お父さんでしょ」
チラホラの客が見ているので、二人だまる。
たみ「――いきなり撲《なぐ》ったりするんだもの、さと子だって――」
たみ、涙声になり、袖口《そでぐち》から長襦袢を引っぱり出して、目を拭《ふ》く。仙吉、窓の外を見る。

たみ「間に合うわよ。旅館についていきなり死にゃしないわよ。その晩は（寝てといいかけて、言葉をのむ）」
仙吉「その晩、なんなんだ！」
たみ「――」
仙吉「プ、プラトニック・ラブって書いてあったろ」
たみ「でも、あたし、お父さんと一緒になったの、十九よ」
仙吉「――」
たみ「足痛いんじゃないですか」
　電車が揺れて、二人の体、重なるようにしてかしぐ。

●鬼怒川温泉・旅館「水月」

　かけこむ仙吉とたみ。
　小腰をかがめる番頭に息せききってたずねる仙吉。
番頭「いらっしゃいまし！　お着きだよォ！」
仙吉「学生と、十八九の娘、きてないかい」
番頭「学生――」
仙吉「帝大の――背の高い。来てるだろ」
番頭「いやあ、そういうかたは」

たみ「『水月』って旅館——鬼怒川には」
番頭「昔はもう一軒あったんですが、名前のことでゴタゴタして、去年から『清滝』と
（言いかける）」
仙吉「それじゃ間違いないよ。実はお恥しいはなしなんだが駈落ちなんだよ」
番頭「駈落ち」
仙吉「親の気持、察して、ひとつ——」
仙吉、式台のところへ平伏する。
出てきた女中たちも顔を見合わせる。
番頭「みえてないすけどねえ」
仙吉「（カッとなる）そいじゃあ、はじから調べさせてもらうからね」
番頭）「お客さん」
たみ）「お父さん」
帳場から首を出す女。
首のところに、フワフワした紫の布を巻いた、それ者上りの中年増《どしま》。おかみらしい。
酒とたばこでつぶしたしわがれ声で——。
おかみ「東京の水田さん」
仙吉「（あ、オレ）」
おかみ「電話入ってますよ」

仙吉「だれ」
おかみ「門倉って人。電話代、何百円かかってもいいから、くるまで待つって」
　帳場へとびこむ仙吉、つづくたみ。
仙吉「おい！　オレだ！」
　雑音のはげしい電話。聞えるのは門倉の笑い声。
仙吉「おい、門倉」
門倉(声)「さと子ちゃん、いたぞ」
仙吉「いた？　どこだ」
門倉(声)「東京だよ。オレの会社にいるよ」

●門倉の事務所（夜）

　大して大きくはない事務所。
　電話している門倉。
　少し離れたところで天ぷらそばを食べているさと子。
　折りたたみ式の弁当箱などの箱入りが積んであったり。
門倉「うまそうに、天ぷらそば、食ってるよ」
仙吉(声)「男も一緒か！」
門倉「いないよ。ひとり！　ひとりで食ってるの！　出そうか」

さと子、いたずらっぽく笑いかける。
好きなおじさんと二人切りでいる華やぎがある。

●「水月」帳場

よく聞えない電話に焦《あせ》って、噛《か》みつきそうにどなる仙吉。
(適当にカットバック)

仙吉「ど、どこで取り押えたんだ」
門倉「捕物《とりもの》じゃないんだから——。一緒にコーヒーのんでたとこ(さと子に気づいてやめる)あのな、今度騒ぐときは、よく調べてから、騒いでくれ」
仙吉「モシモシ! モーシモシ!」
門倉「ま、聞いてみりゃ、間違えても仕方のないことが重なったらしいがね」
たみ「よかった——」
門倉「せっかく、行ったんだ。ゆっくり一晩」
仙吉「一晩、どうすンだよ」
門倉「温泉にでも入って。お前たち、新婚旅行してないっていったろ」
仙吉「そんなもの、お前、俺たちの身分で」
門倉「くわしいはなしは、帰ってから」
仙吉「待てよ、おい、門倉、お前、こないか」

たみ「――あ（絶句してしまう）」
門倉「え？　おい」
仙吉「来いよ。来いよ」
門倉「何言ってんだよ。夫婦水入らずでやれよ。こんなことは一生にいっぺん」
仙吉「だから、呼びたいんだよ」
たみ「お父さん（袖を引っぱるが、仙吉、とりあわない）」
仙吉「仕事も盛り返したし、全快祝いもかねて、飲もうじゃないか」
門倉「いや、それは」
仙吉「こいよ。こいよ。終電車、無かったら、円タクとばしてこいよ」
　仙吉の声は、低いが有無を言わせないものがある。

●門倉の事務所

　天ぷらそばのハシを止めて、じっと見ているさと子。
門倉「――いいのか」
仙吉(声)「待ってる」
　門倉、電話を切る。
　さと子、ふっと表情を硬くして、天ぷらそばをすすりこむ。

●仙吉の家・玄関（夜ふけ）

帰ってくるさと子。
出てくる初太郎。
何も言わず階段を上ってゆくさと子。

●さと子の部屋

半開きの襖《ふすま》。
洋服ダンスの戸。
タンスのひき出しはあけっぱなし。
そして、例のいたずら書きの紙片。
電気をつけず、そのまま、すわり込むさと子。

●「水月」の部屋（夜ふけ）

春は近いがまだうすら寒い。
こたつで、チビチビのんでいる仙吉。たみ。二人とも、どてら姿。
何も言わない。

仙吉「――ひとつ風呂《ぷろ》浴びてくる」

たみ「──」

仙吉、手ぬぐいを手に出てゆく。

たみ「──」

門倉を待つ気持──さとられまいと押し殺していたものが、ひとりになって、ふっとこぼれる。

●脱衣場

乱れかごの中には仙吉のどてらだけ。

湯気でくもったガラス戸の向うからはやり歌を口ずさみながら湯を使っている仙吉の気配。

風呂番のじいさんが、スーッと入ってくる。

戸をおしあけて低く鋭く言う。

風呂番「すぐ、上ってくださいな」

仙吉「え？」

風呂番「シッ、早く」

何のことか判《わか》らず上った仙吉をかばうように、外に目をくばりながら、

風呂番「サルマタだけは、はきなよ。イザってとき、みっともないからな」

仙吉「おい、あの」

風呂番「だまって――」
　電気を消す。
　風呂番、サルマタ一丁で、どてらを抱えてオタオタしている仙吉を引っぱって細い裏廊下へ。
仙吉「どこ、いくんだよ」
風呂番「布団部屋にかくれてな。前《ぜん》にも、鉢合《はちあ》わせして刃物三昧《はものざんまい》になったことがあンだよ」
仙吉「鉢合わせって、だれと」
　月あかりのうす暗がりの中で、風呂番が、小汚ない親指を立てているのがわかる。
風呂番「お客さん、駈落ちだろ」

●「水月」の部屋

　大笑いの門倉、仙吉、たみ。

　一同、涙をこぼし、肩を叩《たた》き合い、折り重なるようにして笑っている。三人とも揃《そろ》いのどてら。

　たみを真中にしてこたつに入っている。

　障子《しょうじ》の外、廊下で恐縮している風呂番。

門倉「お前たち夫婦が駈落ちと思われたわけだ」

仙吉「亭主《ていしゅ》がのり込んできたんで、じいさん、気、利《き》かしてさ、オレ、サルマタ一丁で
　――（笑いくずれる）」
風呂番「遅く来たもんで、番頭さんのはなし、『そら』に聞いてたもんだから、どうも」
仙吉「ああ、愉快なり、愉快なりだよ、なあ」
　門倉、すばやく、札をじいさんにわたす。おしもどすのを、ねじこむ。
門倉「ああ、愉快なり、愉快なり」
　片手でじいさんを制して、障子をしめる。
　三人、また笑う。
門倉「それにしてもなあ」
仙吉「オレが間男」
門倉「奥さんとオレが夫婦とはなあ」
たみ「――――」
　三人、笑うが少しぎこちないものがある。
　仙吉、門倉に酒をつぐ。
たみ「――どういうことだったんですか、一体」
門倉「辻本君は、たしかに待ってたそうだ」

●琴の師匠の家（回想）

出てくるさと子たち。待っている辻本。帽子をかぶり、トランクを下げている。

門倉(声)「郷里のおやじさんが急病で帰って、もどった足で、さと子ちゃんに逢《あ》いに来たらしいんだ。ところが、じいさんの方にも、人がいて――」

道にかがみこむ金歯とヒソヒソやっている、初太郎。

門倉(声)「昔の山師仲間で、金歯っていう男らしい。何かこみいったはなしらしくて、さと子ちゃんと辻本君を、何ていうか、見て見ぬふりしたらしいんだなあ」

みつめ合う、さと子と辻本。初太郎はじいっと目をあけて見るが、知らんぷりではなしをつづける。

辻本、強い目でさと子を見る。

さと子、少し離れてあとをついてゆく。

●「水月」の部屋（夜中）

仙吉、たみ、門倉さしつさされつしながら、

門倉「さと子ちゃん、おつき合いはこれっきりにして下さいって言うつもりで、コーヒー屋へついてったっていうんだがね」

仙吉「なら、なんだって、駈落ちだの、鬼怒川だの」

門倉「『そう言われたら、どうしよう』想像して書いたんだとさ」
仙吉「どして鬼怒川」
たみ「水月って旅館の名前まで書いたってのは」
門倉「水月なんて名前、どこの温泉場にも一軒や二軒あるんですよ。鬼怒川は、鬼が怒る川って名前が素敵だと思ったんだってさ」
仙吉「塩原って書いて消してあったろ」
門倉「塩原多助、連想して、ヤンなったんだって」
仙吉「全くもう、人さわがせな真似《まね》しやがって――」
たみ「それにしても、おじいちゃん何だってあんなこと言ったんだろ」
仙吉「ぼけたんじゃないのか」
門倉「自分のことで、アタマいっぱいじゃないのかなあ」
たみ「山の方、うまくいってないのかしら」
仙吉「ゆくわけないよ」
門倉「いいじゃないか、あの人は山がなきゃ、これ（ボオッとしてみせる）だよ」
たみ「ほんとねえ」
門倉、仙吉について、
門倉「まあ、こんなことでもなきゃこやって三人で温泉宿で飲み明かすってこともないわけだから」

仙吉「けがの功名ってやつか」
　仙吉、門倉の盃《さかずき》に盃をぶつける。
　二人、あける。
　たみ、夫を見て、門倉を見る。
　三人、何も言わない。どこかで三味線の爪弾《つまび》きが聞える。

●仙吉の家・さと子の部屋（夜中）

　布団《ふとん》にねているさと子。
　目をあけている。ねむれない。
さと子の声「父と母と、門倉のおじさんは、どんな夜をすごしているのでしょうか」

●「水月」の部屋（夜あけ）

　こたつの三人。
　七、八本のお銚子《ちょうし》が倒れている。
　かなり廻《まわ》っている三人。
仙吉「俺、先、死んだらなあ」
門倉「バカ言うな」
仙吉「ま、聞けよ。俺が死んだら——たのむぞ」

門倉「――」
仙吉「(チラリとたみを見て）たのむぞ」
門倉「(たみを見る)」
仙吉「シャキシャキしてるようで、抜けてるから――お前――」
　門倉、せいいっぱいの仙吉の目を見る。たじろぐものがある。
門倉「――その代り、俺、先死んだら」
仙吉「おう！　子供は、俺たちで育ててやる。なあ、おい」
たみ「(うなずく)」
仙吉「俺はお前みたいに男として器量がないから、子供の面倒しかみられないけどさ」
たみ・門倉「――」
　(間)
　二人、さしつさされつ。
門倉「来世《らいせ》なんて、オレ、信じないけど、もういっぺん生れ変っても、こういう風にいきたいね（三人で、という感じ)」
たみ「――」
仙吉「いや。こんどは、こう。(門倉とたみを指さしてみる感じで）今晩間ちがえられた通り、いけ。な、オレは、こっちでいいや」
門倉「なに言ってンだ、バカ」

三人笑う。

微妙な笑い。

●さと子の部屋

ねむれないさと子。

●「水月」の部屋

こたつに足を入れたまま、畳にのびている男二人。

ひとり起きて、指できびがら細工の弥次郎兵衛《やじろべえ》をもてあそんでいるたみ。

こたつの中に、三人の素足。

大の字になる幅のひろいズングリした仙吉の足。

ほっそりした、白いたみの足。

そして、たみの方を避け、反対側に寄っている門倉の足。

たみの足、門倉の方へ、さぐるように近づく。もうすこしというところでやめてもどす。

安らかな男たちの寝顔。

たみのもてあそぶ弥次郎兵衛。

●イタチの家・表（昼）

ゴミゴミした貧民窟《ひんみんくつ》。

長屋の表に立っている初太郎と金歯。

イタチが、背中に孫を背負ってゆすり上げながら子守りをしている。

初太郎、ゆこうとする。

金歯「よしなよ。イタチの奴《やつ》、金は使っちまってるよ」

初太郎「若い奴ア、鷹揚《おうよう》なもんだ。オレはこんどが最後の仕事だからな。どうでも、金、返してもらわないと」

初太郎、イタチの前に立つ。

イタチ、色を失って、逃げこもうとする。

追いかけようとする二人。

その前に、イタチの嫁が立ちふさがる。

嫁「あんたたちだね。うちのじいちゃん、悪さに誘うの」

金歯「おい――」

嫁「あんたたちがウロウロすると、ロクなことないんだよ。うちの金、持ち出してさ、それ、ペテンにかけて」

金歯「冗談じゃないよ。二人の金、巻き上げたペテン野郎はそっちだろ」

背中の孫がワッと泣く。
二、三人の孫らしい顔がならんで、おびえたようにみている。
金歯「こうなったら、洗いざらい言ってやるぞ。お前ンとこの、しゅうとかおやじか知らねえけど、こいつは、イタチっていわれてな」
初太郎、いきなり金歯の向うずねを蹴《け》っとばす。
金歯「アタタ。ズルいんで評判の」
言いかけたとこを、また蹴られる。
金歯「何すンだよ」
イタチ、初太郎を見る。
初太郎「体、大事にしなよ」
金歯「どして本当のこといわねえんだよ」
何か言いたそうにしながら、向うずねを押えている金歯を引っぱるようにしてゆく。
初太郎「奴はあそこで、あと十年は生きなきゃなるまい。イタチといわれちゃ、肩身がせまかろうと思ってさ」
金歯「じいさん――」
初太郎、ハハと笑い、ひょいとよろける。気力はそこまでで、そのままクタクタと地面に崩れてしまう。
金歯「じいさん！」

●仙吉の家・客間（夕方）

君子が来ている。

応接している仙吉。

二人は、いま、鬼怒川《きぬがわ》から帰ったばかり。信玄袋《しんげんぶくろ》、みやげものなどが茶の間においてある。

さと子、時計を見上げている。

たみ、茶を入れながら、

たみ「何時頃《ごろ》出かけたの、おじいちゃん」

さと子「おひるすぎかな」

たみ「お前、あとで、お父さんにごめんなさい」

さと子「言うの？」

たみ「これだけ心配かけたんだから、当り前だろ。なに時計ばっかり見てるの？」

さと子「ううん……」

座敷の仙吉、畳に両手をついて詫《わ》びている。

仙吉「いやあ奥さん、落着いたら雁首揃《がんくびそろ》えてお詫びに上ろうって、はなしながら帰ってきたとこなんですよ。なあ、おい」

たみ「はい、いま、お茶」

君子「おかまいなく」
仙吉「見合いことわっといて、かげで勝手につき合ってたとは、何ともはや、おい！」
　仙吉、具合が悪いので、やたらにたみを呼び立てる。
たみ「はい、いま――」
仙吉「その件については、本人に問いただしてですな、きつく」
君子「けっこうなことじゃありませんか。お似合いと思ったからこそ、おすすめしたご縁ですもの、実は、つき合ってましたなんて、仲人役《なこうどやく》としては、かえって鼻が高いですよ」
仙吉「そう言われると、どうも――おい！」
　たみ、お茶をもってくる。
たみ「ほんとにどうも。さと子！」
仙吉「さと子！」
君子「さと子さんはいいんですったら。あたし、そのことであがったんじゃないんですよ」
二人「は？」
君子「実は、あたし、別れようと思って」
仙吉「別れるって――門倉と、ですか」
君子「ほかに誰がいます」

仙吉「そら、まあ――そうか。ハハ」
たみ「(夫を突つく)」
君子「わたしが身を引けば、八方丸く納まるんじゃありませんこと？」
仙吉「――いやあ――そりゃ――そう簡単に言うことじゃあ――おい(突つく)」
たみ「奥さん――(これも困っている)」
仙吉「そういう問題は、夫婦で話し合って――他人がクチバシいれることじゃ――ないと(言いかける)」
君子「そうですよ。でも、水田さんたちは別よ。あたし、水田さんに決めていただきたいの。水田さんてよか、奥さんに――」
　君子、たみと向かい合う。
君子「――奥さんのおっしゃることだけは、主人、聞きますもの。そうでしょ」
たみ「――」
仙吉「(自分を指して) 立ててくれてんですよ。友達の女房――何ていうか」
君子「(仙吉にはとりあわない) 今までも、別れようって何度も思ったわ。こんな暮しは夫婦じゃない。でも――あたし――主人に未練があって――惜しくて。人にやれないの。いまも地獄だと思うけど、別れたら、もっと地獄だろう――たしかにこんな暮しは、夫婦じゃないけど――世の中には、ずい分不思議な夫婦もいる。よその男が、自分の女房に夢中なことを知っていながら、仲よくつきあって」

仙吉「(さらりと) おい、りんご、あったんじゃないか」
君子「りんごもりんごよ。――」
　言ってしまって、吹き出してしまう。
君子「やだ、あたし、奥さんも奥さんよっていったつもりで――」
たみ・仙吉「(笑う)」
仙吉「りんごもりんごか」
　半端《はんぱ》なこわばった笑い。
　笑うことだけが救いである。
　(間)
　三人、茶をのむ。
仙吉「あれ、何てったかなあ。将棋の駒《こま》、グシャグシャに積んどいて、こう、ひっぱって
　とるやつ」
たみ「ああ――」
君子「こういうの」
　女二人、手つきをする。
仙吉「一枚、こう、とると、ザザザッと崩れるんだなあ」
君子「――」
仙吉「(ポッンポッンと) おかしな形は、おかしな形なりに、均衡があって、それがみん

なにとってしあわせな形ということも――あるんじゃないかなあ」

君子「ひとつが脱けたら」

仙吉「みんな、つぶれるんじゃないですか」

たみ「――――」

（間）

君子、夫婦をみつめる。小さく笑う。だんだん大きくなってゆく。泣いているようにも見える。

立ち聞きしている、母親の鏡台の前のさと子。

リボンをつけ、母の口紅をつけながら、時計を見上げる。

●道（夕方）

全力で走るさと子。走って来た金歯とぶつかってしまう。
金歯「あぶない！　気をつけろ！」
さと子「ごめんなさい」
さと子、あらっとなるがまた走り出す。

●仙吉の家・玄関

入ろうとする金歯。

出てくる君子を見て、少しためらう。
君子をやりすごして入ってゆく。
半分しめた玄関の格子戸《こうしど》の奥から声が聞えてくる。
たみ(声)「どこで倒れたんです！　いまどこにいるの、すぐ迎えに――」
仙吉(声)「おれがいく。お前、ここにいろ」
たみ(声)「さと子！　さと子！」

●辻本の下宿

本棚《ほんだな》の本をみつめ、目を輝かし一冊をぬいてひろげるさと子。
見ている辻本。

●仙吉の家(夜)

寝ている初太郎。
仙吉、たみ。
初太郎には、もう死相が出ている。
とび込んでくる門倉。
門倉「おじいちゃん！」
たみ、目で、もう駄目《だめ》なのよという感じでとめる。

門倉、かまわず、百円札の分厚い束を出す。

門倉「おじいちゃん、もうひと山あてて、倅《せがれ》の借金返してやるんじゃないの？　え？　倍、三倍にして、オレに返してくれるんじゃないの？」

初太郎、かすかに反応する。

門倉、仙吉の腕をつかみ、初太郎に札を持たせてやれと突つく。

しかし、仙吉は手を出さない。

門倉「おい！　水田、おい！」

たみ、横から、札をひったくる。

たみ「おじいちゃん！　門倉さんが資金《もとで》、出してくれるって――」

門倉「ほら、おじいちゃん！」

たみ、にぎらせる。初太郎、目をあく。

初太郎「い、いくらある」

門倉「――自分で、かぞえてみなさいよ」

初太郎、うれしそうに笑う。

最後の力をふりしぼり、かぞえはじめる。

手にツバをつけ、一枚一枚――そして力つきる。

胸に、顔に百円札が散る。たみ、ぐうっとのどをならす。

仙吉「おとっつぁん！」

男泣きに泣く仙吉。

●辻本の下宿

本箱の前で、接吻《せっぷん》しているさと子。

さと子の声「はじめての接吻というのをしました」

●仙吉の家（夜）

帰ってきたさと子、凍りつく。顔に白布をのせている初太郎。

仙吉、たみ、門倉。

さと子の声「おじいちゃんが、父と門倉のおじさんのことを『こまいぬさん、あ・うん』だと言ったことを思い出しました。

おじいちゃんは、門倉のおじさんが母を好きなこと、母も門倉のおじさんを好きなことを知っていながら、ひとことも口にしないで死にました」

●花が散る

春の絵。

さと子の声「あわただしく嵐《あらし》が通りすぎ、春になりました。門倉のおじさんの子供のお宮まいりです」

●おやしろ

待っている仙吉とたみ。

門倉が走ってくる。

門倉「すまんすまん。坊主《ぼうず》もあいつも、揃って風邪ひいちまってさ。代りに、おまいりしてきてくれってさ」

写真を出す門倉。

夫婦、何か言っている。

三人、拝殿にすすむ。

たみが賽銭《さいせん》をなげる。

社務所のラジオがニュースを流している。

日支事変の戦局を告げている。

三人、ならんで柏手《かしわで》をうつ。

さと子の声「『夫婦相和シ』『朋友《ほうゆう》相信ジ』と、この三人について言ったおじいちゃんの声が聞えてきます。門倉のおじさんと母は、これからも、言葉に出して好きだということはないでしょう。だからこそ父も、友を信じ、妻を信じて、誰よりも強い絆《きずな》で結ばれて生きてゆくでしょう。世の中がどう変ろうと——」

続 あ・うん

恋　1

●仙吉の家・表

やってくる門倉。

入りがけに「水田仙吉」の表札が少し曲っているのに気づき、丁寧に直す。

ついでに自分のネクタイのゆがみを直して入ってゆく。

見るからに羽振りのよさそうな身なりである。

さと子の声「あれから一年たちました。今日は、おじいちゃんの一周忌です」

●仙吉の家・茶の間と客間

茶を入れているたみ。

干菓子を菓子皿にならべているさと子。

男たちの高声に手をとめる。

仙吉(声)「なんだい、こりゃ」

門倉(声)「なんだいって、お経料に決まってるじゃないか」

母娘《おやこ》、目くばせしながら、客間を見る。

いやに立派な仏壇の前に小机。

黒枠《くろわく》の初太郎の写真の前で、線香を立てようとしている門倉をとがめている仙吉。

門倉が仏前に供えた包みを、仙吉は門倉に押し返している。

仙吉「差し出た真似《まね》するなよ」

門倉「おい、水田」

仙吉「長男がついてんだよ。他人はな、こういう心配しなくていいの（ポケットへねじ込もうとする）」

門倉「（押しもどして）おじいちゃんは、俺のこと、他人と思ってなかったぜ」

仙吉「門倉……」

門倉「お前とは口、利《き》かなかったけど。（初太郎の写真を指さして）俺にゃ、けっこう、しゃべったよ。ひと山あててさ、札びら切ってた頃《ころ》のはなし、杉や松の見方なんぞ――さ」

仙吉「他人にゃいいとこ見せてたんだよ。尻拭《しりぬぐ》いさせられた、こっちの身になってみろ。

そうそういい顔出来るか」
門倉「それにしちゃ、葬式張り込んだじゃないか。バカでかい仏壇買い直して毎日お灯明《とうみよう》上げてるっていうしさ、邪慳《じやけん》にしたんで、気がとがめてンだろ、ハハ、何のかんの言ったって、父子《おやこ》なんだよ」
仙吉「(写真を指して) 子不孝の見本だよ」
門倉「まあ、気持なんだから、固いことといわずに——奥さん……」
たみ「頂き過ぎよ、門倉さん」
門倉「(少し甘えて) 奥さんまで固いことというんだから。『気持』じゃないですか」
仙吉「『気持』がどうしてこんなに分厚いんだ」
門倉「——だからさ、おじいちゃんに対する気持が」
仙吉「息子、凌《しの》ぐなよ」
二人の目が、からみ合う。
門倉、うなずいて中から札を出す。
少し残して、あとを内ポケットに仕舞う。
仙吉「それでいいんだよ」
たみ「頂いといて、文句言ってンだから」
たみ、すみませんという風に頭を下げる。
門倉、改めて、仏壇に供えながら、

門倉「――この分は（ポケット）あとで精進落しでバーッといこう。バーッと」
仙吉「いいから、早く済ませろよ。坊さん、きちゃうぞ」
門倉「そうだ奥さん、すみません。うちの奴《やつ》、出がけに頭痛がするってンで今日は――」
たみ「いいんですよ。ほんのうちうちのなんなんですから」
仙吉「お前が、手合せてくれりゃ、それでいいんだよ」
さと子、お茶を出す。
門倉、カネを叩《たた》きながら、チラリとさと子を見る。
門倉「『三日見ぬ間の桜かな』ってのは、本当だね」
一同「？」
門倉「一日一日、キレイになるねえ。さと子ちゃん、お化粧うまくなったよ」
さと子「やだ、おじさん」
たみ「ほめて下さるのは、門倉さんだけだ」
仙吉「おいおい。拝むんなら拝む。見るんなら見る。どっちかにしろよ。これ（カネ叩き）やりながら、こう（首を横に向けてよそ見）なんだから。いい加減な奴だな、お前は」
門倉「（拝みながら）一度に二つのことが出来なきゃね（チーンと叩く）」
仙吉「軍需工場は切り廻《まわ》してゆけないか」
門倉「ま、そういうことだな」

たみ「お父さんと正反対。新聞見ながら、ご飯食べられない人だから」
門倉「人間としちゃ、そのほうがマットオですよ」
　仏壇の前を退きながらポケットをさぐる。
門倉「ええと、たばこ、たばこ」
仙吉「お」
　仙吉、出しかけるが、門倉、制して立ちかける。
たみ「スプリングですか」
　たみ、立つ。

●玄関

　たみ、帽子かけにぶらさげたスプリングコートをとりかける。

　あとから門倉来て、どうもという感じでポケットから舶来のたばこ(エアシップ)を出す。

たみ「門倉さん——」

　たみ、ちょっと仙吉を気にして、見えないところへ門倉を目で誘う。

門倉「——」

たみ「(固い顔で小さく吐言《こごと》を言う)この間も、そ言ったじゃないですか。門倉さんが軍需景気で羽振りのいいのは判《わか》るけど、うちは一介の月給取りなんですよ。釣《つ》り合い考えて、なにしていただかないと」

門倉「――」

たみ「暮しには、高低《たかひく》があるんですよ。ああいうことされたんじゃ、とてもおつき合い出来ないわよ」

門倉「申しわけありません。以後、気をつけます」

門倉、小学生のように直立不動。キチンと頭を下げる。

たみ、ちょっと困って――座敷へもどってゆく。

門倉、たばこを手に、そのまま、しばらく立っている。

たみに叱《しか》られた幸せを嚙《か》みしめている。

空《から》のお盆を手に物かげで見ているさと子。

さと子の声「門倉のおじさんの一番の幸せは母に叱られることなのです。母に叱言をいわれると、憧《あこが》れている女の先生に叱られた、小学校一年生の男の子みたいな顔をします」

屈託ない顔でたばこを喫《す》っている仙吉の姿が見え――。

灰を気にして、ほらほら、という感じで下に灰皿をあてがうたみ。

●客間

仙吉とたみ。
たみ「――みえたら、すぐ、お茶かしらねえ」

仙吉「うん？」
たみ「坊さん——」
仙吉「いいんじゃないか、すぐお経で」
たみ「のど、乾かないかしら」
仙吉「しめり、くれないとダメか」
たみ「すぐお茶だして——」
仙吉「あと、般若湯《はんにゃとう》」
突然、玄関で陽気な声。
禮子(声)「ごめんくださーい！」
夫婦、顔を見合わせながら腰を浮かす。

●玄関

さと子を押しのけるようにして、土間に飛び下り、玄関の格子戸《こうしど》をあける門倉。
入ってくる禮子と守(一歳)。
禮子「おじゃましまーす！」
門倉「遅いじゃないか」
禮子「だってェ。電話かけて、すぐ来いったって、女は、いろいろ支度にかかるのよ、ねえ、奥さん」

出て来た仙吉もたみも目を白黒している。

仙吉「（少し当惑しながら）忙しいとこ、わざわざ――」

禮子「あーら、閑《ひま》ですよオ、閑で閑で閑もてあましてたとこ。もう、嬉《うれ》しくって――あら、法事なのによろこんじゃいけなかったかな」

仙吉「いやあ、にぎやかなほうが仏もよろこびますけどね」

門倉「枯木も山のなんとやらだよ。お前ンとこ、東京に親戚《しんせき》少ないしさ」

守「（廻らぬ舌で）パパァ――」

門倉「お、坊主《ぼうず》、こい！」

たみ「まあ、ちょっと見ない間に大きくなって、守クン！　いくつ？」

守「（一本指を出す）」

仙吉「大きくなるぞ、親の体格見たって判《わか》ら」

たみ「さ、どうぞ」

守を抱いた門倉、禮子、夫婦のように中へ入ってゆく。

さと子の声「門倉のおじさんの二号さんです。もとカフェの女給さんだった人です。おじさんは看護婦上りの年上の奥さんがいて、うちの父や母は、どちらともつき合っているのです。大人の社会は複雑です」

玄関で草履《ぞうり》を揃《そろ》えるさと子。

爪先《つまさき》に臙脂《えんじ》のビロードの覆《おお》いのついた型。

並んだ守の黒い小さなエナメルの編上げ靴《ぐつ》。
玄関のガラス格子の向うにかげ。
坊主「ごめん下さい」
さと子「ハイ！」
あけるさと子。
坊主が立っている。
さと子「(どなる) お坊さん、いらっしゃーいました！」

●縁側・客間・玄関

守が、おもちゃで遊んでいる。
読経《どきょう》。
仏前の仙吉、門倉、たみ、さと子、禮子。
不意に、禮子が鼻をすする。
ハンカチをさがすがない。
たみ、貸してやる。
門倉「どしたんだよ」
禮子「――おっかさん、死んだときのこと、思い出しちまって――すみません」
たみとさと子、鼻をすすっている禮子に、あたたかいものを感じる。

読経。
遊ぶ子供。
あきたらしく、門倉の手におもちゃを持たせ、また、縁側へもどってゆく。
またまた、不意に玄関で、女の声。
君子(声)「ごめん下さいまし」
たみとさと子、聞き耳を立てるが、読経にさまたげられ、はっきりしない。
たみ、ハッとして仙吉を突つく。
君子(声)「ごめん下さいまし」
凍りつく三人。
禮子だけが、普通の顔で合掌《がっしょう》している。
門倉、いきなり立って、玄関へ飛び出してゆこうとする。
仙吉「おい——」
たみ「門倉さん」
門倉「帰すよ」
仙吉「そういうわけにゃいかんだろう」
仙吉、オロオロしている。
坊主は、読経の声を低くして、チラチラと一同を見ながら、明らかに好奇心丸出しである。

君子(声)「ごめん下さいまし!!」

　禮子、守を抱きのんびりと——。

禮子「守が退屈してるから——さと子さんのお部屋、見せていただこうかね」

　仙吉とたみ、ほっとする。

　門倉、済まんという風に頭を下げる。

たみ「(目で詫《わ》びながら)早く!」

　たみ、禮子をうながしながら、さと子に目くばせ。

君子(声)「ごめん下さいまし!」

　さと子、二人を二階へ案内する。

　たみ、座布団《ざぶとん》を押入れにほうり込もうとする。

仙吉「オレ、やるから、早く!(出迎えろ)門倉!」

　坊主、小声でお経を誦しながらじろじろ見ている。

　たみと門倉、ころがるように玄関へ。

たみ「はーい! 只今《ただいま》!」

門倉「はいはい!」

　戸をあけようとする門倉。

　ぶつかるようにしてとめ、すばやく臙脂の草履と子供の靴を下駄箱《げたばこ》の中にほうり込む。

開ける門倉。
門倉「なんだ、お前か」
たみ「まあ、すみません。お経に気とられてよく聞えなかったもんで」
君子「半端《はんぱ》なときにおじゃまして、相すみません」
たみ「とんでもない」
門倉「頭痛、直ったのか」
君子「少し納まったもんですからね、お線香だけでも上げさせて頂こうと思って」
門倉「そうか、そうか！　そりゃよかった」
仙吉「あ、奥さん、こりゃどうも――」
客間から仙吉、来かけて、縁側におもちゃがひとつころがっているのに気づく。
ころがるようにすっとんでゆき、おもちゃを庭の植込み目がけて蹴《け》り込む。
タッチの差で上ってくる君子。
仙吉「さ、どうぞどうぞ」
君子「（すわりながら）――あら、さと子ちゃん――」
仙吉「あ、さと子……」
門倉「さと子ちゃん、いまちょっと……」
たみ「頭痛いって――二階から下りてこないんですよ、ほんとにもう――」
たみ、梯子段《はしごだん》の上りはなでびっくりするような大声でどなる。

たみ「さと子！　さと子！　わがままもいい加減にしなさい！」

●二階・さと子の部屋

さと子。

禮子と守。

たみ(声)「お経がはじまってるのにどうしたの！」

禮子「――」

さと子「――」

たみ(声)「早くおりといで」

さと子「ハーイ――」

さと子、すみませんという感じで会釈《えしゃく》する。

禮子、明るく、どうぞどうぞという感じ。

さと子、手まねで、この部屋のもの、どうか遠慮なくという感じ。

禮子「(うなずいて、小さく) いいから――早く」

守、アッアッなどとひとりごとを言いながら、つかまり立ちをしている。

少しグズグズしているが、さと子、下りてゆく。

読経の声、やっと普通に高くなる。

●客間

ならんでいる仙吉、たみ、門倉、さと子、君子。
お経。
二階から赤んぼうの泣き声が聞えてくる。
一同、ハッとする。
坊主、察したか、読経の声ひときわ大きくなる。
赤んぼうの泣き声も、負けじと大きくなる。
仙吉「また泣いてやがる。隣りの子だな」
君子「あら、お隣り、二階家でした？」
仙吉「いや——」
たみ「あ」
君子「男の子だわねえ。泣き声に力があるわ」
仙吉、ふと庭を見る。
植込みのかげからおもちゃがのぞいている。
汗を拭《ふ》く門倉。
知らん顔で、合掌している君子。
気をもむ一同——赤子の声、弱まる。

チーンとカネ。

一同、ホッとため息をつく。

●二階・さと子の部屋

そっと入ってゆくたみとさと子。

半分あいている押入れ。

布団の中にもぐり込むようにして、禮子と守がねむっている。

くったくのない禮子の寝顔。

よくみると、涙のあと。

切ない、たみとさと子。

さと子の声「二号さんは、くったくのない顔をして眠っていました。でも、頬《ほお》には涙のあとがありました」

●神楽坂《かぐらざか》「八百駒《やおこま》」（夜）

三味のさんざめきが聞こえている。
歌声「〽梅《うめ》ヶ枝《え》の　手水鉢《ちょうずばち》　ソレ！　叩いてお金が出るならば」

●「八百駒」座敷

床柱を背にして、上座に坐《すわ》るのは仙吉。
下座でお流れを頂戴《ちょうだい》しているのは、何と門倉である。
お内儀《かみ》と芸者二、三人が座をとりもっている。
門倉「御前。お流れを頂戴いたします」
仙吉「うむ」
門倉「頂戴いたします。（のんで）どうぞおひとつ」
うやうやしく、お酌《しゃく》をして――お内儀に叱言《こごと》をいう。
門倉「遅いなあ、まり奴《やっこ》は、せっかく御前がお運びくだすってるのに――何してるんだ」
おかみ「『中貰《もら》い』かけてるんでございますけどねえ」
門倉「『中貰い』じゃ駄目だよ、『是非』で呼べ。『是非』で」
仙吉「『是非』？」
おかみ、出てゆく。
門倉「『是非』をご存知ない。やんごとない育ちだけあって下下《しもじも》のことにはうとくておいでになる。よその座敷に出ております流行《はやり》っ妓《こ》を呼びたいときには、『中貰い』というのをかけますんですが、ヤボな客で、断わるのがございます。そういう場合ですな『是非貰い』と申しまして、線香のほうは――その、糸目をつけないから（こっちへ）」
仙吉「それが『是非』か」
門倉「『是非』でゆけ――と」

仙吉「なるほど」
門倉「こういう料亭《りょうてい》で芸者衆をよんで遊びますのをヒラと申します。お気に召したのを、待合いなんぞに呼びますのを、カゲと申しまして」
仙吉「そのくらいは存じておる」
門倉「恐れ入りましてございます」
障子があいて、まり奴が登場。若く、美形である。
まり奴「こんばんは」
門倉「遅いよ」
まり奴「すみません、もう軍刀ガチャつかせたベタ金のおヒゲが、しつこくて——(言いかけて)こちら——」
門倉「(重々しく)水田子爵《ししゃく》——」
まり奴「子爵さま」
お内儀、出てゆく。
門倉「うちの会社の、金主でいらっしゃる」
まり奴「上には上があるのねえ」
門倉「感心してないで、お酌!」
まり奴「(酌をして)違うわねえ。身についた威厳がおありになるわ」
門倉「お生れが違うよ。ヒゲだって、ほら、な、我々下下は、下向きに生える。水田子爵の大ひげは上向きに生えておいでになる」
まり奴「ほんと」
仙吉「（ついうっかり）そんなこたァないだろ。天神様――菅原道真《すがわらのみちざね》より加藤清正のほうが出性《でしょう》がいいのか」
門倉「御前――」
まり奴「え？」
仙吉「天神様はこう（下向き）清正はこう（ピンと上向き）」
門倉・まり奴「そういやあ――」
三人、笑って――。
仙吉「門倉、もう勘弁してくれよ」
まり奴、びっくりする。
仙吉「実はね、趣向なんですよ。こちとら、しがない月給取り。いつも、こいつにおごられてるもんだから、たまには、お前が上座に坐れっていうんで」
門倉「おい、水田」
まり奴「じゃ、子爵じゃないの」
仙吉「子爵どころか、持ち合せてるのは癇癪玉《かんしゃくだま》ぐらいのもんですよ。おい門倉、席替ってくれ。床柱、背負って坐ってたんじゃゃ、飲んだ気がしないよ」
門倉「芝居っ気のない男だねえ」

仙吉「人間にゃなニンてもんがあるんだよ」

　席を替る。

仙吉「だましてすみませんでした」

　生《き》まじめに頭を下げる。

まり奴「――惚《ほ》れたわ」

仙吉「？」

まり奴「あたし、惚れた――水田子爵に惚れちゃった」

　色っぽい流し目。

　ハッとする仙吉。

　改めて、その美しさに、ボオッとする。

門倉「おい水田、神楽坂切っての美形に惚れていただいたんだ。男冥利《おとこみょうり》につきるだろう」

　仙吉、魂をうばわれて、ボオッとしている。

　おかしい門倉。

　二人の顔を交互に見ながら、ゆったりと盃《さかずき》を運ぶ。

　「梅ヶ枝の　手水鉢」がまたにぎやかにはじまる。

●仙吉の家・茶の間（夜）
さと子の声「門倉のおじさんが帰ると、急にうちの電気が暗くなったような気がするから不思議です」

暗い電灯の下で、つつましい夕食の膳《ぜん》についている、たみとさと子。

二人、モグモグと口を動かしながら、

さと子「お父さんたち、どこへいったんだろう」

たみ「お料理屋かなんかへ上って騒いでんだろ」

（間）

さと子「よくそんな気持になるね」

たみ「うん？」

さと子「――早く帰って、謝るとか、やさしいことばかけるとか」

たみ「どっちに」

さと子「え？」

たみ「どっちに謝るんだい」

さと子「あ――あ、そうか、可哀《かわい》そうっていえば、門倉のおばさんも、二号さんも、同じだものねえ」

たみ「お前ね（タクアン、バリバリ嚙《か》みながら）二号さん、二号さんて言ってると、癖になるよ。あの人の前でそ言ったりしたら……それこそ、引っこみがつかなくなるよ」

さと子「じゃ、なんていうの」

たみ「禮子さん」

さと子「禮子さん――か」
たみ「――お母さんもね、あんなあとで、遊びに出かけたりして、いい気なもんだと思うけど――門倉さんも、やりきれないんだろうよ。さて――となるとどっちへ帰っていいか判んない」
さと子「じゃ、うちに残って一緒にご飯食べてきゃいいじゃないか」
たみ「うちに残りゃあたしに怒られるもの」
さと子「あ、そうか」
　母と娘、タクアンをバリバリ嚙む。
たみ「――お前、いい音するね」
さと子「え？」
たみ「タクアン――」
さと子「お母さんだって、音するじゃない」
たみ「音が違うんだよ、女は子供生むと、歯がダメになるから」
　さと子、バリバリ嚙む。
たみ「――お前、若いんだね」

●さと子の部屋（深夜）
　暗い中で布団《ふとん》に横になり、天井を見ているさと子。

さと子の声「電気を消すと、部屋の空気が、黒い四角い羊羹《ようかん》のように重く感じられることがあります。そういう晩は、なかなか寝つけません。門倉のおばさんは大きなうちに一人ぼっちで青筋を立てて刺繍《ししゅう》をしているんでしょうか」

●門倉の家・居間

スタンドの下で刺繍をする君子。

さと子の声「二号さんは――いえ、禮子さんは、なにをしているのか、ちょっと想像がつきません」

●禮子の家・居間

守をねかしつけながら、ゴールデンバットの空箱で土瓶敷《どびんしき》をつくっている禮子。

さと子の声「みんな、一人の男の帰りを待っているのです。そういえば、母も、父の帰りを待っています――」

●水田家・茶の間（深夜）

茶の間で針仕事をしながら、うたた寝をしている、たみ。

さと子の声「みんな、なにかを待っているのです。沢山《たくさん》の女たちの何かを待っているという思いが――夜の空気を重たくしているのかも知れません」

仙吉の帰ってきた気配！

仙吉(声)「おーい！　帰ったぞ！」

●玄関

折詰をぶらさげて前後に揺れている仙吉。

出迎えるたみ。

仙吉「〽梅ヶ枝の手水鉢」

たみ「ほら、ほら、お父さんアブない――」

仙吉「折詰あるぞ、さと子！」

たみ「もう寝ましたよ」

階段をおりてくるさと子の足。

パジャマに腹巻、セーターをはおっている。

仙吉「(みつけて) お！」

折詰をわたしながら、

仙吉「お前も、世が世なら、水田子爵令嬢なのに――。運のない奴《やつ》だ。〽梅ヶ枝の　手水鉢」

たみ「(さと子に) お父さんもお酒弱くなったねえ」

仙吉「〽梅ヶ枝の　手水鉢」

フラフラ入ってゆく仙吉。

縁側の暗い中に立って、じっとしている仙吉。

仙吉「(呟《つぶや》く) ホ・レ・タ・ワ」

じっと立っている。

あとから入ってきたたみ、曲り角のところで夫にぶつかってしまう。

たみ「――お父さん――」

仙吉「〽梅ヶ枝の　手水鉢」

中へ入ってゆく。

さと子の声「この歌は、このあともときどき、父はうたっていました」

●**勝手口（夕方）**

風呂敷《ふろしき》から大根や葱《ねぎ》をのぞかせ、片手には、ちり紙の大きな束《たば》を提げ、たみが夕方の買物から帰ってくる。

街には暮色。

豆腐屋のラッパが聞えている。

二階からは、さと子の弾く琴。

たみ「――しょうがないねえ。――二階に上がってたら、留守番になんないだろ。ヨイショ！」

ブツブツ言いながら上ってゆく。
たみ「空巣にでも入られたらどうすんの。盗《と》られるものなんかないけど」
茶の間に入ってアッとなる。
客間の仏壇の前に一人の老人が坐《すわ》りこんでいる。

●客間

さと子が降りて来る。
さと子「(のんびりと) ね、あの人だあれ?」
たみ「(首を振る。少し恐《こわ》いが、せいいっぱい) こ、こっちが聞きたいよ」
老人は、初太郎の写真をみつめ、手を合せ、片手を伸して、供えてある菓子をつまんでいる。
たみ「——あの——どなたさん——」
老人(作造)、振り向く。
作造「(食べながら) あんた、嫁さんか」
たみ「はあ」
作造「どういう料簡《りょうけん》だ。一周忌だってのに、ロクなお盛りものもしとらん。誰もおらん」
たみ「あの、一周忌は、昨日、すませたんですが」
作造「え? (少し耳が遠いらしい)」

たみ「(どなる) 本当は今日なんですけどね。門倉さんが出られないもんで」
作造「勝手に命日変えられたんでは兄貴――も、浮かばれんなあ」
二人「兄貴？」
たみ「あ、そうすると、おじいちゃんの――」
作造「仙吉つぁんは、何時に帰るんだ？」
　モグモグと口を動かしながらの作造老人。

●茶の間（夜）

　鳥鍋《とりなべ》が湯気を立てている。

　仙吉、かしこまって作造に酌《しゃく》をしている。

　台所で、追加の葱を切っているたみ。

　皿《さら》に盛りながらのさと子。

さと子の声「この人は作造といって、亡《な》くなったおじいちゃんの腹違いの弟だそうです。そういう人がいるということは聞いたことがありますけど、逢《あ》うのははじめてでした」

　仙吉、酌をしたり、煮えたのを取り分けてやったりする。

仙吉「じゃあ、ずっと名古屋だったんですか」

作造「固いカシワだ……」

仙吉「ずっと名古屋だったんですか？　住まい！」

作造「名古屋コーチンとゆうてね、名古屋のカシワ食ったら、よそのは食えん」
仙吉「いや、住まい！」
作造「ああ、倅《せがれ》の転勤で――連れてかれて――で、また転勤で」
仙吉「じゃいま東京ですか」
作造「固いな」
たみ、さと子、食卓へ。
仙吉「おい、肉屋、替えろよ。固いよ、固かったら出して下さい。(たみに) カミ！」
作造、ペッと出す。
仙吉、嫌《いや》な顔もせず、紙で受けてやる。
仙吉「いや、おやじの葬式のとき、電報打ったら返ってきたもんでね。(大きく) 葬式のとき、電報――」
作造「電報ひとつで済むことじゃないか。血がつながってる人間に知らせんという法はないよ」
たみ「ですからね打ったけど、返ってきたんですよ」
作造「いや、あわてて帰んなくてもいいんだ。用があって出てきたもんでね」
玄関に男の声。
金歯・イタチ(声)「ごめん下さい！」
仙吉「うちじゃないか」

たみ「誰だろ、さと子！」
さと子「ハーイ！」
作造「(何故《なぜ》かどなる) ハーイ！」

●玄関

ガラス戸をあけるさと子、びっくりする。
ヌーと立っている金歯とイタチ。
イタチ「こんばんは」
金歯「お線香、あげさせてもらえますか」
さと子「ち、ちょっと、お待ち下さい！」
すっとんで、中へ入るさと子。

●茶の間

さと子、とび込んでくる。
仙吉、たみ、作造。
たみ「どなた？」
さと子「──金歯とイタチ。お線香上げさせてくださいって」
たみ「きたの？ (夫の顔をチラリと見る、当惑している)」

箸《はし》をおっぽり出すようにして、玄関へとび出す仙吉。

●玄関

とび出してくる仙吉。

金歯とイタチの前に手をつく。

仙吉「どうぞ！　どうぞ！　いやあ、よく思い出してくださったなあ、仏もよろこぶよ、さどうぞ！」

たみとさと子、びっくりしている。

のっそりと出てきた作造、上りかけている二人を指さしていきなり言う。

作造「アンタが金歯、アンタがイタチだ」

一同、ポカンとする。

仙吉「知ってたんですか」

作造「兄貴がよう話しとった」

金歯「兄貴――」

イタチ「すると、こちらさん――」

仙吉「おやじの――弟――腹違いですがね」

金歯「ああ――そういやあ」

イタチ「ご商売――」

作造「建具だよ」
金歯「こちとら、材木だよ」
イタチ「うれしいねえ。仏の引き合せってやつだ」
作造「ア、何もないけど、一杯やってきなさい」
　作造、自分のうちのように振舞っている。
作造「はばかりは、あっちだから」
仙吉「どうぞどうぞ」

●客間

　線香を立て、拝んでいる金歯とイタチ。
　うしろに仙吉。
　鳥鍋をつつきながら見ている作造。
　一升瓶《いっしょうびん》の酒をお銚子《ちょうし》にうつしているさと子。
　食事の用意をするたみ。
　内緒ばなしの二人。
さと子「ごはん出すの」
たみ「だって、しょうがないだろ」
さと子「前はさ、お父さんあの二人のこと目の仇《かたき》にしてたのに」

たみ「親孝行の埋め合せしてるつもりなんだろ」
　何となく入ってくる仙吉。
たみ「お父さん、出かけるんじゃなかったんですか」
仙吉「――あの連中置いて、出かけちゃ悪いだろ」
たみ「会社のおつき合いなんでしょ」
仙吉「あした、謝ったらいいよ」
　仙吉、出てゆく。
作造「さあさあ、いっぱい！」
　金歯とイタチすわる。
　酌をする仙吉。
　また見ている、たみとさと子。仙吉、またくる。
仙吉「やっぱりとんび、出してくれ」
たみ「出かけるんですか」
仙吉「やっぱり、まずいわ」
　たみ、奥へ入る。
仙吉「相すみませんが、よんどころない用で、中座しますんで――どうぞ、ごゆっくり」
　とんびを羽織って髪、ひげをなでつけて出てゆく仙吉。
イタチ「(小さく）どこいくんだ今時分」

金歯「（体の陰で小指を出す）」
イタチ「そんなタマかよ」
金歯「いやあ（小指）だよ。目ン玉見てみろ、ビクついてら」
　送って出るたみに、重々しく言う仙吉。
仙吉「じいさんの布団《ふとん》でいいだろ。あ、毛布一枚余分にかけたほうがいいなあ」
たみ「泊めるんですか」
仙吉「今から帰すわけにいかんだろ。（勿体《もったい》ぶって）いってくる――」
たみ「いってらっしゃい」

●料亭座敷（夜）

　前より大分狭い部屋。
　ばあさん芸者が相手をしている。
　イライラして爪《つめ》を噛《か》んで、やけっぱちに唄《うた》っている仙吉。
仙吉「〽梅ヶ枝《うめがえ》の　手水鉢《ちょうずばち》ィ」
　障子《しょうじ》に丸まげのかげがうつる。
　ゴクリとつばをのむ仙吉。
　あいて、まり奴《やっこ》の笑顔。
仙吉「こんばんは！」

座布団をすべりおち、四角になって、あいさつする仙吉。
まり奴「まあ、水田子爵《ししゃく》——」
仙吉「お待ちしておりました。さ、どうぞ」
シャチこばって、酒をすすめる仙吉。

●仙吉の家・茶の間（深夜）

うす暗い電気の下で、つくろいものをしながら居眠りのたみ。

パジャマに腹巻のさと子が起きてきて、羽織をかけてやっている。

老人の咳《せき》。

ガタンと唐紙《からかみ》のあく音。

ぶつかる音。

とび出してゆくたみ。

押入をあけて、寝巻姿でウロウロしている作造。

たみ「はばかりですか。こっち——こっち——」

案内しているたみ。見ているさと子。

さと子の声「その晩、作造というおじいちゃんの弟は、泊ってゆきました。そして、お父さんは、ずい分遅くなって、酔っぱらって帰ってきました」

●街

歩く作造とさと子。

作造は、風呂敷《ふろしき》包みを大事そうに抱えている。

さと子は矢絣《やがすり》の着物(当時の流行)。

さと子の声「次の日、私は、このおじいさんと一緒に出かけました。知っている人に届け物をするというので、あぶないからと私がお供につけられたのです」

街角では、国防婦人会が立って千人針。

女たち「おねがいします」

さと子、一針を抜く。老人そばで立って待つ。

女たち「ありがとうございます」

二人、また歩いてゆく。

●早稲田《わせだ》大学の正門前

門の前にしゃがんで風呂敷包みをあけている作造。

立っている早大生、石川義彦《よしひこ》。

少し離れているさと子。

作造「坊ちゃん、大きいなったなあ」

義彦「もう坊ちゃんて年じゃないよ、突然だからびっくりしてさ、ずっと名古屋だったんだって――」
作造、中から木造りの船を出す（かなり大きなもの）。
義彦「なあに、それ」
作造、一人で悦に入りながら船で義彦を小突くようにする。
義彦「船じゃないか」
作造「船じゃないよ。軍艦！」
義彦「軍艦――あッ！　あッ！」
義彦、何か思い出したらしい。
いきなり、作造の肩を殴る。
作造も義彦を小突いて、ヘラヘラと笑う。
船をしげしげとみる義彦。
義彦「釘《くぎ》一本も使ってないじゃないか」
作造「そりゃ、組子《くみこ》だもの」
義彦「桜？」
作造「檜《ひのき》」
義彦「スゲエ」
キョトンとしていたさと子、たまりかねて、そっとのぞきこむ。

義彦「この人――」
作造「孫だよ、名前は――」
さと子「さと子です。でもあの、孫じゃないん（いいかけて、やめる）」
義彦「よく覚えてくれたなあ、ぼくのうちに出入りしてた建具屋でね、かわいがってもらったんだけど、小さい時に軍艦作ってやるって約束したっていうんだなあ。こっちは忘れてるんだけど、三年に一回ぐらい年賀状がきて『あれは忘れておりませぬ』、あんまりうまくない字で書いてあるんだ――」
さと子「それ、届けにきたの」
作造「約束果さんうちに、ヒョッコリお迎えでもくるといかんと思って――」
義彦「いい格好だ――」
　無骨だが、シンプルで凛《りん》とした感じの軍艦。
　しゃがんで、さすっている義彦。
　だが、さと子は、軍艦もさることながら、座布団のような帽子が珍しくてならない。
　ちょいと指先で突ついてしまう。
　目をあげる義彦。
さと子「あ、ごめんなさい」
義彦「？」
さと子「カドのとこ、どうなってるのかと思って。うち早稲田に知り合いないもんだから」

義彦、どうぞという風に脱《ぬ》いで手渡す。

さと子、目を輝かして裏をひっくりかえしてみる。くっくと笑ってしまう。見てから返す。

義彦、帽子をとるなりさと子の頭にのせる。

さと子「あ！」

義彦、そばの商店のガラス戸を指さして、見てらっしゃい、というジェスチュア——。

さと子「いいんですか」

義彦「どうぞ」

さと子、駈《か》け出してガラス戸にうつしてみる。

うしろに、檜の軍艦をかかえた義彦がうつる。

義彦がうしろから帽子のゆがみを直してくれる。

しゃがみこんで煙管《きせる》で刻みをすっている作造。

ガラスにうつる若い二人。

さと子の声「——私は恋をしてしまいました」

●仙吉の家・洗面所（朝）

歯ブラシをくわえながら放心しているさと子。

さと子の声「『寝ては夢、覚めてはうつつ、マボロシの』というのは本当です」

目の前に、ガラス戸にうつる二人の姿が見える。

たみ(声)「二人ともなにぼんやりしてるの！」

ハッとなるさと子。鏡の中に、同じように歯ブラシをくわえ放心した仙吉の顔がうつっている。

ゆかたの前をはだけている。

二人の間にたみの顔。

たみ「お父さん――」

仙吉「え？　あ。おみよつけの実、なんだ」

あわてて歯をみがく仙吉。

さと子、じろりと父を見る。

●門倉の家・食堂

贅沢《ぜいたく》なしつらえ。

ガウンを着て、パンとコーヒーの朝食。

コーヒーをいれる君子。

門倉、思い出し笑いをし、上機嫌。

門倉「『やっちょる』『やっちょる』だよ。いや、あいつも男だね」

君子「水田さんは男の中の男よ。今まで気がつかなかったんですか」
門倉「あいつに限って、そっちのほうだけは大丈夫だと思ってたからさ」
君子「自分で引っぱり込んどいて」
門倉「それにしてもさ――。相手が悪いよ」
君子「性悪《しょうわる》な人なんですか」
門倉「性悪じゃないけど、及ばぬ鯉《こい》の滝上りに決ってるじゃないか。それを奴さん三日に一度は通ってるってから、おい、言うなよ」
君子「あ、奥さん？　いうわけないでしょ――大分深いんですか」
門倉「それがさ――手も握ってないんだとさ。相手は芸者だよ、何も金使って料理屋へ上んなくたって、お前の前だけど、待合いへ呼び出しゃ」
君子「簡単だわよねえ」
門倉「それを、水田の奴《やつ》――」
君子「正面からぶつかってるわけね」
門倉「あいつらしいよ、おい、言うなよ」
君子「言うわけないでしょ。そうお、水田さんがねエ。フフ。これで奥さん、すこしはあたしの気持が判《わか》ったかな」
門倉「(新聞で顔をかくす)」
君子、夫のうちわったはなしに加われてしあわせ。

それと、たみの不幸が少しうれしいというところもあるらしい。

●仙吉の家・玄関（夜）

ワニ皮の大きな靴《くつ》がぬいである。
濡《ぬ》れた靴の中に新聞紙を丸めてつめるさと子。
雨の音。

さと子の声「うちへくるとき、門倉のおじさんは自家用車を使いません。少し離れたところでおりて歩いてくるのです」
たみ（声）「さと子！」
さと子「はーい、いまいく！」
さと子の声「父のいないとき、門倉のおじさんがくると、母は私に二階へ上らないで下にいなさいという風をみせます」

●茶の間（夜）

茶をいれているたみ。
門倉。

門倉「ずっと顔見てないもんですからね。絶対いる時間ねらってきたんだけど、そうか、出かけてるのか」

たみ「もう、会社から帰ってくると、ごはんも食べないで、着物着替えて出てゆくんですよ、ここんとこずっと」
門倉「つき合いもそう重なると骨だなあ」
たみ「ほんとに、おつき合いなのかしらねえ」
門倉「え？」
たみ「――門倉さんだから言っちゃうけど――ポケットから――月給の前借り伝票、出てきたんですよ」
入ろうとしたさと子、足をとめる。
門倉「前借り伝票」
たみ「ぼんやりして、ため息ついてることもあるし――なんか具合の悪いこと、あるんじゃないかしらねえ」
門倉「――（笑う）ほかの人間ならいざ知らず水田が――そんな」
たみ「そうだといいんだけど――」
門倉、たみのやりかけの針仕事に目をとめる。
古い浴衣《ゆかた》をほどいて、丁寧に刺した雑巾《ぞうきん》。
白地に藍《あい》の浴衣に麻の葉模様にきれいに赤糸で刺してある。
雑巾を手にとる門倉。
すこしやつれたたみ。

衿足《えりあし》におくれ毛。
辛《つら》い門倉。
柱時計が十一時をうつ。
黙ってそれをきく門倉とたみ。
入れないさと子。
玄関を叩《たた》く物音。
仙吉(声)「おい！　帰ったぞオ！」
たみ「あ、お父さん――」
小走りに出てゆくたみ。
雑巾を手に、立たない門倉。

●玄関

あけるたみ。
雨のしずくで光ったとんびの仙吉。
酔って揺れながら立っている。
仙吉「〽梅ヶ枝《うめがえ》の　手水鉢《ちょうずばち》。水田子爵《ししゃく》ご帰還だぞ、梅ヶ枝の――」
たみ「(少し固い表情で) また、おつきあいですか」
仙吉「門倉と一緒でさ」

たみ「門倉さんと？」
仙吉「奴《やっこ》さん、帰さないんだよ。ここんとこ、毎晩会社の接待がつづいてるんだ。勘弁してくれってのを、あの野郎、羽がいじめにして、こう、こうだよ。（ひとりでやってみせる）門倉とオレじゃ体が違わ。ねじ伏せられて、これだよ（また実演）（手を叩く）梅ヶ枝の――」
仙吉、凍りつく。
雑巾を手に、立っている門倉。
うしろにさと子。
仙吉「――門倉――」
仙吉、ここは笑うより仕方がない。
仙吉「ハハ、ハハ、ハハハハハ」
門倉・たみ「――」
仙吉「『天網恢恢疎《てんもうかいかいそ》にして漏らさず』老子かありゃ。大したもんだ、うまいこというよ」
たみ「――さと子。（目くばせ）おやすみ」
さと子、そっと二階へ上がってゆく。

●茶の間（夜ふけ）

仙吉、たみ、門倉、三人しばらく黙っている。

時計のセコンド。
仙吉、バツが悪いのでどなる。
仙吉「気の利《き》かない奴だな！」
門倉「おい」
仙吉「（たみに）お前だよ。門倉に番茶出すバカあるか。朝っぱらならいざ知らず、子供じゃあるまいし——」
門倉「お前がいりゃ、酒出すさ。主人がいないから、お茶に」
仙吉「そんなつき合いじゃないだろ。融通が利かないにも程があるよ」
また、沈黙。
仙吉「（またもやたまりかねて）俺は謝らんぞ。男にはな、口実ってもんが必要なんだよ。どこそこで会社の誰と一緒に取引先のなにがしを招待しました。シチメンドクサイことをいちいち女房に報告出来るか。玄関入るときの口実に、友達の名前使う。みんなやってることだよ」
門倉「おい——」
仙吉「お前だって、オレの名前だしにして奥さんに——」
門倉「しょっちゅうだよ」
仙吉「ほれみろ！　世の中持ちつもたれつ」
門倉「そうだけどさ」

仙吉「現に、お前と一緒のこともあったよなあ。例の神楽坂《かぐらざか》の。今晩もあそこだよ」
　門倉、黙って雑巾を仙吉の前に置く。
仙吉「なんだよ、雑巾で顔拭《ふ》けってしゃれか」
門倉「丹精してあるだろう。よくみろよっていいたいんだよ」
仙吉「——（痛いところをつかれてテレかくし）女房泣かせてる男が——偉そうに——」
たみ「——門倉さんはいいのよ。門倉さんは——馴《な》れてるもの。抵抗力があるもの。でも、お父さんは」
仙吉「オレはなんだっていうんだ」
たみ「——」
仙吉「会社のつき合いだっていってるだろう、つき合いで神楽坂の」
　門倉、頭を下げる。
門倉「奥さん、申しわけありません」
仙吉「おい門倉、なんでお前、あやまるんだ」
門倉「道つけたの、オレだからさ」
仙吉「バカ、お前な」
たみ「そうねえ、門倉さん、いけないわよ。あんまり変なとこ引っぱり込まないで下さいな。さと子、嫁にやるまでは、お父さんに曲がられたら困るんですよ」
仙吉「針金じゃあるまいし、そう簡単に曲がるか」

たみ「門倉さんだって、これ以上、まわりの人、泣かさないほうがいいんじゃないんですか」

門倉「一言もありません」

　門倉、たたみに手をついて、頭を下げる。

　そっとのぞくさと子。

たみを真中に、畳に手をつく門倉。

　少しうなだれている仙吉。

さと子の声「死んだおじいちゃんは、父と門倉のおじさんのことを、『こまいぬさん・あ』『こまいぬさん・うん』といっていました。神社の鳥居の横にいるこまいぬです。一頭は少し口をあき、一頭は口をとじて——何もいわなくても気持が通じていることをいっていたのです。二頭のこまいぬが守っている神様は母なのでしょう」

●玄関

　門倉の靴から、しけった新聞紙をひっぱり出すたみ。

　恐縮しながらはく門倉。

　仙吉は、茶の間で酔いつぶれている。

　食卓にビールが二、三本。

門倉「あ、どうも——」

たみ「――」
門倉「奥さん」
たみ「――」
門倉「水田の奴、大丈夫ですよ」
たみ「――」
門倉「ぼくの目の黒いうちは、絶対――奥さんに――そういう苦労だけは、かけさせないように――やりますから」
たみ「（呟《つぶや》く）やりますー―」
門倉「安心してください」
たみ「門倉さん」
門倉「おやすみなさい」
たみ「おやすみなさい」
帰ってゆく門倉。見送って、鍵《かぎ》をしめるたみ。
しばらくじっと立っている。
階段の途中にさと子の足。

●茶の間

酔いつぶれて、のびている仙吉。

手に麻の葉を刺した雑巾をにぎっている。
たみ、半分脱げかかった靴下を足をもち上げてひっぱって脱がしてやる。
たみ「ヨイショ！」
スポンとぬげる靴下。
少しおかしいたみ。安らかな仙吉の寝顔。
さと子の声「この半月ほどあとに大騒動が起ったのです」

2 四角い帽子

●仙吉の家・茶の間あたり

昼下り。

軒忍《のきしのぶ》が揺れ、洗濯《せんたく》もの――足袋《たび》、腰巻、ステテコ、などなどが半乾きでゆれている。

二階ではさと子が琴《こと》をさらっている。

客間で、大の字になって仙吉が昼寝をしている。

さと子の声「日支事変は、ますます戦局が拡大しています。でも、土曜の午後は静かです。私はお琴のおさらい、母は買物、会社から帰ってきた父は昼寝です」

しかし、仙吉は、目をポッカリあけて天井をにらんでいる。

琴の調べ。

●勝手口

ねぎや大根がのぞく風呂敷《ふろしき》包みを下げて、たみが帰ってくる。
口の中で軍歌を口ずさんでいる。

たみ「〽父よあなたは強かった　兜《かぶと》を焦《こ》がす炎熱を　敵の屍《かばね》とともに寝て」

●茶の間

家《や》探しをしている仙吉。
棒立ちになる。
手にした貯金通帳とハンコ。

たみ「〽泥水《どろみず》すすり草をかみ　荒れた山河を幾千里　よくこそ撃って下さった」

泡《あわ》くって、抽斗《ひきだし》をバタンとしめ、昼寝の姿勢をとるがタッチの差で入ってくるたみにみられてしまう。

たみ「お父さん――」

仙吉は狸《たぬき》寝入り。たみ、見廻《みまわ》す。
半分口をあけている、抽斗。
ベロンと紙がぶら下ったりしている。
たみ、いきなり物もいわず夏掛けをひっぱぐる。

仙吉、とぼけて、

仙吉「(半分ねぼけ声で)なんだよお前。いい年して、昼間から。さと子、降りてきたら、どうすんだ」

たみ「ごまかしたって、ダメですよ」

たみ、仙吉を炭俵《すみだわら》を引っくり返すようにごろりと引っくり返す。

体の下に、通帳。

たみ「これなんですか。え? お父さん——」

たみ、しっかりにぎった仙吉の掌《てのひら》をこじあける。

させじと頑張《がんば》る仙吉。たみ、拳《こぶし》に歯を立てる。

仙吉「イテテテ」

たまらず掌をひらくと実印がころがり出る。

たみ、通帳の上に実印をバシッとのせてにらみつける。

たみ「なんに使うお金なんですか」

仙吉「なんにって、そりゃ、お前——つ、つき合い」

たみ「だったら、なぜ堂々と言わないの。一家の主人が、コソ泥じゃあるまいし——」

仙吉「——(小さく)抽斗のなかがどれくらい片附《かたづ》いているか、点検したんだ」

たみ「いくら、いるんですか」

仙吉「五十円」

たみ「（通帳とハンコを押しやる）」
仙吉「――」
たみ「どうぞ――」
仙吉「――」
たみ「このうちのものは、カマドの下の灰まで、お父さんのものでしょ。どうしてもいるお金ならどうぞ」
　仙吉、理屈をつけないと手が伸ばせない。
仙吉「男には、ここ一番てときがあるんだ。そういうときにケチケチしてたら、いつまでたったってケチケチした人間で終るんだよ。一生に一遍くらいドンと出てだな、――男の器量」
たみ「――」
仙吉「門倉見ろよ、門倉を。あいつの器量、デカい仕事出来る器量は、遊ぶべきときにバーンと遊ぶという」
たみ「――そうですか」
　たみ、持って帰った風呂敷包みをあける。
　経木《きょうぎ》に入ったコロッケと、うすいトンカツを出す。
たみ「コロッケひとつ五銭。お父さんだけ奮発したカツが一枚十五銭。近所にもあるけど駅の向うが安いって聞いて、歩いて買いにいってきたんですよ。女は一銭二銭、考えてお金使ってるんですからね、それ忘れないで下さいよねえ」

仙吉、やりきれない。

済まなさと自己嫌悪《じこけんお》でどなってしまう。

仙吉「出かける前にガタガタいうな！」

カッとなって、なにか言いかけたたみ。

いきなり物凄《ものすご》い勢いでコロッケをパクつきはじめる。

仙吉「おい——」

たみ「(口いっぱいにほおばりながら)何か、口に入れてないと、取りかえしのつかないこと言いそうで、やなんですよ」

仙吉「——」

たみ「ああ、おいしい！　ああ、おいしい！」

あふれそうになる涙をこらえながら必死に食べる。

たみ「う！」

あわててつかえてしまう。

仙吉「バカ！　一度に押し込む奴《やつ》があるか」

背中を叩《たた》こうとする仙吉。

振りはらうたみ。苦しい。

仙吉「おい！　息つまるぞ」

たみ「ほっといて下さいよ！」

もみ合っている二人、アッとなる。

いきなり縁先からヌーと入ってきた作造老人が、障子をしめたり引いたりして、ためしている。

作造「こないだから気になっとったんだ」

二人「――」

作造「こんな建てつけの悪いうちで、よく平気で暮らせるなあ」

持ってきた仕事袋の中から、カンナを出し、金槌《かなづち》で、尻《しり》をトントンと叩いて刃を調節している。

食われる夫婦。

見ているさと子。

さと子の声「この人は、作造といって亡《な》くなったおじいちゃんの腹違いの弟です。一周忌にいきなり上りこんでから、ときどき、こうやってあらわれて、びっくりさせます」

半分あいた抽斗、通帳、ハンコ、カツとコロッケ、キャベツのきざんだのが、夫婦げんかのとばっちりで無惨に潰《つぶ》れている。にらみ合いの残る夫婦。

さと子の声「父と母のこういういさかいを見ると、コロッケよりも私の胸のほうが、潰れる思いでした。でも、今は――ちょっとちがいます。あの人のことで頭がいっぱいで、――恋をすると、親のことは二の次になるものだということが判《わか》りました」

●神楽坂《かぐらざか》「八百駒《やおこま》」（夜）

飲んで待っている仙吉。

仙吉「（口ずさむ）〽梅ケ枝《うめえ》の　手水鉢《ちょうずばち》　叩いてお金が――」

ふと、口ごもる。

仙吉「（呟《つぶや》く）叩いてお金が出るならば――か」

自嘲《じちょう》の笑いになる。

足音。

衣《きぬ》ずれの音。

障子が開いて、まり奴《やっこ》が艶然《えんぜん》とあいさつ。

まり奴「こんばんは」

と思いきや、坐っているのはお内儀《かみ》。

仙吉「なんだお内儀か」

お内儀「申しわけありませんが、まり奴駄目《だめ》なんですよ」

仙吉「えっ？」

お内儀「落籍《ひか》されたんですよ」

仙吉「落籍されたっ、だ、だれに」

お内儀「さあ」

仙吉「さあってことは、ないだろ、さあってことは。誰だ、誰が、落籍した」
お内儀「聞かぬが花、聞くだけヤボ。さ、おひとつ――（酌《しゃく》をする）」
　ガックリする仙吉。

●仙吉の家・玄関・茶の間（夜）

　門倉が来ている。
　さと子に舶来の臙脂《えんじ》のビロードで出来たハンドバッグを持ってきたところ。
たみ。
さと子「素敵……、舶来ってのは、ビロードのツヤが違うわね！」
たみ「頂き過ぎですよ、門倉さん」
門倉「いいじゃないですか。ハンドバッグの一つや二つ」
たみ「しょっちゅうですもの」
門倉「娘のいない男から、楽しみを取らないで下さいよ」
たみ「――息子さんがいるでしょ」
門倉「あっちには、ちゃんとしてますよ」
　持った姿をガラス戸にうつしているさと子に、
たみ「ちゃんと鏡で見といで――」
　うなずく門倉。

さと子「ハイ！」

　さと子、小走りに奥へ。

さと子の声「門倉のおじさんは、私や父には、よく高価なプレゼントをくれます。でも、母にはハンカチ一枚もってきたことはありません」

　門倉とたみ。

門倉「奥さん、この辺が峠ですよ」

たみ「――峠……」

門倉「水田のはしか」

たみ「――年とってからかかると、重いっていうじゃありませんか。命とりになる人だって――いるって」

門倉「いや、大丈夫」

たみ「あたしがいけなかったのかも知れない」

門倉「？」

たみ「ずいぶん前ですけどね、お父さんは四角で、門倉さんは丸だっていったことがあるんですよ。男は道楽のひとつもする人のほうが、魅力があるわねって、あたし――」

　貯金通帳の一件があったせいか、ふっと気持がこぼれてしまうたみ。

門倉「――」

たみ「――」

門倉「――う、うちの女房《にょうぼう》なんか水田さんのほうが、男の魅力あるって言ってますがね」
たみ「――」
門倉「『とりかえばや物語』――あ、いや、無いものねだりかな」
たみ「――」
　いきなりがらりと玄関が開く。
　作造である。
　たみも、門倉も目に入らないらしく、上る。
作造「どっこいしょ」
たみ「あの――なにか」
作造「カンナ、忘れたんだ」
たみ「あ、縁側の戸袋のとこに――」
作造「(門倉に) アンタ、誰だ」
たみ「門倉さん」
作造「え？」
たみ「(門倉に) ほら、おじいちゃんの――」
門倉「ああ、腹違いの。水田の友人です」
　作造、門倉を上から下までじろりとみて、
作造「うちはどこだ」

門倉「うちは二軒あるんですが」
たみ「門倉さん」
門倉「(ふっと笑って)三軒茶屋ですよ」
たみ「デタラメ言って――」

●縁側

作造、カンナを仕舞いながら、さと子を手招きする。
さと子、バッグを手にくる。
作造、老人とは思えぬ素早さで手紙を渡す。
さと子、キョトンとして棒立ち。
作造、早く仕舞えと合図。
いきなりギュウッと目をつぶってみせる。
さと子「なに、それ」
作造「片っぽの目、つぶろうと思ったら、両方つぶっちまったんだ――」

●さと子の部屋

手紙をあけてみるさと子。
原稿用紙に大きな字で、「また、四角い帽子をかぶってみませんか。十五日五時、この間の所で待っています。石川義彦《よしひこ》」

●早稲田大学の正門前（回想）

ガラス戸にうつる早大の制帽をかぶったさと子と義彦。

●仙吉の家・さと子の部屋（夜）

目をつぶっているさと子。
さと子の声「私は、眠るのが恐《こわ》くなりました。夢の中の私は、びっくりするぐらい大胆で、目を覚してから顔が赤くなったりするからです」

●イメージ

抱き合うたみと門倉。
重なる二人の手。
重なる二人の顔。

●茶の間（深夜）

つくろい物をしながら、うたた寝をしていた、たみ、ハッとして目を覚す。
うす暗い灯の下でしばらくじっとしている。

何かを振りはらうように、いきなり立ち上る。
帯に手をかける。
ほどきながら、小走りに湯殿へ走ってゆく。

●玄関

酔って帰ってくる仙吉。
歌もなし。
浮かれているいつもと様子が違う。
黙って格子戸《こうしど》をあけ、上ってゆく。

●茶の間

入ってゆく仙吉。たみは居ない。
やりかけのつくろいもの。
解いたままの帯が畳を這《は》って廊下へ伸びている。
仙吉「(小さく) おい——」
客間にもいない。
ザアザアという水音が聞える。

●湯殿・脱衣所

着物がぬいである。
くもりガラスの向うで水を浴びているたみの裸身が見える。
仙吉――。
仙吉「なにやってるんだ」
水音――。
仙吉「――今晩、お湯、わかさない日じゃなかったのか」
水音――。
仙吉「たみ、お前、水、浴びてんのか」
水音――。
仙吉「そんなに、俺はけがらわしいか」
水音――。
仙吉の声は水音で聞えないらしく、水を浴びつづけるたみ。

●仙吉の家・縁側（夕方）

ぼんやりと庭を見て坐っている仙吉。
うしろで、アイロンをかけて、洗濯物《せんたくもの》をたたんでいる、たみ。

母親の目を盗むように鏡台の前に坐り、そっと髪を直すさと子。
門倉からもらった臙脂《えんじ》のハンドバッグをかくすように持っている。
さと子の声「父は毎日早く帰ってくるようになりました。晩酌もやめて、少し元気がありません。元気なのは母と、わたしです」
たみが振り向く。
さと子「いって参りまーす！」
たみ「お琴のお稽古《けいこ》にゆくのに、よそゆきのハンドバッグ、もってくことないだろ」
さと子「あ、そうか。汚すといけないものね」

●舞台裏

学生演劇の劇団。

舞台の袖《そで》の義彦とさと子。義彦は、小汚ないいでたち、腰にガチ袋(トンカチなど入れるズックの袋)を提げている。

ゴーゴリの「検察官」の舞台稽古風景（衣裳《いしょう》をつけているのは主役だけ)。

作りかけの貧しい大道具をさわったりして、キョロキョロしているさと子。

さと子「お芝居やってるんですか」

義彦「(うなずく)」

台詞《せりふ》のやりとりのなかで、「ゴボチンスキー」「デボチンスキー」の箇所がおかしくて、忍び笑いをしてしまうさと子。

義彦「名前はおかしいけど、真面目《まじめ》な芝居なんだ」

さと子「何ていうんですか」

義彦「ゴーゴリの『検察官』」

さと子「あ、名前だけは聞いたことあります。なんか、固そうな名前だな、と思って」

義彦「ゴーゴリ、あ、本当に固そうだ」

二人、ちょっと笑う。

さと子「――あたし、切符、買いますから」

義彦「切符もだけど、君、お針、出来る？」

さと子「浴衣《ゆかた》――あ、あんまりうまくないけど袷《あわせ》だって」

義彦「これ、縫えるかな」

ルパシカの如《ごと》き、ペナペナの安物の衣裳。

義彦「同じもの、五枚ばかりいるんだけど――どうかな」

さと子「洋服は縫ったことないんだけど、洋裁、覚えたいと思ってたんです」

義彦「いい？」

さと子「あ、でも、うち、ミシンないんだわ、手縫いでもいいですか」

義彦「ロシヤの民衆は貧しいんだから、ミシンなんてもってなかったよ」

さと子「（うなずく）」

さと子、ルパシカをあてがってみる。

うれしい。

●仙吉の家・さと子の部屋（夜）

ルパシカを縫っているさと子。

見本とくらべて、真剣にやっている。

襖《ふすま》の外に人の気配。

さと子「ハーイ！」

さと子、あわててルパシカの上に縫いかけの浴衣を重ねる。

気のせいで誰も入ってこない。

さと子、ほっとするが、用心のためにそっと襖をあける。

階段の下から、たかぶった禮子の声が聞える。

禮子(声)「ねえ、こんな、人バカにしたはなしってありますか？」

●客間

座布団《ざぶとん》の上で眠っている守。

いきり立っている禮子、仙吉、たみ。

禮子「『籍こそ入ってないけど、お前こそ俺の女房だ。絶対泣かすようなことはしない。

だから、子供生んでくれ』手ついて、涙こぼして、たのんだんですよ、それを、なによ！　あの人、三号、つくったんですよ！」
仙吉「三号？」
たみ「まさかあ！」
禮子「本当なんですよ、あのね（言いかけるが、夫婦言わさない）」
仙吉「そんなバカな」
たみ「いかに、門倉さんだって、ねえ」
仙吉「そうだよ」
　夫婦、交互に早口でまくし立てる。
仙吉「そりゃね、あんたの前には、いましたよ、門倉は。銀座にひとり、新橋にひとり、荒木町に一人、向島にもまた一人——よくまあ、金も体もつづくと思って——ほとほと感心」
たみ「——お父さん（つつく）」
仙吉「出たり入ったりのたんびに、尻拭《しりぬぐ》いはいつもこっちでさ——揉《も》めると、奴《やっこ》さん、うちへきてさ、こいつの前に手ついて、奥さん申しわけありません——（得意）これだよ」
たみ「——（困っている）」
仙吉「商売の方じゃ、あんなに強気の男がね、こいつの言うことだけは聞くもんだから

——お前、ずい分サバいたなあ」
禮子「のろけ聞きにきたんじゃないんですよ」
たみ「奥さん——」
禮子「あたし奥さんじゃないわ」
仙吉「こいつ、口癖」
たみ「奥さんと同じでしょ、ううん、奥さん以上でしょ。あたしは、どっちのひいきもしませんよ。本当いって、あちらの——」
禮子「本妻さん——」
たみ「——あちらの方が、おつき合いは長いですよ。でもねえ、子供も生れて、オク——あなたもお人柄《ひとがら》だし」
仙吉「オレたち、本当に奥さんとしてつき合ってきたよなあ」
禮子「そんなこと言ってんじゃないのよ、門倉が」
たみ「だからね、奥さん」
禮子「ちゃんと証拠があるのよ!」
仙吉「まあまあここはね、ドーンと、大きく構えようじゃないの。門倉はああいう男ですよ。浮気のひとつや二つ、無くなったらあいつの商売も落ち目だよ。大きい目で。あたしは子供いるんだ! それも男の子じゃないか」
たみ「門倉さん、子煩悩《こぼんのう》でしょ。守くん、抱くときの、門倉さんの顔ったら——」

禮子「この半月、抱いてないわよ」
二人「？」
禮子「守もあたしも――」
　夫婦モジモジする。
禮子「こんなことなかったわよ、病気でもしてんじゃないかと思って、あたし、調べたのよ。そしたら」
　禮子、紙を出す。
　住所が書いてある。
仙吉「三軒茶屋二丁目」
禮子「三軒目のうちが、三軒茶屋だなんて、ふざけるのもいい加減にしろっていうのよ」
仙吉「相手は、どういう」
禮子「そこまでは判《わか》んないんですけどね、若くて凄《すご》い美人だって、運転手さん、いってたわよ」
仙吉「うーむ」
たみ「――門倉さん、どういうつもりなんだろ」
禮子「奥さん。一緒に行っていただけません」
たみ「一緒にって、どこへ」
禮子「三軒茶屋ですよ」

仙吉「乗り込むんですか」
たみ「そりゃいけないわ、こういうことは時間かけて」
禮子「性《しょう》に合わないのよ。子供抱いて、うちでウジウジ考えてるくらいなら、もう、爆弾抱えてドーンととび込んで、一六勝負に出たほうが」
仙吉「そりゃ――ムチャだよ」
たみ「もすこし、考えて」
禮子「それじゃ、あたし一人でゆきますから！」

●三軒茶屋の家（森川寓《ぐう》とひかえ目な表札）

和風の、いかにも妾宅《しょうたく》らしい粋《いき》な構えのうち。

仙吉と禮子。

守に紙の日の丸の旗を持たせ、教えている仙吉。

仙吉「いいか。そこのとこ、入るとパパがいるぞ。大きな声で『パパァ』――言えるかな」

守「ウン！」

禮子「ヨシ！　前へ進メ！」

仙吉、バンと守の尻をハタク。

守、ヨチヨチと入りかけ、急に気がかわる。

守「ママ！」

　もどって禮子のところへくる。

禮子「バカ！」

仙吉「ママじゃないの、パパ。守くん、パパ好きだろ、さ、パパのとこ、いってごらん」

禮子「いいか。ちゃんといくのよ。あとで汽車買ってあげるからハイ『前へ進メ！』」

　庭木戸から、守入ってゆく。

禮子「〽勝ってくるぞと勇ましく誓って国を出たからは手柄立てずに死なりょうか進軍ラッパ聞くたびに」

　やけッパチで歌っている禮子。

　向うから本ものの軍人がくる。

　仙吉、泡《あわ》くって敬礼をしてしまう。

　軍人へんな顔をして答礼。

　禮子も敬礼する。

●三軒茶屋の家・縁側
　縁側で、まり奴のひざ枕《まくら》で耳そうじをしてもらっている門倉。
門倉「イタタタ」
まり奴「痛くない」

門倉「痛いよオ」
まり奴「男のくせして。イクジなし」
門倉「イタタ」
まり奴「お国のために闘っている兵隊さんのこと思いなさい」
門倉「兵隊さんだってね、耳、そんなにやられたら、イタタタ」
　庭先からヨチヨチと入ってくる守。
守「パパァ」
　首を横にしている門倉の目には、守が横にうつる。
守「パパァ」
　門倉、ガバとはね起きる。
守「パパァ」
　耳かきを手にキョトンとしているまり奴。
まり奴「ね、この子、どこの子」
門倉「(目を白黒) さあ、どこの子だろ、近所の子じゃないのか」
まり奴「見たことないけど――」
守「パパァ」
門倉「パパなんかいないよ。迷子になったんだね。よし、オジさんが連れてってやろう」
まり奴「ねえ、ちょっと――」

門倉、けげんな顔で言いかけるまり奴を振りはらうようにして守を抱き上げる。
門倉「（どなりながら、表へ出てゆく）どこのお子さんですか！」

●表

守を抱いて出てくる門倉。
門倉「（わざと大声で）どこのお子さんですか？」
電信柱のかげからぐっと袖《そで》を引っぱる禮子。
禮子「あんたのお子さんに決ってるじゃないの」
門倉「あッ！」
仙吉、前へ出る。
門倉「水田――」
仙吉、ゆとりをもってさとす。
仙吉「門倉、お前なあ、前とは違うんだぞ。その子の親なんだぞバカな真似《まね》はよせ」
守を抱いたまま、とっさに言葉もない門倉。
禮子「あんた――（言いかける）」
仙吉「（ゆとりをもってとめる）言わない、言わない『言わぬは言うにいやまさるか』どうしたらいいか。どうすべきか、門倉は、ちゃんと判ってる。今日は、これで帰ろ」
禮子「（うなずく）」

仙吉「たのむぞ、門倉」
またまたゆとりをみせて、頭ひとつ背の高い門倉の肩を伸び上るようにして叩《たた》いたとき、まり奴がとび出してくる。
まり奴「あなたァ！　あなたァ」
甘えながら、
まり奴「これ、落してたわよオ、坊や」
靴《くつ》の片方を持って――。
門倉が何か言うより先に、仙吉、アッとなる。
仙吉「まり奴――」
まり奴「水田子爵《ししゃく》！」
仙吉「――」
まり奴「お久しぶり――」
仙吉「――」
電信柱を真中にして、微妙にして熾烈《しれつ》な四人の視線が火花を散らす。
禮子「あなた――」
まり奴「あなた」
禮子・まり奴「ねえ、これ一体どういうことなの」
門倉「いや」

禮子「水田さん、こちら（まり奴）ご存知だったんですか」
仙吉「門倉！　こりゃどういうことなんだ」
門倉「いろいろわけがあるんだ」
禮子「どういうわけなの！」
まり奴「あなた！」
　子供を抱き、二人の女に迫られている門倉を、体で防ぐ仙吉。
仙吉「待ちなさい！　待て！　こりゃ往来でするハナシじゃないよ、落着いて――（二人で）はなしつけようじゃないか」
禮子「でも――」
仙吉「（小さく）絶対に悪いようにしないから――坊やつれてうちへ帰ってなさい」
　禮子、門倉から、ゆったりと守を抱きとる。
禮子「さあ、守、おうちへ帰って待っててようね」
　まり奴が差し出す靴の片方には見向きもしないで立ち去る。
まり奴――小さい靴を、門倉めがけて、ぶっつける。
　顔にあたる。
門倉「アイタ！」

●屋台のおでん屋（夜）

コップ酒を前に仙吉と門倉。

靴のあたったあとをツバをつけてさわっている門倉。

仙吉「痛いだろ」

門倉「――」

仙吉「軍隊の頃《ころ》は、お互いいろんなもんでぶん殴《なぐ》られた。木刀《ぼくとう》、上官の上ばき。――でもなあ、子供の靴ぶつけられたほうが」

門倉「――（うなずく）ずっと痛いね」

仙吉「見そこなったよ。まさかまり奴とは思わなかったよ」

門倉「――」

仙吉「お前な、一人の女が――籍も入れないで子供生むってことがどれほど重たいことか、考えたことあるのか。日陰者になるってことは、親戚《しんせき》づきあいもあきらめて世間さまに下むいて、普通の女の一生あきらめるってことなんだぞ」

門倉「――」

仙吉「ものには限度があるよ。お前は子供がない。だから二号までは認める、うちの奴《やつ》も言ってたよ。だから、うちも二号まではへだてなくつき合ってきたけどな『三号』は、ことわるね。つき合い切れないよ。第一不愉快だ！　娘の手前もあるよ、教育上よくないよ」
門倉「――――」
仙吉「(だんだんたかぶってくる) どっちみち、金で――札束で横面《よこつら》張って落籍《ひか》したんだろうが、金さえありゃ何でも出来るってやり方は、男としちゃ下の下だよ。最低だよ」
ネチネチとからむ仙吉。
門倉「言い方、しつこいんじゃないかな」
仙吉「おい」
門倉「友達の浮気沙汰《ざた》しゃべるのに何も青筋立てて、鼻に脂《あぶら》浮かせて言うことないだろ」
仙吉「子供抱いて、うちへ泣きついてきたあの人の気持考えたら――青筋立ててあたり前だろ」
門倉「それだけか」
仙吉「なんだよ」
門倉「ヤキモチがまじったように聞えるからさ」
仙吉「――まじってるよ、まじらなかったら――男じゃないだろ」
門倉「――――」
仙吉「俺はたしかにお前にゃ世話になってる。おごっても、貰《もら》ってる」
門倉「！」
仙吉「(言わさないで) だからってな、人のもの、かっぱらうこたァないだろ」

門倉「人のものかっぱらう――人のものって、あれ、お前のものだったのか」
仙吉「恥かしながら――惚《ほ》れてたよ」
門倉「それだけか」
仙吉「え？」
門倉「惚れてただけかと聞いてるんだ」
仙吉「そうだよ」
門倉「相手は芸者だぞ、手も出さずに惚れてただけで――、自分のものだっていうんなら、俺なんざ、綺麗《きれい》どころはみんな自分のものだね。お前いくつだ。物知らずもたいがいにしろ」
仙吉「――そういわれりゃ、それまでだけどさ――（小さな声で）生れてはじめて――女にのぼせたんだ。気利《き》かすのが友達ってもんだろ。女、なにもよりによって――その女を落籍《ひか》すこたァないだろ」
門倉「だから、落籍したんだよ。だから、カッパらったんだよ」
仙吉「――――」
門倉「――このまま突っ走ったら、お前は必ず身をあやまる。芸者に血道あげたら、なまやさしい金じゃ済まないよ。月給の前借りから、使い込みになるんだよ。そうなったら奥さんはどうする。おれは辛《つら》いよ。そういう奥さんの顔見てられないよ！」
仙吉「じゃあ、うちの女房のためにやったのかよ。あいつのために、何万だか金使って、まり奴落籍せたのか！」
門倉「――」
二人の間に微妙な間。
触れてはいけないものに触れてしまった息苦しさ。
仙吉「（わざと怒る）綺麗ごというなよ！」
門倉「――」
仙吉「屁理屈《へりくつ》、つけやがって、どこの世界に、ひとの女房の泣き顔見たくないって大金使う奴いるかい。女好きなんだよ。助平なんだよ」
門倉「（少しホッとする）ま、それが全然ないとは言わないけどさ」
仙吉「見ろ、自分の卑《いや》しいとこ棚《たな》に上げて人のせいにしやがって。汚《き》ったねえ野郎だよ！」
門倉「そう怒るなよ。席替えて飲み直そうや」
仙吉「ことわる！」
門倉「おい」
仙吉「顔見たくないから当分顔出さないでくれ」
門倉「おい勘定（札入れを出しかける）」
仙吉「（ひっこめさせて）芸者落籍せる金はなくても屋台の酒ぐらいおごるよ。お、ツリはいいから！」

札を放《ほう》り出しどんどん行ってしまう仙吉。
残ったコップ酒をのむ門倉、遠くを見ている目になる。

●水田家・茶の間（夜）

仙吉の靴下に電球を入れて、カカトにツギをあてているたみ。
おくれ毛。
白粉気《おしろいけ》のない横顔。
麦茶をのんでいる仙吉。
たみの横顔をじっと見ている。
たみ「へえ、その芸者さん、お父さんも知ってる人だったの」
仙吉「う、うん（あいまいな返事）」
たみ「ふーん。そうお、そういうときって、男同士――なんてのかな、バツが悪いもんなんですか」
仙吉「（わざと）バツ悪いのは門倉のほうだよ。コソコソしやがってさ、ザマアなかったよ」
たみ「――子供の顔見たから、もう虫は起らないと思ったら――」
仙吉「ありゃ、死ぬまで直らない病気だよ」
たみ「――　（歯で糸を切る）それで、肝心のはなし――どうなったんですか」

仙吉「ガーン！　と言ってやったよ。あれだけ言われりゃ、あいつも考えるだろ。人間ひとり、なにするんだから、今日明日ってわけにはいかんだろうが、いずれ近いうちに手、切るんじゃないか」
たみ「また、お金いるんでしょ」
仙吉「鉄砲玉作ってもうけた金なんだ。鉄砲玉みたいにバンバーンと使やあ、いいんだよ。（呟《つぶや》く）ニュースの時間だな」
　仙吉、ラジオをひねる。
日支事変のニュース。
ときどき、ガァガァピーピー雑音が入る。
仙吉、ラジオをぶん殴る。
ニュース、少し聞えるようになる。
また、雑音。
仙吉、はげしくぶん殴る。
たみ「（目を上げてみる）」
　仙吉――。
たみ「（上へ向ってどなる）さと子！　さと子、お茶入ってるわよ」
仙吉「なにしてンだ。人が帰ってきたのに『お帰ンなさい』もいわないで」
たみ「お針に夢中なんですよ」

仙吉「お針もいいけどな。こんな行儀知らずじゃ、姑《しゅうとめ》のある家の嫁にやれんぞ」

たみ「いきゃいったで何とかなりますよ。お針、今まで身が入らなかったんだから、いいじゃないの。さと子（呼びかけて）」

たみ、針坊主《はりぼうず》に針をさして立ってゆく。

たみの姿が見えなくなったとたん、仙吉、物凄《ものすご》い力でラジオをぶん殴る。

とたんにニュースが大声になる。

●さと子の部屋

ルパシカを着てみているさと子。

「検察官」のセリフ(ゴボチンスキーなど)を言って、芝居をしてみたりする。

上ってくる足音、アッとなるさと子、あわてて脱ぎ、かねて用意の浴衣《ゆかた》の下に入れる。

たみ「さと子――」

ブラウスを着るのは、間に合わないので、上はシュミイズのまま針を動かす。

たみ「お茶入ったっていってるのに。聞えないのかい」

言いながら襖《ふすま》をあけてアッとなる。

たみ「――何て格好してるの」

さと子「あ、うん。いま、ノミいたから――ノミとってたの」

たみ「ノミとったって、いつまでもハダカでいることないだろ。窓まであけっぱなしにして。あれ、お前まだオクミいじってるの？」
　入ってきそうになるたみ。
さと子「アッ！　針――！」
たみ「え？」
さと子「その辺、針、おっことしたの」
たみ「どこ（畳の上を、てのひらでそっと押えてみる）」
さと子「いいから、あたし、さがすから」
仙吉(声)「おーい！　おい！」
さと子「ほら、お父さん、呼んでる」
たみ「お裁縫する前とあとには、ちゃんと針の数かぞえてやんなさいよ」
さと子「やってるわよ！」
仙吉(声)「おい！」
さと子「ほら――」
たみ「は――い！」
　母を追っぱらってぐったりするさと子。
さと子の声「恋をすると、いろいろと悪知恵が働くようになります」

●道

歩いてゆく、たみとさと子。
二人ともよそゆき。
さと子の声「門倉のおばさんのおよばれで母と出かけました。およばれといっても、おばさんの作るホット・ケーキに紅茶です。ケーキはおばさんのご自慢ですが、それほどおいしいとは思いません。もっとほかにゆきたいところがあるのに――」
臙脂《えんじ》のバッグをプランプランさせて面白《おもしろ》くない。
さと子、少し遅れて、生垣《いけがき》の葉っぱをむしりながら歩く。
たみ「余計なこと、いうんじゃないよ」
さと子「余計なこと――ああ、二号さんや三号さん――（いいかけてやめる）そういうこといわれると、かえって二とか三って数字いっちゃいそうだなあ」
たみ「マモルって名前も言わないようにね」
さと子「『守るも攻めるもくろがねの』ってのもダメか」
たみ「（おっかない顔になって）人のうちよばれてわざわざそんな歌うたうことないだろ。バカだね、お前は」
余計グッタリして、更にもう一歩母よりおくれてしまうさと子。
たみ「いかないのも角《かど》がたつし、ゆけば探り入れられるし、やだもう――こっちの方角は

――」

●門倉の家

ホット・ケーキをご馳走《ちそう》になっているたみとさと子。
大サービスの君子。

君子「奥さま、シロップ――」
たみ「おねがいします」
君子「さと子ちゃん、シロップかけた方がおいしくてよ」
さと子「――ハイ――」
君子「あ、切るとき、こう、真中から放射状に切るのがしゃれてるんですって」
さと子「――ハイ――」
君子「さと子ちゃんこの頃《ごろ》、お針やってらっしゃるんですって」
たみ「いつになったら、一人で袷《あわせ》が縫えるのかしらねェ」
君子「あ、レモン――どうぞ」
たみ「恐れ入ります」
（間）
君子「――奥さん、なんか聞いてらっしゃいます」
たみ「は？」

さと子「――」
君子「主人と水田さん、けんかでもしたのかと思って」
たみ「あら、そうですか」
君子「この頃、ゆききしてないみたいじゃありません？」
たみ「そうですか。（さと子に）そうだったかねえ」
さと子「さあ……」
君子「前は三日にあげず逢《あ》ってたでしょ。なんかっていやあ、水田が、水田がっていってたのが、この半月ほど、バタッといわないいんですよ。聞いたって言う人じゃないし――奥さん、ご存知かと思って」
たみ「別に――仕事のほう、お忙しいんじゃありません？　軍需工場は、いま、増産増産で」
君子「うちの主人が旋盤廻《まわ》してるわけじゃなし――いえね、遊ぶ方はやってますよ、前通りに。あっちのカフェ、こっちの料亭、そんなことは気にならないんですよ、あたし、あの人が何やろうと、水田さんとおつき合いがつづいてるうちは大丈夫って気がしてるの」
たみ「買いかぶっていただいてるのかしら」
君子「それにしても、水田さんと主人の間で、気まずいことっていうと、なにがモト、なんでしょうねえ。あたくし、いくら考えても考えつかないの」

たみ「――（首をひねっている）」
君子「酒ではなし、女ではなし」
　君子、少し見当がついているらしい。
　じっとたみの目を見る。
　たみ、くったくのない笑顔で――。
たみ「どっちにしても門倉さんと張り合えるようになったら、うちの主人も大したものですよ。赤のご飯でお祝しなくちゃ、あら、奥さん、ごめんなさい」
君子「いいえ――」
　女二人、にこやかに笑って紅茶をのむ。
　いきなりドアが、スーッとあく。
　作造がスーッと入ってくる。
　たみとさと子は目に入らないらしい。
作造「物置の戸は、ありゃ取り替えなきゃダメだ。根太《ねだ》がすっかりやられてら」
たみ「作造さん」
さと子「おじいさん」
　二人、あっけにとられる。
作造「あんたがた、どしてここ知ってンだ」
たみ「（ポカンとする）そっちこそ。なんで、門倉さんのとこ――」

君子「突然いらしたのよ、なんか、お宅さんでこちらと主人、お目にかかったんですってね。それでね、建具みてやるっておっしゃって――」
作造「あんた、仙吉つぁんの嫁さんじゃないか」
たみ「おじいさん。門倉さんとこ、アガるんならアガるって、どうして、言わないんですか」
君子「いいじゃありませんか、そりゃ、はじめはびっくりしましたけど、うちもね、男手がないでしょ。門倉はいたっていないのと同じだし――男の人の出入りがあった方が用心にいいんですよ。あ、作造さん、いまお茶いれますから」
作造「根太から直すとなると、ありゃ大分かかるなあ」
君子「かまいませんから。ちゃんと直して下さいな」
作造「昔は、そういった事はやらんかったんだ。せいぜい道楽にこたつやぐらつくるぐらいで」
君子「こたつやぐらですか」
たみ「(小さく)ことわって下さい。かまいませんから、どうか」
そっと立つさと子。
さと子「すみませんけど、あたし、ちょっと友達と神田《かんだ》の本屋さんへ……」

●学生劇団・舞台の袖《そで》

義彦《よしひこ》に縫い上ったルパシカを出している、さと子。

義彦「助かるよ。布地代――」
さと子「いりません」
義彦「でも、実費だけでもとってもらわないと」
さと子「寄附します。あ、そういうの『カンパ』っていうんでしょ」
義彦「知ってるじゃないの」
さと子「もっとほかにも知ってますよ。マルクス・エンゲルス」
義彦「それ、だあれ」
さと子「ロシヤの人で、えらい人」
義彦「どんな顔してる人？」
さと子「ひげはやした、リッパな人」
義彦「どっちが？」
さと子「え？　ですから――マルクス・エンゲルス」
義彦「それ、二人の人なんだよ。カール・マルクスとフリードリッヒ・エンゲルス」
さと子「（手で顔をおおって笑い出す）やだ、あたし、一人の人だとばっかり思ってた」

大笑いしながら、抱きしめてしまう義彦。笑いながらキスをする二人。

●水田家・客間（夜）

仙吉、門倉、たみ。

ビールをのむ男たち。

男二人は少しぎこちない。

茶の間で、するめをさいているさと子。

さと子の声「久しぶりで門倉のおじさんがきました。どういうわけか父と門倉のおじさんは、おたがいの目を見ないでしゃべっています」

ポツンポツンとしゃべる二人。

仙吉「どうだい、景気は」

門倉「相変らずだよ」

仙吉「けっこうじゃないか」

門倉「――お前のとこも征露丸《せいろがん》じゃないけど、早いとこ軍の方に食い込めばなあ」

仙吉「うちの上にゃ、そんな才覚はないよ」

門倉「何かおこっても、三流で甘んじてんじゃないか。何をもって、一流二流三流とするかっていうのも、むつかしい問題――（言いかけて）あ、奥さん、にらんでら」

たみ「――そう。にらんでますよ。門倉さん、男としちゃ一流だと思ってたけど、三号さんまでかこうようじゃ三流だ」

門倉「きびしいなあ」
たみ「男は一流。面倒みるのは、二号まで――」
仙吉「(小さく)バカ。そんなスローガンがあるか」
たみ「本当のことですよ。三人なんてメチャクチャよ」
門倉「――(頭をかく)」
たみ「あたし、はなし聞いたとき、ほんと腹立ったわねえ。女を一体、何と考えてるんだろう、この人はって――。女を馬鹿《ばか》にしてるんじゃないんですか」
門倉「とんでもない。女の人は、大切に思ってますよ」
たみ「そんなら、どしてそういうことなさるんですか、三号さんも女なら、奥さんも女、禮子《れいこ》さんも女よ。あたしね、門倉さん、女泣かせる人は嫌《きら》いです」
仙吉「――泣いてる女を見るのが辛《つら》いから――」
たみ「辛いから、どうなんですか」
仙吉「辛いから――(困る)」
たみ「三号さんかこったんですか。辻《つじ》つま全然あってないじゃないの」
門倉「援護射撃は失敗だよ」
たみ「門倉さん――(言いかける)」
仙吉「もういいじゃないか」
たみ「どうかしてるわね、お父さんも、いつもなら、もっと言え、もっときつく叱《しか》ってやれって言うくせに――どうしたの」
二人「――」
二人、顔見合わせてキナ臭い顔。
仙吉「あ、そうだ。これ」
封筒に包んだものを門倉に押しつける。
門倉「なんだよ」
金が入っている。
仙吉「じいさんになあ――」
門倉「ああ、死んだおじいちゃんの腹違いの――」
仙吉「こたつやぐら、作らしてやってくれないか」
それは、和解の申し入れでもある。
たみ「――お父さん」
門倉「(気取る) わかった――」
仙吉「年寄りは、コキ使わないとボケるから」
門倉「なんなら、うち中の建具つくりかえてもらうか」
仙吉「お前はすぐ、大げさにするからいけないよ」
さと子、スルメをもってゆく。
たみ、二人にビールをつぐ。

仙吉「たまにはお前ものめよ」
たみ「あたしはダメですよ。足のうら、かゆくなるから」
仙吉「さと子、コップ」
たみ「本当にダメですよ」
　さと子、コップをもってくる。
仙吉「背中の真中じゃあなし、足の裏だろ。かきゃいいじゃないか」
　さと子、コップをもってくる。
　仙吉と門倉、両方からビールに手をのばす。
　ためらう二人。
仙吉「お前（ついでやってくれよという感じ）」
門倉「いや、お前――」
　二人、またのばした手がぶつかる。
　たみ、自分でついでのむ。
さと子の声「門倉のおじさんが一人加わると、いつもはくすんでいる柱が、つやがまして見えます。80ワットの電球も明るくなった気がします。父は男らしく、母は女らしく、生き生きとして見えます。わたしも、とても幸せな気分になります」

3　芋俵

●仙吉の家・玄関

祭日らしく日の丸の旗が出ている。
白地に赤く、と言いたいが、灼《や》けて端が破れている大分くたびれた日の丸。
風もないのかダランと下っている。

●客間

縁側近く、碁を打っている仙吉と門倉。
仙吉、ピシリと置く。

門倉「アイタタタタ……」

仙吉「碁仇《ごがたき》は痛さも痛し懐《なつか》しき」
門倉「シキ。シキ。敷島《しきしま》の大和心を人問わば」
仙吉「バ。バ。バカは死なななきゃ直らない」
門倉「無い袖は振・れ・ぬ、と」
二人、尻取《しりと》りあそびをしながら、パチリ、パチリと石を置く。
仙吉「ぬ、ぬ、ぬ、ぬ――塗り絵は、ベティかテンプルちゃん」
門倉「ちゃんはちゃんでもさと子ちゃん」
茶の間のさと子、フフと笑う。たみも笑う。
さと子の声「日曜や祭日は、門倉のおじさんが、うちへ碁をうちにきます。碁は、お金のかからない娯楽です。いつも門倉のおじさんにおごられている父ですが、このときだけは、大きな顔をしているみたいです」
茶の間で、お茶をいれるたみ。
二人のところへ持ってゆくたみ。
門倉の横に湯呑《ゆの》みを置き、夫の横に置く。
二人、黙って取り上げ、茶をすする。
全く同時。同じようなしぐさ。
いつもの習慣になっている。
仙吉「アイタタタタ……」

門倉「タンクと日の丸南京《ナンキン》入城」
仙吉「ジョウ、ジョウ……ジョウ」
たみ「(口ずさむ)〽男いのちの純情は、燃えてかがやく金の星」
仙吉「バカ」
たみ「え?」
仙吉「それは、オじゃないか。ジョウなんだよ」
たみ「ジョウ――」
門倉「ジョウ――」
仙吉「ジョウ――」
誰も出来ない。
門倉と仙吉、石で碁盤をコツコツやりながら繰り返す。
二人「ジョウ――」
さと子「冗談から駒《こま》!」
仙吉「バカ! ヒョウタンからコマ」
さと子「あ、そうか」
仙吉「冗談から駒が出てたまるか!」
門倉「(パチリと石を置く) いや。冗談から駒が出ることあるよ!(パチリと置いて) 冗談から駒!」

言ったとたんに、ガラガラピシャンと乱暴に玄関の戸があく。

一同？となったところへ一人の男が飛び込んでくる。

初老の大工、庄吉《しょうきち》(58)、酔って目がすわっている。

庄吉は、すわった目であたりを見廻《みまわ》す。物もいわず、茶の間から客間を見廻す。

ガラリと押入れをあける。

両方あける。

仙吉・門倉「おい！　おい！　何者だ、こりゃ！」

それから、客間に飛び込む。

さと子、ぶつかりそうになり悲鳴をあげる。

さと子「キャッ！」

たみが体でさと子をかばう。

仙吉「おい！」

門倉「何者だ！」

男は、二人ともぶっとばし、押入れをあける。戸の両方をあけ、入れてあった布団《ふとん》をひっぱり出す。枕《まくら》や寝巻《ねまき》が自分の頭の上に落ちてくるが、意にも介さず中をひっかき廻す。

仙吉「何をするんだ！」

門倉「おい！　おい！」

庄吉は答えず、廊下を走り、初太郎の部屋をあけ、便所をあけ、湯殿《ゆどの》へとび込む。
風呂桶《ふろおけ》のフタまであけて中を調べる。
仙吉と門倉、うしろへついて走り廻り、どなり誰何《すいか》するが、男は二人を突きとばすだけで何も言わない。
仙吉「おい、人のうち、ことわりもなく」
門倉「——アタマ、おかしいんじゃないのか」
庄吉「そうだ、二階だ！」
庄吉、階段をかけ上る。
追おうとする二人に、
庄吉「くるな！　くると、叩《たた》っ殺すぞ！」
二人、あっけにとられる。
門倉「お前、知らないのか」
仙吉「(全然)」
門倉「これ（キ印）だな」
たみ「警察へいった方が——」
男、ドドドとかけおりてくる。
階段の下に立ちすくむ四人に。
庄吉「おい！　どこかくした——」

言いかけて、

庄吉「うむ！」

庄吉、いきなり縁側へ走る。

庄吉「いねえなあ」

尻をおっ立てて縁《えん》の下《した》をのぞく。

庄吉「（呟《つぶや》く）居ねえなあ」

あっけにとられる一同。

仙吉・門倉「おい――（言いかける）」

庄吉、いきなり振り向くと――。

庄吉「どこ、かくした！」

一同「え？」

庄吉「俺の嬶《かか》あ、どこかくしたって聞いてンだよ」

一同「かかあ？」

庄吉「とぼけやがって！（碁盤を蹴《け》る）盗人《ぬすっと》は手前《てめえ》だな！」

仙吉と門倉を見くらべていた庄吉、いきなり、門倉の胸倉をしめ上げる。

門倉「おい！　なにを！　おい！　あいたた！」

仙吉「よせ！　よせ！」

男三人、団子になって争う。

門倉「何だ、お前は！」
仙吉「この野郎！」
門倉「暴力はよせ、暴力は！」
庄吉、酔いが回ったらしく、男二人と一緒にへたり込む。
その前に、コップに入った水を差し出すたみ。
仙吉、門倉、手を伸しかけるが、たみは庄吉の手に持たせる。
たみ「(静かに、やわらかく) どうぞ」
庄吉、ゴクゴクのむ。
たみ「おかみさん、おいくつなんですか」
庄吉「(ハアハアいっている)」
たみ「おきれいな方なのねえ」
庄吉「(フン、といっているが、満更《まんざら》でもないといった風をみせる)」
たみ「――お名前――」
庄吉「タミ―― (ってんだよ……)」
たみ「あら！　あたしと同じ名前だわ」
庄吉、へえ……という感じで、たみを見て、コップを返す。
たみ「(受取って) この人は門倉さんていって、うちへよくみえる主人の一番のお友達ですよ。軍需工場やってて景気はいいけどお道楽のほうも威勢がよくて、二号さん、三号さん」
門倉「奥さん――」
仙吉「そうなんだよ。二号に男の子がいるってのに、ついこの間も、三号かこってるのがバレて、大さわぎになったばっかしだからねえ。四号作るのは、ちいっと無理じゃないかねえ」
門倉「冗談じゃないよ！（庄吉が仙吉を見ているのに気がつく）この男は、やらない。石部金吉で――細君に、ぞっこんだから、死んでもやらないよ」
庄吉「おっかしいなあ」
たみ「うち、間違えたんじゃないんですか」
庄吉「おかしいなあ」
首をひねりながら庄吉、出てゆこうとする。
男二人「おい！（追いかけようとする）」
たみ「（男たちをとめて、静かに）ちょっと待って下さいな。とび込んできたときも、ごあいさつはなしだったけど、帰りもあいさつはなしですか」
庄吉「………」
たみ「今度とび込むときはよく調べて、相手をたしかめてから、とび込むことだわね、あんたさん男として引っこみつかないでしょ」
庄吉「――どうも、ご無礼しました」

庄吉、畳に片手をついて謝り、出てゆく。
一同、フーと息をつく。

●仙吉の家・表

日の丸の下で、首をひねる庄吉。
水田仙吉という表札を見て、もう一度首をひねる。

●仙吉の家・座敷

散らばった碁石をもどしている男たち。
ひっくり返った茶碗《ちゃわん》や、こぼれた茶の始末をしているたみとさと子。
仙吉・門倉「冗談から駒!」
たみ「ほんとだわねえ」
さと子「あたし、まだ胸、ドキドキしてる」
仙吉「人騒がせにも程《ほど》があるよ」
門倉「相当聞こし召《め》してたね」
仙吉「シラフじゃひとのうちへは飛び込めないだろ」
門倉「『飲む打つ買う』——ありゃ、相当泣かしてるね、女房を」
仙吉「女房泣かしてる奴《やつ》がそう言ってんだから、世話ないや」

たみ「ほんとだ……」
門倉「……（とぼけて石のならべ方に文句をいう）そりゃないだろ」
仙吉「汚ないぞ、お前。ひっくり返されたのいいことに有利なほうにもってこうってんだから——資本家は、やだね」
門倉「水田——。奥さん！　奥さん、証人になって下さいよ。ここのとこ、ほら」
たみ「すみません、あたし、何遍言われても、判《わか》らないんですよ」
門倉「ああ——」
仙吉「（ククと笑う）」
門倉「なんだよ」
仙吉「俺、一瞬、ドキッとしたね」
門倉「え？」
仙吉「お前かと思ってさ」
門倉「水田！（気色ばんで）俺はたしかに身持はよくないよ。だけどなあ、人の女房にだけは、手、出したことないぞ。それだけは」
仙吉・たみ「——」
仙吉「でっかい声出すなよ。旗日《はたび》は男ののぼせる日か」
たみ「——お父さん。娘の前で——」
門倉「——いかに物好きでも、そこまでは手が廻ンないよ……」

仙吉「冗談だよ、『冗談から駒……』」
門倉「奥さんやさと子ちゃんの前で、恥かかしてくれるなよ」
女二人「(笑っている)」
仙吉「世の中には、オッチョコチョイもいるよ」
たみ「選《よ》りに選《よ》って、うちへ飛び込んでくることないわよ」
仙吉「門倉のとこならいざ知らずだよ。なあ」
門倉「まだ言ってやがる。しかしなんだねえ。こういうときは女のほうが強いね」
仙吉「え？」
門倉「男はカタなし」
仙吉「オイ、俺だってなあ」
門倉「俺やお前が、意気地なしだったたって言ってンじゃないんだよ。ああいう時、落着いた普通の声が出なかったってことだよ。『何だお前は！』これじゃ、ますますイキリ立つんだよ。(口まねで)『どうぞ』『おかみさん、おいくつですか』『おきれいな方なのねえ』これなんだよ。男のツボですよ。こう出られたら、どんな男だってフウッと息抜けるよ」
たみ「よして下さいよ」
門倉「そこ、『お名前』ときてさ、『あら、あたしと同じ名前だわ』ときたらもう、骨、抜かれたも同然ですよ」

仙吉「よく覚えてるな、お前――」
門倉「あとで、うちの奴に聞かせてやろうと思ってさ」
仙吉「ヤブへビじゃないのか」
門倉「あ、そうか。うちへどなり込まれたときの用心に覚えておきましょう――なんていわれてな。桑原桑原」
男二人、笑いながら――茶をのむ。
新しくパチリパチリと置きはじめる。
置きながら、
門倉「年の頃《ころ》は三十七、八」
仙吉「え？」
門倉「奴《やっこ》さんの女房だよ。色白、骨細、柳腰」
仙吉「水商売上りじゃないか」
門倉「大森あたりの、小料理屋の仲居してたのを見初めてさ、通いつめて」
仙吉「拝み倒してカミさんにした」
石を置きながらつづける二人。パチリ――。
門倉「したはいいけど、気がもめる」
パチリ――。
仙吉「したはいいけど、気がもめる」

　パチリ――。
仙吉「る――る――る」
　また出来ない。
仙吉「る、る、る――」
門倉「『もめる筈《はず》だよ、鴨居《かもい》女房』ってのはどうだい」
仙吉「鴨居女房？――なんだそりゃ」
門倉「カミさんの方が一段上ってこと」
　仙吉、チラリとたみを見る。
　たみ、知らんプリをしている。
　仙吉、さりげなく、
仙吉「お前ンとこと同じじゃないか」
門倉「その通り！　どっちにしても、ありゃ大工の棟梁《とうりょう》か、ありゃ相当惚《ほ》れてるな」
　パチリと置く。
　玄関の戸が開いた気配。
たみ「あら？」
仙吉・門倉「え？」
たみ「玄関――」
さと子「また、来たんじゃないかな」

一同、腰を浮かす。

仙吉、たみをかばい、たみはさと子をかばう。

門倉は、アブれたので碁盤をかばう。

と、いきなり声。

作造(声)「なにを遠慮しとるんだ、さ、早く！」

●玄関

上りがまちに腰をおろした作造が、首に巻いた手拭《てぬぐ》いで足をはたきながら、格子戸《こうしど》の外に声をかけている。

出てきた仙吉、たみ、門倉、うしろにさと子。

作造「早く入んなさい。気兼ねはいらんというたじゃないか、さあ自分のうちだと思って――さあ！」

くもりガラスに人影がうつっている。

作造「さあ、おタミさん！」

一同「おたみさん――」

人影が動いて、――女が入ってくる。

タミ。

予感とは大分違って、五十がらみ、色黒、小肥《こぶと》り、白粉気《おしろいけ》ゼロ、手拭いをかぶり、身なりもむさ苦しい。

タミ「(野太い声で) おじゃまいたします」

作造「仙吉つぁん、この人、二、三日、ここへおいてもらえんかな」

一同、食われる。

女は裸足《はだし》に草履《ぞうり》と日和下駄《ひよりげた》を、片方ずつはいている。

●水田家・階段(夕方)

そっと下りてくる、さと子の足。

外出着に着替えている。

玄関のくつぬぎに作造の下駄と、タミの草履と日和下駄がならんでいる。

さと子の声「作造おじいさんは、死んだおじいちゃんの腹違いの弟です。いつも出しぬけに入ってきて、あたしたちを、びっくりさせていました。でも、今日ほどびっくりしたことはありません。ほんとうは、私は、ゆくところがあるのです。ゆきたいのですけれども、こっちの話もききたいのです」

客間に、大人五人の顔が揃《そろ》っている。

●客間(夕方)

仙吉、たみ、門倉、作造、タミ。

タミ「そりゃ、たしかにうちの亭主《ていしゅ》です。（落着いている）」
作造「庄吉の奴、見当違い言いやがって、ハハ」
仙吉「ハハ、じゃないよ」
たみ「作造さん、あたしたちねえ、ほんと、おっかない思いしたんですよ」
門倉「笑いごとじゃないよ。『オレの嬶《かか》あ、どこ隠した！』もう、大変な見幕《けんまく》でさ」
仙吉「門倉なんざ、胸倉取っつかまれて、『盗人《ぬすっと》はてめえか！』」
タミ「――やだよォ」
　タミ、いきなり門倉の肩をどやす。
　門倉、つんのめる。
　タミ、千葉あたりの女とみえて、ときどきナマリが出てしまう。
タミ「（いきり立って）そんな、フンワフンワしたナニじゃないですよ。作造さん、俠気《おとこぎ》出してくれたんです」
一同「俠気……」
タミ「酒乱なんですよ、うちの亭主。腕はいいんです、腕はいいんですけどね、飲むと人間が変って――なんにも落度《おちど》なくたって殴《なぐ》る蹴《け》るでしょ、あっちこっち膏薬《こうやく》できまり悪くてお湯にゆけないんですよ。見るに見かねて、作造さん――『このままじゃ、おかみさん殺されちまうよ』って」
仙吉「そりゃねえ」

たみ「でもねえ」
門倉「だからって」
タミ「今日こそ、うち飛び出そう、今日だ、今日だ！　って、思ってたって、女は一人じゃ駈《か》け出せないんですよ。『俺にまかせろ』って人がいないと、なかなか決心が――」
タミ、一同の視線に気がついて訂正する。
タミ「あッ！　間違えないで下さいましよ。なまじ、年がくっついてたら、あたしやめてますよ。作造さんなら、誰が見たって色恋沙汰《ざた》とは思わないから」
作造「もう、水気なんかありません。マキザッポだ」
タミ「安心して、ねえ。『息子のうちにしばらくヤッカイになっとりなさい』っていわれて」
たみ「あの」
タミ「とにかくねえ、女房隠したの、かっぱらったのなんてそんな目で作造さん見たらバチあたりますよ！　神様や救世軍に向って泥棒《どろぼう》呼ばわりするのと同じですよ！」
何を勘違いしたのか、一同をねめ廻《まわ》す。
仙吉「こっちが言ったんじゃないよ」
門倉「アンタの亭主がいったんだよ」
作造「庄吉の奴、ぶん殴ってやる！」
仙吉「あのねえ」

門倉「（のり出して）ぶん殴るのもいいけどね、外でやって下さいよ」
作造・タミ「えっ」
門倉「――気の毒だとは思いますよ。思うけどねえ、巻き添えくらうこっちの身にもなってもらいたいねえ。年頃の娘がいるってのにさ。酔っぱらいに飛び込まれて、嬶《かか》あ出せの、盗人の、やられたんじゃたまったもんじゃないよ。たまたま、オレたちがいたからいいようなもんの、女だけだったらどうしようもないよ」
タミ「あら、こちらさん――ご主人」
門倉「いやあ」
仙吉「友達――」
たみ「主人のお友達」
タミ「ああ――」
（間）
仙吉、刻みたばこをキセルにつめている作造を突つく。
仙吉「（目で――）」

●茶の間

仙吉、作造に耳打ち。
困っているが、作造に対してはかなりやさしい。

作造「え？（聞えないらしい）」
仙吉「ハナシタホウガイイ」
作造「え？」
仙吉「面倒なことになるから――今のうちに放した方がいいよ（手を）」
作造「綱引きじゃあるめえし、途中で手、放せるかい」
仙吉「そのために警察があるんだから」
作造「ケイサツ？　何でオレが、警察ゆくんだ」
仙吉「（しぐさで、あんたじゃなくて）あの人が、駈け込めばさ」
作造「縄《なわ》つき、出したくないから苦労してんだい」
仙吉、ホトホト弱っている。
門倉、タミに聞えよがしに、作造をあごでしゃくってたみに言う。
門倉「――自分のうちと勘違いしてんじゃないですかねえ」
たみ「――お父さんがやさしくするもんだから――ねえ……」
門倉「（タミに）弟ったって腹違いなんだけどねえ――」
タミ「――」
門倉「（少し大きな声で）まあ、いいとこ見せたい気持は分るけど、自分の身の丈《たけ》考えてやらなきゃいけないよ」
作造「――身の丈は五尺六寸五分！」

一同、少しシラける。
門倉「（トンチンカンだね、というしぐさ）」
たみ「――門倉さん（たしなめる）」
タミ、見ているが、
タミ「おじゃましました」
作造「おかみさん――どこ、いくんだ」
タミ「ご迷惑かけちゃなんだから――（腰を浮かす）」
たみ「まあねえ、薄情みたいだけど」
門倉「血相変えて飛び込んでくるとこみりゃ、あの旦那《だんな》おかみさんに惚《ほ》れてるよ。もどった方が」
タミ「もどりゃ、また、モクアミですけどね、自分の始末は自分でつけますよ」
作造「どっこいしょっと――」
仙吉「――」
作造「そこまで送っていこ」
タミ、三人に頭を下げる。

●公会堂・舞台・袖《そで》（夜）

ハアハアと息をはずませているさと子。

大道具を作っている義彦（さと子がかいつまんで説明したあとらしい）。
さと子「物凄《ものすご》い美人かと思ったら、反対でしょ。おかしいやら拍子抜けするやらで——」
義彦「大工のおかみさんか……」
さと子「（うなずく）旦那、酒乱らしいんです。おかみさん、ぶたれたり蹴られたりしても、歯食いしばって辛抱してたんじゃないかなあ。それ、作造おじいさんにはげまされて、このままじゃいけないって気がついたみたい」
義彦「みんなに踏みつけられている道ばたの小さな石っころにだって怒りがあるんだよ。真実があるんだよ！」
さと子「あッ！『路傍の石！』山本有三の」
義彦「読んでたの？」
さと子「うち、新聞、朝日なんです。もう、朝刊くると読みたくて——。でもねえ、うちの父も愛読してて、くるとすぐ抱えてご不浄へ入っちゃうんですよ」
義彦「フーン。さと子さん読んでるの」
さと子「吾一少年の運命、どうなるんだろうなんて、毎日胸ドキドキして——あれどうして途中でやめたんですか」
義彦「やめたんじゃないよ。やめさせられたんだ」
さと子「どうして？（小さな声で）政府にですか——」
義彦「——石を踏みつけてゆく奴《やつ》らがいるんだろう」

さと子「――。こういうこと、日本だけですか」
義彦「――」
さと子「ソビエト・ロシヤには、ないのかしら」
義彦「――そういうこと、お父さんやお母さんの前では言わない方がいいな」
さと子「――弾圧されちゃうかしら」
義彦「(笑いながら、うなずく)」
さと子「でも、一人だけ大丈夫なひといるな」
義彦「だあれ」
さと子「門倉のおじさん」
義彦「ああ、お父さんの親友で、軍需工場やってる――」
さと子「資本家だけど、気持は違うと思うんです。あたし、なんかあったら、門倉のおじさんに相談しようと思ってます」
義彦「なに、相談するの？」
さと子「………」
義彦「――人には相談しないほうがいいな」
さと子「そうですよね。岡田嘉子《よしこ》だって、誰にも相談しないでやったんですよねえ」
　さと子、やたらと張り切っている。
義彦、少しもてあまして、

義彦「面白《おもしろ》いことというねえ、君は」
　肩を抱いてやる。
　さと子、それだけでボウッとしてしまう。

●仙吉の家・表（夜）

　夜目にも白く日の丸が垂れ下っている。
たみ（声）「さと子！　さと子！　旗取り込んでおくれ。夜露が下りると、赤の色がとんじまうから！　さと子、さと子！」
　ガラリと戸があく。
　のぞくたみ。
　うしろから仙吉、門倉。
仙吉「二階じゃないのか」
たみ「いないんですよ。どこへいったんだろ——（日の丸を取りこむ）あら、お父さんもでかけるの？」
仙吉「ちょっと——（目くばせ）」
たみ「お父さん、ゆくことないでしょ」
仙吉「奴《やっこ》さん、一人じゃいきにくいだろ」
たみ「——だからって、くっついてゆくことないわよ」

門倉、手を合わせて二人を拝む。
たみ「(小さく)気、利《き》かして、帰ってらっしゃいよ」

●夜道

街灯の下にしゃがんでいる門倉。
つきあって、これもしゃがんでいる仙吉。
門倉、仙吉に、地面に小枝を立てさせている。
仙吉「なんだよ、ガキじゃあるまいし——」
門倉「手、放しゃいいんだよ」
仙吉「こうか?」
小枝、倒れる。
門倉のひろげた右手の方へ倒れる。
両手を開く門倉。右手には小石が二つ、左手には三つ。
仙吉「なんだい、そりゃ」
門倉「鈍い男だな」
仙吉「え?」
門倉「どっち先、いこうかな——」
仙吉「二号が先か——(言いかけて)——大変だな、お前も」

●禮子の文化アパート（夜）

あいたドアの中へ仙吉を先頭にしてかくれるように入ってゆく。

仙吉「おい——おい——（もがく）」

門倉「ただいま——」

パッと塩が盛大に飛んできて、仙吉の顔にまともにかかってしまう。

仙吉「ウワッ！」

塩をつかんで更にぶっかける禮子。

●禮子の部屋

塩が目に入ったらしく、泣いている仙吉。

門倉は、眠っている守の手をさわったりしながら、話を作造のことにもってゆこうと七転八倒。

ふくれかえった禮子。

門倉「いや、おどろいたのなんの、小股《こまた》の切れ上ったいい女と思ったら、これが芋俵《いもだわら》だよ」

仙吉「——」

門倉「なあ、水田」

禮子「水田さん目がしみるのよ！　それどころじゃないわよ」
門倉「自分で塩まいといて、何いってンだい」
禮子「芋俵だか炭俵だか知りませんけどねえ。話、出来すぎじゃないの」
仙吉「いや、ほんとなんですよ。あのじいさん、もう（言いかける）」
禮子「いいのよ、水田さんまで、無理しなくたって。この人ねえ、敷居が高いとき、いつもこうなのよ。『おい、名古屋の金の鯱《しゃちほこ》の鱗《うろこ》が盗まれたの、知ってるか！』変ったこと言いながら入ってくりゃ、あたしにどなられないと思って――」
門倉「ほんとだよ」
仙吉「ほんとほんと！」
門倉「俺ア、気に入らないね。水田、お前な、あのじいさんに甘過ぎるよ」
仙吉「そういうけどさ、息子夫婦にもあんまり大事にゃされてないみたいだし、年とって仕事は大儀となりゃ」
禮子「あたしもそうよ。この年じゃ、もうカフェの女給は無理ね」
門倉「だからって、――こっちの話だけどさ、何も、酒乱の大工のかみさんの救済事業することたァないよ。自分ばっかりいい子になってさ、他人の迷惑考えろってンだ」
禮子「泣いてる女が二人はいるわね」
禮子、何とか自分のほうに話をもってゆきたい。
門倉「まあ、あのじいさんにくらべたら、俺ァ、やっぱり、死んだおやじさんの方が好きだったね」
仙吉「ケッ！」
門倉「えこじだったけど骨があったよ。こんどのは、ありゃ、チャランポラン」
禮子「自分のことじゃないんですか」
仙吉「いや」
門倉「いや、おい」
　男たちが言いかけるが言わさない。
禮子「守にね、数、教えてるの。一、二、三、四――二っていうとき、ここンとこキューッとなるの。どうしてかしら」
　禮子、胸のあたりを押えてみせる。
門倉「――」
仙吉「――」
禮子「三っていうとき、ここんとこ（頭）カーッてなるの。――不思議でしょう？」
　言いながら凄い目になる。
禮子「一って、本当にいい数字ね。堂々としてる。うしろめたくないもの。そこいくと、二は、かわいそうだ」
　（間）
仙吉「そのうちにちゃんとケリつけますよ……な、な」

門倉「──（守の寝顔を見て）三日見ないと大きくなるねえ」
禮子「牡丹《ぼたん》の蕾《つぼみ》じゃあるまいし──何言ってンのよ」
門倉「じいさん、どしたかなあ──」
仙吉「芋俵か？　天ぷらそばでも食わして、近所まで送ってってたんじゃないか」
門倉「〽芋虫　ごろごろ　ヒョータン　ポックリコ」
仙吉・門倉「ヒョウタンから駒！」
禮子「口裏合せて──もう、帰ってくださいな」
　門倉、そっと封筒を置く。
禮子「あら、これ何でしょう」
門倉「──」
禮子「あ、お手当てですか」
　禮子、封筒から百円札をひっぱり出す。
禮子「（かぞえる）一号、二号、三号、四号……」
門倉「よせ──」
仙吉「……（また、目がしみる）」

●仙吉の家・茶の間（夜）

　日の丸の旗をたたんで仕舞っているたみ。

金の玉も大切に布で拭《ふ》き、箱に入れる。
自分の顔をうつしてみたりしている。
ラジオが軍歌を流している。

●まり奴の家・玄関（夜）

また、門倉に押し出されて先頭になってしまう仙吉。
抵抗しながら目をつぶってゆく。
門倉「ただいま――」
暗い中から飛び出してきたまり奴が、いきなり仙吉に抱きつく。
まり奴「あなたァ――キャッ！」
仙吉「ウワッ！」
まり奴「水田子爵《ししゃく》」

●まり奴の家

門倉、仙吉、まり奴。
作りかけの慰問袋が食卓の上においてある。
やや固くなって坐《すわ》る仙吉。
たばこばかりすっている門倉。

仙吉、筆で書いた慰問文を読みあげる。

仙吉「あ、字、うまいねえ。こりゃちゃんと習った字だ。『兵隊さん、お元気ですか。わたしたちも元気で銃後の守りを』」

まり奴「ねえ。アキタって字、何偏だったかしら」

仙吉「秋田？　秋田はノギ偏だろ」

仙吉、そばの紙に几帳面《きちょうめん》な字で秋田と書く。

まり奴「――フフ。水田さんて、いい人ねえ」

仙吉「え？」

まり奴「秋田県のアキタじゃないのよ」

仙吉「――アキタ――」

門倉「食《しょく》偏だろ」

門倉、あまりうまくない字で「飽」と書く。

まり奴「そっちじゃないほうのアキタ」

二人「？」

まり奴「――――」

まり奴、「飽きた」と送りがなをつける。

まり奴「アキタって字もうひとつあるでしょ」

仙吉、また、キチンとした字で「厭《あ》きた」と書く。

まり奴「そう。こっちは十分、満足するって字、こっちはいやになる。退屈するって字」
門倉「――――」
まり奴「こっちはあなた――(飽)
　こっちはあたし――(厭)」
　自分の気持をあきた、と言っているまり奴。
まり奴「命がけで戦争してる人もいるってのに、こうやって五体満足なのにブラブラしてるの申しわけなくって、もう一遍、お座敷へ出てみようかな」
　二人の顔を見くらべながら、すべてを知って、言っているまり奴。
門倉「――(一言もない)」
まり奴「ねえ、水田子爵、そう思いになりません？」
仙吉「――その方が、お国のためになるかもしれないなあ」
門倉「――――」
　門倉、複雑だが少しおかしい。

●門倉の家・玄関（深夜）

　帰ってくる門倉、ほろ酔い。フリをしているというところもある。
　フラフラしながらも警戒して、わざと威厳をとりつくろっている。
門倉「おーい、帰ったぞ！」

タミ「お帰りなさいまし！」
　ころがるように出てきてカバンを受取ったのは、小ざっぱりした白い割烹着《かっぽうぎ》を着たタミ。
　ゆったりと、うしろから出迎える君子。
君子「おかえりなさいまし」
門倉「おい――」
君子「いい人、みつかったでしょ」
　門倉、絶句。
君子「作造さんがみつけてきてくれたんですよ。おタミさん――水田さんの奥さんと同じ名前だから、あなた、お気に入ると思って」
門倉「――」
タミ「よろしくお願いします」
門倉「――」

●門倉の家
　ガウン姿で歯をみがいている門倉。
　甲斐甲斐《かいがい》しく拭き掃除をしているタミ。
　タミ、門倉の足もとの床をこすっている。

君子(声)「お夕ミさん」
タミ「ハーイ!」
君子、出てくる。
君子「そっち終ったらお玄関、あ、それからお夕ミさん」
タミ「奥さま、さん付けはやめて下さいまし、いつも亭主《ていしゅ》にタミ、タミ!って言われてたんでこそばゆくて」
君子「でもねえ、来たそうそう」
タミ「働きにくうございますから」
君子「そうお、じゃ、お夕ミ! やっぱり呼びにくいわよ」
タミ、笑いながら出てゆく。
君子、門倉が鏡にとばした歯磨粉《はみがきこ》をふく。
門倉「(真白いアブクだらけの口元で)——亭主に乗り込まれたら、どうするんだ」
君子「面白くていいじゃないよ」
門倉「(ブクブクやっている)」
君子「何か変ったことでもなきゃ、つまらなくて——」
門倉「相手は酒乱だぞ、暴れ込まれたら面白いじゃ済まないぞ、ケガでもしたらどうするんだ」
君子「そう思ったら、夜、早く帰ってきて下さいね——言うだけヤボだわね」

歯をみがく門倉。

働きながら何か歌っているタミの声が聞える。

●仙吉の家

君子が仏壇に何か季節のものを供えて合掌している。

うしろからたみ。

たみ「いつもありがとうございます」

君子「生きてらしたときは、私なんか滅多に口利《き》いていただくこともなかったのに――亡《な》くなってからのほうがおつきあい濃いみたい」

たみ「うちのお父さんが、そうなんですよ。生きてるときは、もう角《つの》つき合って、ろくろく口利きませんでしたもの」

君子「奥さんが通訳してらしたわね」

たみ「それが、死んだとたんにコロッと変っちゃって、朝、お水あげるのもお父さんなんですよ」

君子「――なんのかんのといっても父子《おやこ》なのよ。水田さん、それで作造さんにやさしいんだわ」

たみ「それにしても、なぜお宅へあの人つれてったんでしょうねえ」

君子「年寄りってのは、トボケてるみたいで、案外見るとこ見てるのよ。門倉が水田さんには弱くて——水田さんていうより奥さんに——」
たみ「——」
君子「奥さんと同じ名前のひと、門倉が、いやって言うはずないって、見すかしてたんじゃないの」
たみ「なにおっしゃるかと思えば」
君子「でも、いいわねえ、男もあの年になると」
たみ「どうぞ（お茶）」
君子「恐れ入ります。枯れてるっていうのかしら、脂気《あぶらけ》もなにもみんな抜けちゃって、折ったら本当ペキンていきそうでしょ、あの人」
たみ「——ペキンねえ（おかしい）」
君子「早いはなしが門倉が同じことをしてごらんなさいよ、いくらご亭主が酒乱で見るに見兼ねたっていったって——なんていうの——ス、スキャンダル、か、それですよ」
たみ「まあ、ねえ……」
君子「でも、作造さんなら『美談』だわ。こっちも気持よく応援して上げようって気になるわよ」
たみ「お礼言わなきゃいけないんでしょうけど気をつけて下さいねえ」
君子「え！　ああ——酒乱の御亭主——」
たみ「——　（うなずく）」

君子「大丈夫、うちは男手が揃《そろ》ってるのよ、此《こ》の頃《ごろ》」
たみ「は……」

●門倉の家
建具《たてぐ》を入れている作造。

その下っ働きよろしく、古い障子《しょうじ》を破いている金歯。

洗っているイタチ。

お茶をいれているタミ、うしろで刺繡《ししゅう》をしながらゆったりとみている君子。

たみ(声)「じゃ、金歯とイタチも伺ってるんですか」

君子(声)「作造さんがつれてきたの」

たみ(声)「どういうつもりなんでしょうねえ。あの二人、おじいちゃんと組んでた山師で——あの人たち来るとロクなことなかったのよ。奥さん、気をつけてね——」

君子(声)「気をつけるって——」

たみ(声)「お金ですよ、うちと違って、置物ひとつ持ち出されたって、お宅は金かさが張るんだから」

金歯、置物を手にして叩《たた》いたりしている。

君子(声)「そのくらいのことがあったほうが人間のうちらしくて、いいんじゃないんですか」

●仙吉の家・客間

君子。たみ、りんごをむいている。

君子「(しみじみと) 奥さん、誰もこないうちって――さみしいものよ、出たり入ったり、泣いたり吠《ほ》えたりのあるほうが――あたし好きだわ」

たみ、君子を見る。

禮子(声)「ごめん下さーい」

たみ・君子「――(ハッとして硬直する)」

君子「どなたかみえたんじゃありません」

禮子(声)「ごめん下さーい!」

たみ、ナイフを手にこわばる。

手にむきかけのりんごの皮がブラ下っている。

君子「あたくし、出ましょうか」

たみ「――いえ! あたし!」

りんごとナイフを手にしたまま、すっとんで玄関へ走るたみ。

●玄関

戸を、細目にあけるたみ。

守を抱いた禮子が立っている。
禮子「こんにちは」
のんびりと言いかけるのを、わざと大きな声で、
たみ「すみません！　ゴムひもなら、うち、間に合ってるんですよ！」
禮子、ハッとなる。
くつぬぎに女ものの草履。
顔がハッとしてこわばる。
たみ「――（早口でささやく）お勝手口。もうすぐ帰るから。あとで――」
君子（声）「ゴムひもなら、あたし、いただいてもいいわよ」
たみ「（どなる）この次にしてくださいな。すみません！」
パシャンとしめる。

●勝手口

顔をこわばらせて、勝手口へゆきかける禮子。
男（庄吉）がのぞき込んでいるのに気がつく。
禮子、わざとにっこりして会釈《えしゃく》する。
庄吉、目をそらして出てゆく。

●玄関

帰ってゆく君子。見送りのたみ。

君子「奥さんも、おでかけでしたら、おでかけっておっしゃって下さればよろしいのに。察しが悪いもんで長居してしまって」

たみ「いいえ、おせきたてしてすみません」

君子、草履をはきながら、

君子「そういえば、さと子ちゃん、おつき合いしてるかた、いるんですって」

たみ「さと子がですか」

君子「なんか、そんなおはなし、チラッと——ねえ」

たみ「男の人って、ことかしら」

君子「いいお相手だとよろしいわねえ。さと子ちゃんも、ぼつぼつこの辺で決めないと——戦争がなにすると、若い人、出征やなにかで減っちゃうんじゃありませんせん」

たみ「——あの、その人、どういう」

君子「(わざと知らんぷりで) おじゃまいたしました」

●道

帰ってゆく君子。

そばの電柱で、草履の鼻緒《はなお》が切れたのを直している庄吉には、君子は眼《め》に入らないらしい。

●仙吉の家・茶の間

プンとして、そっぽを向いている禮子。守が客間のほうへゆき、出ているリンゴをつかもうとする。

すっとんでいって守の手をハタく禮子。

禮子「バカ、守！　人の食べかけ、食べるんじゃない！」

たみ――。

たみ「――新しいおりんごむきましょうねえ。守くん、どっちがいいかな」

二つつかんで、子供に選ばしている。

たみ「あたし、いいこと考えた――」

禮子「――――」

たみ「――お豆腐屋さんにきてもらいたいとき、軒下に白い旗出すでしょ。こんど、危ないとき、あの旗出しときますから」

禮子「――本妻さんきているときは、白旗ですか。それ出したら、こちらは帰れってことね」

たみ「――すみません（恐縮して）ごたごた、やなんですよ。大きいやなこと、見たくないの。そのために、おたがい小さい、いやなこと、ガマンしないと——」

　禮子、笑ってしまう。

禮子「(うなずく) そんなら、日の丸のほうがいいな。威勢がよくて。あ、でも、旗日《はたび》でもないのに出したら、おかしいか」

たみ「——ちょっと、ねえ」

禮子「じゃアカハタ——あ、これもマズイか。アカやストライキと間違えられたら困りますもんねえ」

　二人、笑う。

　守も一緒に笑う。

禮子「おかしいわねぇ、ほんと、おかしいわねぇ」

　禮子、笑ってから。

禮子「そうだ、忘れてたけど、おたくのぞいてた変な男いたわよ」

たみ「えっ」

　たみ、立って縁側へゆき、あたりを見廻《みまわ》してから、あわててガラス戸をしめる。

禮子「(守を抱き寄せ) 奥さん、あたし、なんかあったら、やりますから」

　ナイフをかまえる。

　たみ、そっとナイフを取りもどす。

●舞台・袖《そで》（夜）

舞台稽古風景《ぶたいげいこ》が見えている。

衣裳《いしょう》の具合を直しているさと子。

書き割りに色を塗っている義彦。

劇のラブシーンのセリフが聞こえてくる。

それをバックにして、義彦とさと子のラブシーン。

さと子の声「まるで、ソビエト・ロシヤの人になったような気持でした。熱い風呂に入ったときのように、ジーンとして体がしびれてきました」

●仙吉の家・玄関（夜）

帰ってくるさと子。

さと子「ただいま！」

入りかけて、ビクッとする。

仙吉とたみが立っている。

仙吉「どこ、いってた」

さと子「（ギクリとしながら）お琴《こと》の帰りに、お友達と映画みてきたの」

仙吉「嘘《うそ》つけ！」

さと子「――」
たみ「――お友達って、誰なんだい」
さと子「――」
たみ「お前、ここんとこずっとお琴の稽古いってないそうじゃないか」

●茶の間

仙吉とたみの前にさと子。
仙吉「――どこのどいつだ！（どなる）どいつだ！」
答えないさと子。
さと子の声「ドイツじゃなくてロシヤです、と言おうかと思いましたけど、やめました。
父や母に言っても理解してもらえないと思ったからです」
仙吉「どこのどいつだと聞いてるんだ！」
さと子「――」
たみ「正直にいってごらん。怒らないから」
さと子の声「怒らないといっていながら、言えば怒るということは、長年の経験で判《わか》って
います」
仙吉「どうして黙ってる！　さと子！」
たみ「どういう人なの、学生かい、それとも、つとめ人？」

さと子「――」
たみ「名前は――。名前、知らないってこと、ないだろ」
さと子「――」
たみ「――さと子！」
仙吉「よし、言うな。言いたくなかったら、言わなくていい。その代りな、言うまで、そこに坐《すわ》ってろ。水も飲むな、便所にもゆくな。どれだけ強情張れるか、やってみたらいいだろ」
たみ「お父さん――」
三人、黙って坐っている。
表を火の用心の拍子木《ひょうしぎ》が通る。
坐るさと子。夫婦、少しはなれて――。
さと子の声「何時間でも、いえ、何日でも坐っててやる、と決心しました。のどがかわこうと、タレ流しをしようとかまいません。この気持を『恋』というのだと思いました」
たみ「(小さく）さと子のこともなんだけど――あっち」
仙吉「あっちじゃ判らん」
たみ「作造さん――大工だかなんだか、ご亭主《ていしゅ》がまたのぞいてたっていうし」
仙吉「俺は聖徳太子じゃないんだ、いちどきに、二つも三つものことがサバけるか！」
たみ「そりゃそうだけど――ああ――もう――なんかあるときは、いっぺんにくるんだから」

玄関の戸をドンドン叩く音。

たみ「——お父さん！　きた！」

仙吉「(身がまえる)」

門倉(声)「ごめん下さい！」

仙吉「門倉じゃないか」

たみ「なんだ」

二人、出てゆく。

●玄関

格子戸《こうしど》をあける、たみ。

ほろ酔いの門倉、入ってくる。

仙吉「おどかすなよ」

たみ「あの人かと思って、ドキッとしたわよ」

門倉、いきなり笑い出す。

仙吉「おい」

たみ「門倉さん」

門倉、仙吉の肩を叩《たた》きながら、大笑いに笑う。

仙吉「どうしたんだよ」
門倉「やるもんだよ、やってくれるもんだよ」
仙吉「おい」
たみ「――」
門倉「じいさんと、作造じいさんと、あの芋俵が」
二人「え？」
門倉「(何かいいかけて、吹き出してしまう)」
仙吉「あの二人が、どうしたんだよ」
たみ「どうしたんですか」
　大笑いの門倉。
　ポカンとする夫婦、茶の間に正座しているさと子。
さと子の声「事件は、それより大きい事件が起るとけしとんでしまいます。その晩、私は助かりました」

4 実らぬ実

●水田家・茶の間（夜）

正座しているさと子。誰もいない。

薄暗い、縁側、台所、玄関。

誰もいない。

仏壇に初太郎の写真。

さと子の声「逢《あ》いびきして帰ってきたところを御用《ごよう》になりました。あぶないところを門倉のおじさんがとびこんできて、私は助かりました。

恋愛をしたことのない人には、恋をする気持は分らないみたいです。うちの父がそうです。ところが今、父や母がとび出していったのは、もう一つ恋愛事件があったらしいのです」

えこじになってすわっているさと子、表を火の用心の拍子木が通ってゆく。

●門倉の家（夜）

応接間に仙吉、君子、たみ。

門倉は笑いをこらえているが、君子は皮肉たっぷり。

そして、仙吉夫婦は信じられないといった面持《おももち》。

仙吉「まさか」

たみ「ねえ……」

仙吉「じいさんは七十――二か」

たみ「三ですよ、七十三」

君子「あたしだって、はじめは、目が変になったんだって思いましたよ。用達しに出かけて、急に忘れものに気がついたんです」

●門倉の家（回想）

小走りに縁側をすべる白足袋《しろたび》、ハッとなってたちどまる。

障子《しょうじ》が半開きになって、そのかげから作造のドンブリがけと、タミの割烹着《かっぽうぎ》が脱ぎ捨ててあるのがほのみえる。

そして、障子に男と女の抱き合いむつみ合う影法師が、田舎芝居の影絵のようにうつる。

男と女のしのび笑い。

ポカンとなり、わが目をうたがう君子。

障子の影は、急に消える。

電話が鳴る。

はじかれたように叫ぶ君子。

君子「ハーイ、ハイ！」

それから、首を振り自分の頭を二つ三つぶん殴って茶の間へすっとんでゆく。

君子「モシモシ門倉でございます」

声がふるえている。

割烹着をかけながらタミが顔を出す。

タミ「(平気な顔) あら、奥さまお忘れものでございますか」

●門倉の家・応接間 (夜)

門倉、君子、仙吉、たみ。

君子「――自分の気持に満たされないものがあると、女って、こんなに浅間《あさま》しい妄想《もうそう》を見るものかって――その時はそう思って、出かけ直したんですけどね――。

待てよ、やっぱり変だ、なんかおかしい――あたくし、またもどったの――」

●門倉の家（回想）

庭木戸を横に見て玄関から入ろうとする君子。外出着姿で帰ってきたところ。庭の方から作造が、浮き浮きして調子っぱずれな鼻唄《はなうた》を口ずさんでいるのが聞える（昭和初期のはやり歌）。

君子ゆきかけて、ひょいとのぞく。

井戸端にたらいを出して、作造が何か洗っている。

のぞく君子。

洗っているのは、赤い、といってもかなり色あせたお腰《こし》である。

作造、歌に合せてお腰をひろげ、バサーッと水気を切り、うしろの君子の気配に気づいてそのまま、活人画になって硬直する。

君子、目をパチパチさせ、半信半疑。

君子「そんなところで、誰のお腰、洗ってらっしゃるの？」

作造、腰巻きを手にしたまま、クク、ク、と笑い出す。

作造「――現場、押えられたんじゃ、ジタバタしてもしょうがないな」

君子「――――」

縁側のところで襦袢《じゅばん》姿のタミ、庭下駄《げた》をはこうとして、足をおろしかけたまま、身も蓋《ふた》もないといった格好で手も硬直している。
君子、二人を交互に見て声も出ない。

●門倉の家・応接間（夜）

仙吉、門倉、たみ、君子の前に、作造とタミ。
作造はゆったりと煙管《きせる》で刻みたばこをすっている。
仙吉、顔がこわばっているのだが、無理してせいぜいつくり笑い。
出来たら、冗談にしてしまいたい。

仙吉「人、かついじゃいけないよ」
作造「？」
仙吉「（大きな声で）人をかついじゃいけないって言ってんの」
作造「わしはな、建具をかついでも人はかつがん」
仙吉「（困って小さな声で）腰巻の洗濯《せんたく》してやっただけなんだろ」
作造、ハッキリと首を振る。大きな声で、
作造「洗濯だけじゃ――ない」
たみ「それじゃ――あのォ――」
仙吉「するってえと――その――つまり」
門倉「――こう――『あった』――というわけだ……」

大きくうなずく作造。

畳のケバをむしっているタミ。

仙吉「ハ、ハナシ、違うじゃないか、この人、連れてきたとき、何ていった？　俠気《おとこぎ》だ、酒乱の亭主《ていしゅ》に虐待《ぎゃくたい》されて、このままじゃ殺されるから、俠気出して助けてやったんだ。断じて色恋沙汰《ざた》ではない。あんたら、そう言ってたじゃないか」

作造「たしかに、そう言った（うなずく）」

門倉「そうだよ。もう水気なんかありゃせん、マキザッポだ」

作造「マキザッポも、水気が残っとったんだ」

仙吉「——（タミに）あんたもあんただよ。この人は神様だ、救世軍だ。あんた、救世軍と間違いしたのか！」

タミにつめよる仙吉の手を、作造、煙管を伸してヒョイと押える。

作造「——悪いのは、わしだ」

仙吉「——亭主に知れたら、どうする？　出るところへ出られたらあんた、姦通罪《かんつうざい》で」

門倉「あいや、懲役二年か——」

作造「覚悟は出来とる」

四人「え？」

作造「人の女房盗《と》ったんだ。赤いべべ着て、監獄入ろうじゃないか」

タミ「作造さん。……」

四人、あきれて、言葉もなく二人を見つめる。

門倉「——参った！　参った、参った！」

仙吉「おい」

君子「あなた」

たみ「門倉さん」

門倉、作造の手を握る。

門倉「作造さん、あんた、えらい。みごとだよ。オレ、尊敬するな」

仙吉「門倉（何か言いかけるが、門倉、言わさない）」

門倉「人間なんてものは、いろんな気持かくして生きてるよ。腹断ち割って、ハラワタさらけ出されたら赤面して——顔上げて、表歩けなくなるようなもの抱えて、暮してるよ」

君子「——」

仙吉「——」

門倉「自分で自分の気持にフタして知らん顔して、なし崩しにごまかして生きてるよ」

仙吉「——」

たみ「——」

君子「——」

タミ「——」

門倉「みんな、思い通りにやりたいんだよ。やりたいけど、度胸がないんだよ」
たみ
君子 ｝「――」
仙吉
そして、タミも、びっくりして門倉の顔を見ている。
門倉「たった一度しか生きられないんなら、自分に正直に振舞えばいいのにさ。まわりに気兼ねして、お体裁つくって、キレイごとで暮してるんだよ」
仙吉「門倉――いいよ、もう」
門倉「いやあ、オレ、丸太ン棒で頭、ガーンとぶん殴られたみたいでさ」
門倉、ひとりで興奮する。
仙吉「急に風向き、変わるじゃないか」
門倉「オレね、死んだおじいちゃん――あんたの腹違いの兄貴――あの人のこと好きだったせいか――今までは、どうも、あんたのすること、ひっかかってさ。スッキリこなかったんだけど――いやあ、今度という今度は参ったねえ」
仙吉「(小さく)――そうそう、持ち上げるなよ」
門倉「だってさ、――お前、そう思わないのか」
仙吉「(少し困る) ことばは同じ参っただけどさ、オレはこっちの方の『参った』だねえ」
仙吉、頭を抱えてみせる。

仙吉「現実問題としてさ、あの亭主が知ったらタダじゃ済まないよ」
門倉「いいじゃないか。男として責任をとる、深編笠《あみがさ》かぶって腰縄《こしなわ》打たれて——姦通罪で懲役にいくっていってるんだ。アンタ、男の花道だよ」
門倉、やたらと作造の肩を叩《たた》く。
門倉「男なら、こうありたいね、それにくらべると恥しいよ」
君子「（みんなまで言わせずのんびりと）水入りにしません？」
一同「？」
君子「大演説でノド乾いたでしょ。お酒かお茶でノドしめした方がいいんじゃなくて？」
門倉「え？　あ」
君子「お茶よかビールだわねえ」
君子、スッと立ち、ごくあたり前の声色で、
君子「タミさん、手伝ってくださいな」
たみ「はい」
君子「いやですよ。タミさんはタミさんでも、奥さんじゃなくてそっちのタミさん」
タミ「ハイ——」
タミ、立ちかけて、
タミ「奥さま、申しわけありませんでした」
君子、以下、小さな声で、

君子「（とぼけて）タミさん、あんた、やさしいのねえ」
タミ「？」
君子「男に――男っていうより年寄りに恥かかせちゃ可哀《かわい》そうだってかばうあんたの気持も判《わか》るけど、あと面倒なことになるんじゃないの？」
タミ「（まだよく判らない）あの、恥とか――かばうって――どういう」
君子「それ、あたしに言わせるの？」
けげんな顔をしている仙吉、門倉、たみ（作造は少し耳が遠いのでよく判らないらしい）。
君子「年寄りって、よくそういうことがあるのよ。あたし、若い時分看護婦してたから、覚えあるんだけど、年とると、『こうだったらいいなあ』って境目がぼんやりしちゃうのねぇ……」
タミ「それじゃ、奥さま、あたしたちなんにもなかったって」
君子「――（うなずく）でも、それ言っちゃうと――恥かかせることになる。おタミさん、かばって」
タミ「いいえ。かばってなんぞいませんよ。ほんとに作造さん――。『お前さん、可愛《かわい》い』『惚《ほ》れた』っていって、あたしの手、ギュッって――うちの亭主も力強いけど、作造さん力のつよいったら、それであたしいけない、亭主に済まないとおもって、柱にしがみついたんだけど、肝心の体のほうが、山吹鉄砲の芯《しん》抜けたみたいになっちまって」

君子「そこまでで、いいじゃないの。そこまでなら罪にはならないわ」
門倉「おい！　お前——なにを言ってんだ」
このあたりから、作造は頭をかしげて体を斜めにして、耳を突き出し、みなのやりとりを聞こうと必死の努力。
君子「どんな男だって、主人は主人よ。よしんば主人よりも魅力のある男にさそわれたからって——そんな——許したりしませんよ。そうじゃありませんせん、奥さん」
たみ「え？　あー、そ、そりゃ——」
君子「水田さんも、そうお思いになるでしょ」
仙吉「う、うむ、まあ、それが人の道ってもんではあるなあ」
門倉「しかしねえ、長い間、長い間、胸の中で、こう大事にしてた精神的なものが、或日《あるひ》——マッチの自然発火みたいにさ、バーンと爆発したんだよ。こりゃ神様だって見て見ぬふりをなさるんじゃないか」
君子「あなた、いやにりきんでおっしゃるわねえ。じゃあ、あたしがそうなってもいいっておっしゃるの」
門倉「——（つまるが）いいよ——一生に一度ぐらい——」
たみ「あたしは、嫌《いや》だわ」
仙吉・門倉「——」
たみ「どんなことがあっても——主人を裏切っちゃ、いけないわ」

君子「そうよ。そうですよ」
　君子、気持をこめて、たみを見つめる。
門倉「――」
仙吉「――」
君子「おタミさん、なにもなかったんでしょ。作造さんの思いちがい」
　耳をかたむけていた作造、突然どなる。
作造「余計な心配せんでもらいたい。わたしは男として、責任をとる。赤いべべ着るというとるんだ！」
君子「なにもしないのに、赤い着物着ることないでしょ」
　二人にらみ合う。
作造「――枯木《かれき》に花が咲いたんだ。本当に咲いたんだ」
君子「花咲かじいさん――」
作造「奥さん！」
　君子の胸倉をとる作造。
　間に入るタミ、作造に――、
タミ「（わざとガサツに）うたた寝してたから、夢見たんだ……」
作造「夢？　おタミさん、あんた」
タミ「――おさわがせして、すみませんでした」

タミ、四人に頭を下げる。
四人、それぞれの気持で受けとめる。
作造「――（憤懣《ふんまん》やるかたない）」
タミ「――亭主のことが気になりますんで、あたし、帰らしていただきます」
作造「――――」
作造、信じられないといった表情でタミを見て、一同を見る。

●水田家・茶の間（夜）

坐《すわ》っているさと子。
さと子の声「父と母は、遅くまで帰ってきませんでした。こういうときは、一人で留守番の方がいいのです。好きな人のことを考えられます。でも、うちには、いまお客がきています」

●客間

仏壇の前に坐っている金歯とイタチ。二人、殊勝《しゆしよう》に初太郎の写真のゆがみを直したり合掌したりしている。

さと子の声「金歯とイタチです。死んだおじいちゃんの山師仲間です。お父さんは、おじいちゃんの生きていたときは、この二人を、うちへ上げませんでしたが、おじいちゃんが死んだとたん、この二人にもやさしくなって、おまいりにくると母に内緒でお小遣いをやったりしていたらしいのです。

今晩も、近所まで寄ったので、おまいりと称して、上りこんで待っているのです」

金歯とイタチ、柱時計をのぞき込んだりしてヒソヒソばなし！

二人、茶の間へ顔を出す。

金歯「お父さんたち、遅いねえ……」

さと子「――」

イタチ「若い娘ひとり、留守番さして、どういうつもりなんだろ」

さと子「……はなし、こじれてんじゃないんですか。門倉のおじさんとこで――」

金歯
イタチ）「はなし」

「こじれるねえ……」

さと子「なんかよく知らないけど――」

二人、顔を見合わせてヒソヒソやっている。

いきなり玄関の戸が乱暴に引きあけられる。

さと子「帰ってきた！」

さと子、はっとする。

さと子「お帰んなさーい！」

小走りに玄関へ出てゆく。

●玄関

小走りに出てくるさと子。
さと子「お帰んなさい！　ねえ、金歯とイタチが——」
言いかけて、ハッとなる。
ヘベレケになった庄吉が、目を据《す》えノミを手に、前後に揺れている。
庄吉「おう、嬶《かか》ア、どこへかくした……」
さと子「————」
庄吉「嬶ア、出せって言ってんだい！」
さと子「——そんな人、いません」
庄吉「なんだとォ！　手前《てめえ》のじじいか、作造って奴《やつ》が引っぱり出したってこたァ、判ってんだ。嬶ア、出せ！　出さねぇと」
金歯「どうするい？」
うしろに金歯が立っている。
金歯「出刃とかノミってのはな、威勢のいいタンカのひとつも切ってだ、畳に突ったてなくちゃサマにゃなんねえんだよ」
さと子をかばい、凄味《すごみ》をみせて言う金歯。
イタチ、ちょこちょこ出てきて——、

イタチ「なんなら、そこの畳表《たたみおもて》の草履《ぞうり》、そいつに突っ立てるか」
金歯「へへへ」
庄吉「手前ら、なんでい！」
金歯「留守、あずかってる者だい」
庄吉「うちの嬶ア」
金歯「(物凄い声でどなる) 嬶アがどしたい！」
イタチ「逃げられたのか」
庄吉「――へい」
金歯「女はな、光るモン振り廻《まわ》したって、帰っちゃ来ねえよ」
イタチ「――酒やめてまじめに働いてりゃ、帰るなったって帰ってくらア」
庄吉「――」
金歯「帰りの電車賃、あンのか」
庄吉、急におとなしくなる。
ヒョイと頭を下げて、フラフラと出てゆく。
フウッと息の洩《も》れてしまうさと子。
金歯とイタチも息をする。
さと子「――ありがと、ございました (言うが、ふるえて声が出ない)」
二人、仏壇の方へゆきかけるが、ヒソヒソやって――、イタチ「じゃ、俺たちも――」
金歯「帰るか」
さと子「そうですか」
　金歯とイタチ、下駄《げた》をはく。
さと子「――あ、ちょっと――ちょっと待って！」
　さと子、二階へかけ上る。
　二人、ポカンとしている。
　ハンドバッグを抱えてかけおりてくるさと子、中から五円札を二枚つまみ出す。
さと子「あの、これ――」
二人「――」
さと子「すくないですけど――」
　差し出したイタチの手をパシッとはたく金歯。
金歯「気持だけ、もらっときまさ」
さと子「――」
金歯「(イタチに) いこ――」
　ちょっと頭を下げて、出てゆく二人。札を手に、立っているさと子。

●夜道

歩く仙吉、半歩おくれてたみ。

夫婦は黙って歩く。夫は妻の方をチラリと振りかえり、何か言いかけてやめる。

妻の方も、夫をチラリと見、口ごもって、結局やめる。

黙って、歩く。

仙吉「（フッと思い出し笑いで）門倉も、おかしな奴だよ。今まで、じいさんのこと目の仇《かたき》にしてたのが、コロッとひっくりかえって、加勢してンだから——ハハ、ハハハ」

たみ、黙って歩く。

仙吉「ありゃ、奴《やっこ》さんの願望だね。オレもこうありたい。七十になっても、人の女房にチヨッカイ出して、腰巻洗濯《せんたく》して——枯木に花が咲いたんだ、そう言いたい——判るねえ」

言いながら、チラチラとたみをうかがう。

たみ「（答えず歩く）」

仙吉「四十や五十なら、歳《とし》がさ四十や五十なら、やだよ、七十だもんなあ、怒るよか、めでたいっていうとこじゃあないのか、そう思わないか」

仙吉、笑いながら言ってはいるが目つきには切実なものがある。

冗談にことよせてたみの本心を聞きたい、ためしたい、というところがある。

たみ「あたしは嫌だわね」

仙吉「——」

たみ「お父さん、いいんですか」
仙吉「え？（ギクリとする）」
たみ「(これも少し困って）あ、あたし、お父さんが、門倉さんの奥さんと、そんなことになったら」
仙吉「なに言ってンだ、オレがどうして門倉の細君と」
たみ「例えばの話ですよ。そういうの、女房としては嫌だっていってるんですよ、七十になっても八十になっても、嫌よ」
仙吉「嫌か」
たみ「――嫌ですよ」
少し歩く。
仙吉「でもなあ、可哀《かわい》そうじゃないか」
たみ「――――」
仙吉「そうか、女は、嫌か」
仙吉、少し元気になる。
支那そば屋の屋台がみえる。
仙吉「おい、支那そば食ってくか」
たみ「早く帰りましょ、さと子一人で待ってンだから――」
帰ってゆく夫婦。

支那そば屋の屋台から湯気が立ちのぼっている。屋台につながれている犬が、小さく吠《ほ》える。

さと子の声「その晩、父と母は遅く帰ってきました。『もういいから寝ろ』それだけで、何もいいませんでした」

●公会堂・舞台裏

「検察官」かなにかの芝居。その他大勢の村娘の衣裳《いしょう》を着せられて、オロオロしているさと子。

赤毛のかつらをのせてやる義彦（ガチ袋を腰に下げた小汚ない舞台監督の格好）。うしろに舞台稽古《ぶたいげいこ》の連中が右往左往している。

さと子「あたし、やっぱり駄目です」

義彦「急に休まれて、数が足りないんだから――」

さと子「だってどうしたらいいか判《わか》らないもの」

義彦「みんなと一緒に動いて――『そうだ！』っていったら、一緒になって『そうだ！』『そうだ！』って叫んでりゃ、いいんだよ」

さと子「――（ハアハアいっている）」

義彦「そうだ！　さあ、大きな声で――舞台の君を、見たいんだよ」

さと子「――」

義彦「『そうだ!』言えるね」
　さと子、うなずく。
　びっくりするような声で、
さと子「そうだ！」
義彦「もっと、おなかから声出す――」
さと子「そうだ！」
義彦「その通りだ！」
さと子「その通りだ！」
義彦「そう。その要領――」
さと子「――ここんとこ、ドキドキしている」
義彦「どこ――」
　義彦、胸にさわる。
　さと子、目を閉じ、うっとりとする。
　さわらせたまま叫ぶ。
さと子「『そうだ！』『その通りだ！』」
　いきなり幕の間から、手が伸びて、さと子、衿《えり》がみをつかまれる。
　仙吉である。
さと子「お父さん――」

仙吉「この男か――」

●公会堂・控室

仙吉、さと子、義彦。

仙吉「住所、姓名！」

義彦「ぼくですか」

仙吉「ほかに誰がいる！」

義彦「石川義彦です」

仙吉「義彦――。華族さまじゃあるまいし――叩《たた》き大工の分際で、笑わせやがる」

さと子「お父さん。義彦さん、叩き大工なんかじゃないわ――」

仙吉「目ざわりなもの、いつまでかぶってるんだ！」

さと子の赤毛のかつらを引きむしる。

仙吉「義彦さん――そういうつき合いなのか、お前たちは」

二人「――」

仙吉「アンタ、親はなにしてんだ」

義彦「親はかかわりないんじゃないですか。恋愛や結婚は、一対一の」

仙吉「その一対一を生んだのは誰なんだ。親じゃないのか！」

さと子「お父さん」

仙吉「収入！　将来の見通しは！」
義彦「ありません――」
仙吉「ない？」
義彦「将来の見通しのないのは、ぼくだけじゃないですよ。日本《にっぽん》という国、このままゆけば、アジアも、世界全体も」
仙吉「――帰ろう」
さと子「お父さん――」
仙吉「収入もない、将来の見通しもない。親の名前も言えんような男とつき合って、どうなる！」
義彦「お父さん」
仙吉「いま、なんてった」
義彦「――お父さんと言いました」
仙吉「誰が許した！　そういう呼び方はな、正々堂々と、親、もしくは仲人《なこうど》を立てて玄関から入ってきて、双方の親も認めた上で」
さと子「古いわよ、そんなの」
仙吉「赤毛なんかのっけるから、新しがりやにカブれるんだ。ほれ！」
　仙吉、毛を引っぱる。
義彦「乱暴はよして下さい」

仙吉「親が子供の毛、引っぱって何が乱暴だ」
　体でかばう義彦ともみ合いになり、仙吉、二、三発、義彦をぶん殴《なぐ》る。
さと子「お父さん！　やめてよ、お父さん！」

●仙吉の家・さと子の部屋

　やけっぱちで琴《こと》を弾くさと子。

「六段」など。

　物凄《ものすご》い顔をしている。

さと子の声「私は外に出ることもとめられました。あの人からは連絡もありません。今日こそ家出をしてやろうと思ったり、ためらったりしているうちに」

●玄関

さと子の声「急に状況がかわりました。門倉のおばさんが来たのです」

　女物の草履《ぞうり》が揃《そろ》えられている。

　茶の間から、君子の笑い声。

●居間

　仙吉、たみ、君子。

仙吉「石川製薬の――そりゃ知ってますよ。製薬業界でも三本の指に入る――」
君子「あ、ご存知」
仙吉「知らない人間がいたら、薬屋としちゃモグリですよ」
君子「じゃあ、社長さんご存知」
仙吉「そんな偉いさん知ってるわけないでしょ。こっちは、はるか下のほうの製薬会社の、
あんた、万年課長」
たみ「社長の奥さん、たしか華族さまのお姫《ひぃ》さんじゃなかったかしら」
君子「そこの御曹子《おんぞうし》なのよ」
二人「え？」
君子「――さと子ちゃんのお相手」
仙吉「ほんとですか――（と言いかけて）奥さんかついでンじゃないんですか」
君子「あたし、かつぐのは縁起だけ」
仙吉・たみ「奥さん」
君子「なんのかんの言ったって女はね、肩ならべる男次第よ。女がどれだけ歯ぎしり噛《か》ん
だって、パッとしない男と一緒になってごらんなさいって、一生下積みで泣かなきゃな
んないのよ」
仙吉「――」
たみ「――」

君子「反対に、主人が出世したばっかりに、大したことない女が肩で風切ってるってこともあるけど」
仙吉「そりゃ」
たみ「まあねえ」
君子「玉の輿《こし》よ、水田さん」
仙吉「いや、しかし、どうみても、叩き大工の下っ働きとしか見えなかったけどなあ」
君子「お生れのいい方ってのは、えてしてそんなもんなのよ。余計な飾りくっつけて、大きくみせるのは成り上がり――」
たみ「大分困ってて――芝居の衣裳なんかうちのさと子が身銭切ってたらしいのよ」
君子「お金持のお道楽よ、ありすぎる人は、そういうこと好きなのよ」
たみ「どうしてご本人、それ言わないんですかねえ。お父さんに、これ（ゲンコツ）やられたとき、その人何も言わなかったんですか！」
仙吉「オレはともかく、さと子にも言ってないのかねえ」
たみ「あの子、何もいわなかったわよ」
君子「そのことが、奥床《おくゆか》しいっていうのよ」
仙吉「奥床しいったってさ、程度があるよ。御曹子ったって」
君子「うち、出てることは出てるんですけどね」
仙吉「じゃ、妾腹《めかけ》とか」

たみ「――よそにおつくりになったお子さん」
君子「――（小さく）門倉じゃあるまいし――」
二人「――――」
君子「――そうじゃなくて――考え方の問題ってのかしら。よくあるでしょ。資産家のお父さまは頭がかたくて、息子さんはなんていうんでしょう、外国に目、向いてるっていうか。そこで、ぶつかって――」
二人「あ、『勘当』」
君子「いずれ戻るに決ってますよ、大会社の社長さんたちもみんな若いときは――かえってそういう人のほうが大物になるなんていうでしょ。ま、いずれは、石川製薬の社長さんになる人ですよ。願ってもない良縁よ！」
仙吉「――嬉《うれ》しくないねえ」
たみ）「お父さん」
君子）「水田さん」
仙吉「奥さん、一年中、頭下げてるのもくたびれるけど、一年中、頭上げて上見あげてんのも、くたびれんじゃないいんですか」
君子「え？」
仙吉「親戚《しんせき》としてつき合うのは、こう同じ高さにしてもらいたいなあ」
仙吉、うれしいが、さとられまいとして、強がりをいっている。

君子「そんな、デコボコのないようにはゆきませんよ。ほら――伊藤博文公の奥さんだって、前は新橋でこれ（左褄《ひだりづま》）だったんでしょ。それだって、お札になるんだから、よくあることよ――」
仙吉「うちのさと子、芸者じゃないですけどね」
君子「はなしよ、ハナシ。水田さんマジメだから、なんでも真っすぐに受取るんだから――あら、肝心のさと子ちゃんは、――」
仙吉）
たみ）「さと子！」
たみ「（君子に）お父さんがこれ（ゲンコツ）やってからこっち、意地になってお琴ひくでしょ。うるさくて――」
仙吉「さと子！」
たみ「さと（言いかけて）あ、そうだ！　忘れてた！」
たみ、パッと立つ。
仙吉「どうしたんだ」
たみ「え？　いいえ、お豆腐屋さんたのむの忘れてた――」
仙吉「おい、また豆腐か――ゆうべも豆腐だろ。第一、娘の大事な話の最中、豆腐屋なんかどうだっていいだろ」
たみ「さと子！　さと子！」

たみ、小走りに出てゆく。

●玄関

たみが出て来て、茶の間を気にしいしい下駄箱《げたばこ》の中から、竹竿《たけざお》に古くなった布切を結びつけたものを門の横に立てる。

階段を下りてくるさと子。

さと子の声「母が白い旗を出しています。お豆腐屋さんに寄ってもらいたい合図の旗ですが、門倉のおばさんが来ているという合図でもあります。二号さんと鉢合《はちあわ》せしないための――用心なのです」

ひるがえる白い旗。

仙吉が出てくる。

二階からおりて来たさと子と鉢合せしてしまう。

仙吉「――石川君ていったか、なんか、いいとこの倅《せがれ》だってなあ――」

さと子「――――」

仙吉「そういうこと、どしてちゃんと言わない」

さと子「――あたし、言ったわ。あのとき、叩き大工なんかじゃない、ちゃんとした人だって」

仙吉「具体的にいわなきゃわからんだろ」

たみ「お前、言葉が足りないのよ」
仙吉「人に恥かかせやがって――」
　仙吉、さと子の頭を軽く小突く。
さと子の声「父の目に卑屈な色を見ました。階級的な差別をする父が少し情けないと思いますが、ちょっといい気持です。でもこういう父をあの人は、軽蔑《けいべつ》するのではないかと不安にもなるのです」
　茶の間から、君子がどなる。
君子「みんなお玄関の方へいっちゃって――ねえ、そうとなったら、早いとこ石川さん、お食事にでもお招きして、ゲンコツのおわび、おっしゃいよ、水田さん――」
　たみ、もどってゆく。
たみ「すきやきなんかでいいのかしらねえ」
仙吉「お邸《やしき》はどこなんだ。あ、そうかいま下宿だな」
　娘に多少おもねった言い方。
さと子の声「――父は三流の製薬会社の万年課長です。父の頭のすみに『出世』の二つの文字があったとしても、責められないと思いました」
仙吉「(少し威張って) 近いうちに手打ち式、やるか」

●義彦の下宿（夜）

つつましい四畳半。
沢山の本箱と机だけ。
さと子が来ている。
義彦。

義彦「せっかくだけど、お宅へはいけないな」
さと子「――そうじゃないかと思ってたんです。おうちがいいって判《わか》ったとたんに、手のひら返すみたいにつき合いを認めるなんていうの、あたしも凄《すご》く現金で浅ましいと思うわ。でも――」
義彦「そういうことじゃないんだよ」
さと子「――」
義彦「もう、つき合うの、これっきりにした方がいい」
さと子「――」
義彦「君に迷惑かける」
さと子「迷惑――」
義彦「君だけじゃない。君のうちにも――」
さと子「――」

義彦「そう言えば判るだろう」
さと子「――――」
義彦「もう、ここへは来ちゃいけない」
　ドンドンと玄関の戸を叩く音。
刑事(声)「石川義彦さん、いますか、石川さん――」
さと子「――――」
義彦「――裏から（帰りなさい）」
さと子「――（首を振る）」
義彦「(小声で）何も知らなかった――たのまれて芝居の衣裳《いしょう》を縫っただけです、そういえばいい。――」
刑事(声)「石川さん！　石川義彦さん！」
義彦「いまいきます！」
　義彦、出てゆく。

●玄関（夜）
　男が二人、警察手帳を義彦に示している。
刑事「戸《と》塚署《つかしょ》のものだが、ちょっと署まで同行してもらいたいんだが」
　いきなり電気が消える。暗闇《くらやみ》の中でヤカンなどを玄関へほうり出す音。

刑事「なにをするんだ！」
さと子(声)「義彦さん、逃げて！」
義彦「危ない！」
人のぶつかる音。
倒れる音。
はずれる障子。
割れるガラス。
女の悲鳴。
さと子「なにすンのよ！」

●仙吉の家・客間（深夜）

たみが仏壇の前に坐《すわ》っている。
お灯明。
初太郎の写真がゆれる。
たみ、手を合わせて拝んでいる。
門倉(声)「ごめん下さい」
たみ、立ち上ると、転がるように廊下をかけてゆく。

●玄関

　戸をあける。

　門倉。

　たみ。

たみ「門倉さん」

門倉「――大丈夫ですよ、奥さん。知ってるところへ手回して、穏便《おんびん》に取りはからっても
　らうように、なにしましたから――もう帰ってきますよ」

たみ「よかった。ありがとうございました。とにかく――」

門倉「でも、水田がいないのに」

たみ「こんなとき、なに言ってるんですか。早く！」

　たみ、門倉を引っぱり上げるようにする。

　二人、話しながら客間に。

●客間

　たみと門倉。

門倉「ぼくもね、うちの奴《やつ》にハナシ聞いたとき、すこし、おかしいなとは思ったんですよ。

　でもねえ、親の名前が名前だから、特高の方でも、お目こぼしというか――それと、金

持ちの坊っちゃんの——道楽ぐらいに考えてね。ここまで大事《おおごと》になるとは、ちょっとねえ」

たみ「あたしもねえ、なんかハナシ聞くと、そっちの方らしいし——。すこし——なんていうか——そういうもの感じてたんですけどね——お父さんが黙ってるのに、女のあたしが口出ししてもと思って」

門倉「——それにしても、さと子ちゃん、凄かったらしいなあ、官憲に抵抗したとなると、こりゃ一晩や二晩のとめおきじゃ済まないですからねえ、シンパと見なされて——」

たみ「もう聞いたときは生きた心地しなかったわよ。あ、いま、お茶（パッと立とうとする）」

門倉「どうぞ、おかまいなく」

二人の手がさわる。

二人、はなれる。

しばらく黙っている。

門倉「『治安維持法違反』か——」

（間）

いきなり玄関があく。

たみ「帰ってきた！」

門倉、腰を浮かすが、たみ、門倉を蹴《け》とばすようにとんでいく。

●玄関

仙吉、いきなりさと子の頰《ほお》を殴《なぐ》る。

うしろから、たみ、門倉。

たみ「お父さん！」

さと子「どうしてぶつの」

仙吉「おい――」

さと子「あたし、なにしたのよ！　なに悪いことしたの！　ぶつんなら、この前、あの人と一緒にぶてばいいじゃないの。うちがいい、親が大会社の社長だって聞いたとたん、コロッとかわってヘコヘコしといて、そいで、また、ひっくりかえるなんて」

仙吉「屁理屈《へりくつ》いうな！　命がけで戦争してる人間がいるってのに、ああいう非国民は」

門倉「水田――今晩は、もうよせ」

たみ「――さと子――二階へいっておやすみ」

さと子、二階へ上ってゆく。

上りがまちにガックリとすわり込む仙吉。

●客間

酒をのむ仙吉、門倉。たみ。

灯明の消えた仏壇に初太郎の写真。
門倉「おじいちゃん、亡《な》くなって――」
たみ「一年半かしら」
仙吉「世の中、どんどん悪くなるなあ」
門倉「こうなると――七十じいさんが、芋俵にチョッカイ出して、赤いべべ着たいってさわぐなんざ、いいニュースの部に入るねえ」
たみ「――」
仙吉「『赤』いべべはいいけど（二階をあごでしゃくって）何とか、あきらめさせる方法ないかねえ」
門倉「むつかしいな」
仙吉「――」
門倉「みすみす実らないと判ってたって、人は惚《ほ》れるんだよ」
（間）
仙吉「そう簡単にゃいかないか」
門倉「いかないいんじゃないか」

●さと子の部屋

さと子、じっと坐っている。

●客間

仙吉、門倉につぐ。

門倉、仙吉につぐ。

二人の男、黙って酒をのむ。

じっと見ているたみ。

仙吉「（ポツンと）日本《にっぽん》はどうなるのかねえ」

5 送別

●仙吉の家・表

初夏。
西瓜《すいか》をぶら下げた門倉。
守の手を引いた禮子《れいこ》が入ってくる。

禮子「ごめん――」
くださいと玄関で言いかけるが、
守が木戸口から庭へ入ってゆく。

禮子「あ、守！　ダメ、ダメ」

門倉「いいよいいよ。玄関から、ごめん下さいって入る仲じゃないんだから――こっちからでいいよ」

三人庭から入ってゆく。

●縁側

縁側に近づく門倉、アッとなる。

丈も幅もダブダブの白麻の背広の上を着て真剣な顔で姿見にうつして見ているたみに気づく。たみ、見られているとも知らず、茶色くやけた古いカンカン帽をあたまにのっけてみている。

門倉あっけにとられる。

たみ、襦袢《じゅばん》の上に着ているので珍妙ないでたち。

庭で葉っぱを千切《ちぎ》ったりする守の手を引いて、一足おくれた禮子も、たみの姿をみつける。

禮子「奥さん――」

禮子、けたたましく笑い出す。

たみ、アッと叫ぶ。一瞬、棒立ちになる。

たみ「あ、やだ！　どうしよう！」

たみ、いったんは、畳の上にガバと伏す。カンカン帽が縁側まですっとんでくる。たみ、あきらめて、身を起す。

たみ「あーあ。えらいとこ、見られちゃった――」
　禮子、笑ってことばにならない。
禮子「――なんて格好してらっしゃるの！」
門倉「それ、水田の――」
たみ「(うなずく)お父さんのさきおとしの――。白麻って、ふた夏も着ると、衿《えり》、やけて駄目《だめ》でしょ。無理してつくったのに勿体《もったい》ないなあと思って。ほら、廃物利用、なんていわれるから、あたしの襦袢にでもならないかと思って、着てみてたのよ」
禮子「それにしたって――。なにも着てみなくたって」
　禮子たまりかねてまた笑いころげる。
禮子「(カンカン帽をもって大笑いしながら)背広のほうは、さと子ちゃんのズロースぐらいにゃなるかも知れないけどカンカン帽は無理じゃないの」
たみ「――ほんと――あ、ズロースも駄目じゃないの。こんなゴツゴツしたの、すれてく。
――」
　たみ笑ってしまう。禮子も大笑いをして、涙を拭《ふ》きながら、ふと、そばの門倉に気づく。
　西瓜を手に、雷にでもうたれたようにしている門倉。
禮子「どうしたの、ねえ」
門倉「――」

禮子「どうしたのよ」

門倉、突然グウッとのどの奥を鳴らすと、縁側に西瓜をほうり出し、飛び出していってしまう。

守「パパ！」

ポカンとする二人の女。

たみ「どうしたのかしら、門倉さん」

禮子「――（笑いをこらえて）我慢出来なくなったのよ」

たみ「――」

禮子「あの人、男の癖して笑い上戸なのよ。でもほら、ここで笑ったら、奥さんに悪いと思って――。今頃《いまごろ》、その辺の電信柱にしがみついて、涙こぼして笑ってるのよ」

言いながら、また笑ってしまう禮子。

笑いながら、大きなカンカン帽を、守にかぶせて、また笑ってしまう。

●道

禮子の言う通り、門倉は、電信柱におでこをくっつけて寄りかかっている。

おでこを電柱に揉《も》むようにくっつけて――、

門倉「いいなあ、いい、いい」

門倉、泣いているように見える。

門倉「これなんだよなあ。これなんだよ。いいよ、いい……」
　感嘆して――それからハッとする。
門倉「危ないな、このままいったら、えらいことになる。危ない、危ない……」
　子供の手を引いた老女、危ないと言われて、びっくりしてキョロキョロする。
　孫の手をひっぱって、あわてて行ってしまう。
　じっと考えこむ門倉。
　通りかかるさと子、前からこの様子を見ていたらしい。けげんな顔でそばへくる。
さと子「――おじさん、気持でも悪いんじゃないんですか」
門倉「さと子ちゃん……」
　門倉、ひどくあわてる。
門倉「いや、何ともないよ、何ともない。ハハ、ハハハ」
　門倉、やたらと汗を拭く。
門倉「――あっちの方どうだ、石川君。出ては――来たんだろ、留置場から」
さと子「でも、どこへゆくんでも特高の目が光ってるから、逢《あ》うと迷惑がかかるって。もう、これっきりにしてくれって――」
門倉「さと子ちゃん、辛《つら》いなあ」
さと子「(うなずく)」
門倉「人生にゃねえ、諦《あきら》めなきゃならない、思い切って断ち切らなきゃならないことがあるんだよ」

しみじみという門倉。

門倉「元気出して――」

門倉、手を出す。

さと子、変な顔をするが、つりこまれて握手しかける。

門倉、急に手を引っこめる。

門倉「恋人のいる人と握手なんかしちゃいけないな」

差し出した手をそっけなく振る。

さと子「あら、おじさん、うちへくるんじゃないの」

門倉「帰るとこ。西瓜もってきたからお上り」

手を振って帰ってゆく門倉。

さと子「さよなら」

●料亭（夜）

芸者を上げて盛大にドンチャン騒ぎをやっている門倉と仙吉。門倉、遊び馴《な》れたところをみせ、芸者の三味線で渋い男ののどを聞かせる。歌い終ると、芸者一同、大よろこびで拍手。

仙吉「やんややんや。（大拍手）さすが年季が入ってるねえ」

門倉「いや」
仙吉「納めた月謝が違うよなあ」
門倉「自慢にゃならないけどね」
　芸者たち、手拍子で催促する。
芸者たち「〽お次の番だよ
　　　　　お次の番だよ！」
門倉「水田、お前の番だってさ」
仙吉「それだけは勘弁してくれ、恥ずかしながら無芸大食。この通り――」
　手をつくやら拝むやら。芸者たち、承知しない。
芸者たち「〽お次の番だよ、
　　　　　お次の番だよ」
　にぎやかに鳴物《なりもの》入りではやしたてる。
仙吉「何とか言ってくれよ、おい、門倉」
芸者たち「〽ミーさま、どうぞ
　　　　　ミーさま、どうぞ」
門倉「ミーさま、どうぞってさ――」
仙吉「どうぞたって――」
門倉「なんかひとつぐらいあるだろ、出来るのが」

仙吉「出来りゃとうにやってるよ、出来ないからこうやってさ」
門倉「なんだっていいんだよ、ワンとかニャン——お、そうだ犬やれ、犬」
仙吉「犬？　むつかしいよ」
門倉「やさしいよ、いつもやってる通りやりゃいいんだよ」
仙吉「いつもやってる通り——オレンとこ、犬飼ってないから（言いかける）」
門倉「人のあと、シッポ振ってついてきてさ。お預け！　ワン！　チンチン！　ワン　おまわり！　ワン！」
仙吉「——どういう意味だ——」
門倉「（芸者たちに）水田ねえ、芸なしだっていってるけど、芸あるよ、『おごられ上手も芸のうち』ってな」
仙吉「——おい——」
　仙吉、顔がこわばる。手がブルブルふるえてくる。
　しかし、辛《かろ》うじて踏みとどまる。
仙吉「門倉、謝れ、親しき仲にもなんとやらだよ。酒の上の冗談にするから、軽く謝れ……」
　少しおどけて言う。
門倉「何でオレが謝るんだ。本当のことといって、あやまることないだろ。あ、もっとピッタリしたのあるよ、いいか。『たかり上手も蠅《はえ》のうち』」

仙吉、手にした盃《さかずき》の酒をパッと門倉の顔にかける。
門倉「おい、酒、粗末にするなよ。これも、オレのおごりのうちだからな」
仙吉「――――」
門倉「身銭切ったことのない奴《やつ》にゃ判《わか》らんか、ハハハハハ」
仙吉「すまんが、ちょっとはずしてくれないか」
シンとしていた芸者たち、そそくさと座敷を出てゆく。
門倉と仙吉。
座敷には仙吉と門倉の二人だけ。
別の座敷から三味線。
門倉、自分の盃に酒をつごうとする。
その盃に手でフタをする仙吉。
仙吉「――（つとめて怒りを押えようとしている）門倉、お前、酒弱くなったなあ。酔っぱらいやがって。だらしないぞ――。昔なら、表へ出ろ！　ぶん殴《なぐ》ってるとこだけどさ、ま、おたがい年だ。次は、オレがやるかも知れん。酒の上のことだ、水に流すよ」
門倉「無理に流すことたあないよ」
仙吉「？」
門倉「酔って本心を言うことだってあるからな」
仙吉「――おい」

門倉「ゆすりは罪になるけどさ、たかりは罪にゃならないよ、だけどな、大の男が（言いかける）」

仙吉「俺は一介の月給取り、お前は軍需景気で金廻《かねまわ》りがいい。たしかに、オレはお前にしょっちゅうご馳走《ちそう》になってるよ。うち中が世話になってきたよ。だけどね、こりゃ、お前の好意じゃなかったのか。オレたちが、ことわっても、ことわっても、お前が松茸《まつたけ》持ってきたり牛肉持ってきたりするのは、友情というか」

門倉「――（しげしげとのぞきこんで）お前、此《こ》の頃、顔立ちが卑《いや》しくなったなあ」

仙吉「（こらえてつづける）こういうとこへさそうたびに、お前、言ったじゃないか。頼むから、つき合ってくれ。仕事の苦労忘れて飲めるのは、昔の戦友だけだ。『お前の財布はオレのもの。オレの紙入れはお前のもの』ありゃ嘘《うそ》か、出まかせか」

門倉「――たかりにも、限度があるんじゃないかねえ。それにしても、ポロリとうまく出たもんだよ、『たかり上手も蝿のうち』」

　仙吉、おどりかかるようにして門倉の横っ面《つら》を張りとばす。

　門倉、鼻血を出す。

　拭きもせず、平然と手を叩《たた》く。

仙吉「本日限り、絶交する！」

門倉「おーい。お客さまのお帰りだ！　塩まいて、お送りしてくれ！」

　足音も荒く出てゆく仙吉。

床柱にもたれて、じっとしている門倉、別の座敷の三味線が軍歌になりダミ声の合唱がまじる。

●仙吉の家・茶の間（夜）

主婦の友などの付録を見ながら、型紙を裁っているたみ。うしろに掛っている例の白麻の背広。

暗い顔をして、柱によりかかっているさと子。

たみ「〽真白き富士のけだかさを
心の強い楯《たて》として
御国につくすおみならは
輝く御代の――」

たみ、鼻唄《はなうた》をうたいながら、やっている。

さと子の声「義彦さんは、治安維持法違反で取調中です。私は、毎日がくもりのように思えます」

たみ、歌いながらチラチラとさと子の沈んだ顔を見る。

たみ、いきなりそばにあったカンカン帽を頭にのっける。

それから針箱の中の黒い毛糸くずを丸めて、鼻の下にくっつける。

さと子の方に顔を突き出す。

さと子「（たまらず笑ってしまう）なにやってンの、お母さん！　変なチャップリン」
たみ「（そのままで）しかめっ面《つら》ばかりしてると、そういう顔になっちまうよ。たまにゃホッペタの筋肉、運動さしてやんなきゃ」
さと子、たみの気持がわかる。
さと子「うん……」
たみ「ほら、また、しかめっ面になる」
いきなり玄関のガラス戸が乱暴に引きあけられる。
仙吉（声）「おーい！」
たみ「あ、父さんだ！　はーい、お帰りなさい！」
たみ、カンカン帽をかぶったまま、すっとんでゆく。

●玄関

上りがまちにすわって、癇癪筋《かんしゃくすじ》をピクつかせながら、靴《くつ》をぬごうとして七転八倒している仙吉。

走り出てくるたみ。

たみ「お帰りなさい」

仙吉、ううん、ううん！　と、うなりながら、靴のヒモを引き千切り、地《じ》団駄《だんだ》を踏まんばかりにやっている。

よそで引っかけてきたらしくかなり酔っている。
たみ「あーあ、ひも千切れるでしょ」
たみ、三和土《たたき》にかけ下り前へ廻って、靴をぬがせる。
仙吉、ハアハアと凄《すご》い鼻息。
たみ「どうしたんですか、なんか、あったの？」
仙吉「人、バカにしやがって！」
たみ「え？」
仙吉、靴の半分脱げた足を、バーッとほうり出す。靴はガラス戸にあたって、大きな音を立てる。
仙吉「バ、バカにするにもほどがあるよ！」
仙吉、どんどん中へ入ってゆく。

●茶の間

さと子、凄い見幕《けんまく》で入ってくる仙吉にびっくりして、腰を浮かす。
仙吉、どっかりと大あぐら。
たみ、追いかけて入ってくる。
たみ「お父さん、なにか（あったんですかと、いいかける）」
仙吉「そこ、坐《すわ》れ！」

たみ「坐ってますけど」
仙吉「さと子も坐れ！」
さと子、坐る。
仙吉おこりが起きたように手も体もブルブル震えている。
仙吉「門倉と絶交することにした」
二人「ゼッコウ――」
仙吉「今日限り、一切つき合いを絶つ！」
たみとさと子、ポカンとする。
仙吉「万々一、門倉の細君が遊びにくるようなことがあっても、うちへあげるな。塩まいて追いかえせ！」
たみ「門倉さんとけんかでもしたんですか」
仙吉「けんかなんて生易《なまやさ》しいもンじゃないよ！」
二人「――」
仙吉「俺ァな、満座の中で、はずかしめられたんだぞ」
二人「――」
仙吉「お前は『たかり』だ、と言われたよ」
たみ「たかり――ゆすりたかりのたかりですか」
仙吉「ほかにどんなたかりがある！」

たみ「——すみません」
仙吉「(うめくように言う) おごる人間より、おごられる人間のほうが辛《つら》いんだよ。辛いけど、その辛さをあいつは判ってると思うからこそオレは、おごられてたんだぞ。それを——なんだい——あんな卑劣な男とは思わなかったよ」
たみ「——」
さと子「——」
仙吉「手紙、電話、——もう、一切もう——お前たちも、いいな。かげでコソコソやったりしてるのが判ったら、ただじゃおかないからな」
たみ・さと子「(顔を見合わす)」
仙吉「判ったら、はいと言え!」
たみ「はい」
さと子「——」

●門倉の家 (夜)

居間で夕刊をひろげる門倉。
刺繍《ししゅう》をする君子。
門倉「——水田とつき合うのやめることにした」
君子「(顔を上げる)」

君子、ちらりと顔を上げるが、そのまま針を動かす。
君子「――奥さんやさと子ちゃんともですか」
門倉「当り前じゃないか亭主《ていしゅ》と絶交しといて、細君や娘とつき合うバカ、いるか」
君子「へへへ？」
門倉「――――」
君子「何日、保《も》つかしらねぇ」
門倉「何日じゃないよ、死ぬまでだよ」
君子「死ぬまで――ねぇ」
門倉、パカッと新聞をおいて立ち上る。
門倉「――オレの前で水田って名前いわないでくれ」
君子「気をつけますけどねェ『お水』のとき、困るわねェ」
門倉、肩をそびやかして出てゆく。
君子、少しおかしい。

●仙吉の家・客間（深夜）

布団《ふとん》の上に起き上ってたばこをすっている仙吉。
ねむれないらしい。うす闇《やみ》の中でたばこの火が赤く見える。
たみが声をかける。

たみ「――すみませんでした」
仙吉「うん？」
たみ「――今晩のこと、――門倉さんがお父さんに、急にそんなこと言い出したこと――あたしのせいだと思って」
仙吉「たみ（さえぎりかける）」
たみ「みっともないとこ、みられちゃったのよ。お父さんの白麻の背広着て――くず屋に売るのはもったいないから、何かにならないかなと思って着てみてたんですけどね、そこ、みられちゃったの」
仙吉「（たみの顔を見る）」
たみ「禮子さんは、ここで涙こぼして笑ってたけど門倉さん、なんかこわい顔してとび出していって――禮子さん、あの人は笑い上戸だからそのへんで電信柱にしがみついて笑ってるわっていってたけど――そうじゃなかったのよ。さと子、みかけたとき、電信柱におでこくっつけてボンヤリしてた、何か考えごとしてたって――」
仙吉、ハッとなる。
うしろを向く。
うすくらがりの中にたみの顔が浮かんでみえる。
たみ「何てケチな女房だろう、門倉さん、嫌気《いやけ》がさしたのよ。それであなたに、わざとケンカ売るみたいにして」

仙吉「そうじゃないよ」
　暗い中で夫婦の視線がからみ合う。
仙吉「――深くつき合い過ぎたんだろ」
たみ「――」
仙吉「あんまり深くつき合うと抜き差しならなくなるから、身を引いたんだろ」
たみ「――（小さく笑って）なんだか男と女のつき合いみたい」
　言ってから、ハッとなる。
仙吉「――バカな奴だよ。無理しやがって――」
　仙吉、ごろりとねがえりを打って向うを向く。
　たみ、夫の背中をみつめる。
さと子の声「父と母と門倉のおじさんは、あぶない、でも素敵な綱渡りをしています」

●門倉の家

　これも闇の中でたばこをすっている。
　見ている君子。
さと子の声「気持の重くなった人は、自分から綱をおりないといけないのです」

●仙吉の家・さと子の部屋

ねむれないさと子、義彦の小さな写真。

さと子の声「私は、恋をしてから、そういう気持が判るようになりました」

●禮子のアパート

門倉が大の字になって寝ている。

守が腹や胸にのって遊んでいるが、門倉は目を天井に向けて放心している。

水仕事を終って、エプロンで手を拭《ふ》きながら、指先のしずくを門倉のおでこの上にポタンと落とす。

門倉、それにも気がつかない。

禮子「ねえ、どうしたのよォ」

禮子、門倉にむしゃぶりつく。

胸のところに乗っておもちゃで遊んでいた守は、母親に押されて墜落する。

禮子「工場《こうば》のほう、うまくいってないの」

門倉「いや、うまくいってるよ」

禮子「そうよねえ、軍需景気で、もうかってもうかって仕方ない筈《はず》よねえ」

門倉「――――」

禮子「ヤセ我慢、よしなさいよ」
門倉「――（目をつぶる）」
禮子「目なんかつぶったって、こっちにゃ見えるんだから。水田さんと絶交してから、ふ抜けみたいにポーッとしちゃって、つき合いたいんでしょ、ヤセ我慢しないでつき合いなさいよ」
門倉の体をゆする禮子、胸もとがはだける。
門倉、下から抱きすくめる。
禮子「いいわよ、代りに抱かなくたって、あんたの本当に抱きたい人が誰だかちゃんと判《わか》ってるのよ」
門倉「安っぽい言い方よせ！　そんなんじゃないんだよ！　そんなんじゃないんだ」
禮子を抱きながらくりかえす門倉。
よじのぼろうとしてまたもやふり落される守。
平然と父と母の間に割り込んでゆく。
守「パパ！」
二人を抱く門倉。しかし、目は天井を見ている。

●仙吉の家・縁側

ぼんやりと庭を見て、たばこをすっている仙吉。

うしろで茶をいれるたみ。

見ているさと子。

さと子の声「日曜日です。父はぼんやりと庭を見ています。いままでは門倉のおじさんがきて、碁をうっていたのです。こなくなって気がつきました。うちは家族が四人だったのです。父と母と門倉のおじさんとわたしの——四人だったのです」

たみ「——お父さん、たばこ——」

灰が長くなっている。

仙吉「——金魚でも買いにゆくか」

仙吉、出かけて行く。

さと子、代りに庭を見ている。

さと子の声「父が本当にゆきたいところは、門倉のおじさんのうちです。そして私がゆきたいのはあの人のうちなのです。あの人の胸の中です」

●イメージ

抱き合うさと子と義彦。

仙吉(声)「おい、ガマ口、出してくれ」

●仙吉の家・縁側

柱を抱きしめているさと子。

ガックリする。

仙吉、出かけてゆく気配。

さと子の声「今のあたしは、逢《あ》いたいことを我慢するのが、逢わないのが、愛だと思っています」

●横丁

セカセカと歩いてくる仙吉。

出逢いがしらに門倉とぶつかりそうになる。

二人、アッとなりそれぞれ左右の路地にとび込む。

●路地

それぞれの路地をセカセカと小走りにゆく仙吉、そして門倉。

●四辻《よつつじ》

またバッタリ出逢ってしまう二人。

また泡《あわ》くって、うしろに引き返す。

●縁先

洗い張りをしているたみ。

張り板にのりをつけた布をのばし、しわのないように叩《たた》きながら、ふとその手がとまっている。

放心する。

茶の間から見ているさと子。

さと子の声「ぼんやりしているのは父だけではありません。母も同じです」

いきなり庭先から入ってくる君子。

アッと叫ぶ、たみ。

さと子「あ、おばさん」

いきなりうちの中に逃げ込もうとする、たみ。

君子すばやく白い割烹着《かっぽうぎ》の裾《すそ》をつかまえる。

たみ「(うしろ向きのまま) 奥さんすみませんが、このままお引き取りください。門倉さんとはおつき合いをやめたって主人――」

君子「(割烹着を摑《つか》んだまま、呟く) こういうとこが、門倉好きなのねえ」

たみ「え?」

たみの割烹着をつかんだまま言う君子。

君子「ここでいいの、このままでいいから、ちょっとはなし聞いてくださいな」
たみ「――奥さん、あたしはお目にかかりたいのよ。はなしたいこともあるんです。でも主人が――」
君子「――門倉、元気ないのよ。時々ぼんやりして――何いっても、上の空」
たみ「それは、うちの主人だって」
君子「それより――あたしがつまらないの」
たみ「――――」
君子「そりゃ、今までは、日曜っていうとお宅へ入りびたりだったし、夜だって閑《ひま》がありゃ水田さんさそって、どんちゃんさわぎしてたわ。ほかにも入りびたるとこ多い人だから、いつもあたしはおいてけぼり――。でもね、それはそれで――やきもちやいたり、ヒステリー起こしたり、ちょっぴり人を恨んだりしながら、暮してた――それがあたしの暮しだったのね。
この頃《ごろ》、たしかに、門倉うちにいるわ。でも、うちの居間やサンルームにころがっているのは門倉のぬけがらよ、死骸《しがい》よ」
たみ「――――」
君子「女はね、死骸と暮したってちっとも楽しくなんかないのよ。生きて、生き生きして、仕事して、もうけて――遊んでるあの人のほうが、ああ、あたしは、この人の女房だ。そういう実感があった……」

たみ「――」
君子「奥さん、あたしも老《ふ》けたでしょ」
たみ「(見る)」
君子「――おねがいします。ご主人にとりなして――どんなことがあったか知らないけど、前通りつき合ってやって下さいよ。ね」
たみ「奥さん――」
たみ、あねさまかぶりの手拭いをとり深々と頭を下げる。じっとみていたさと子、ハッとなる。
さと子「(呟《つぶや》く)そうだ、白い旗出さなくちゃ」

●庭

季節のささやかな草花。

●仙吉の家・表の路地

君子が出て来る。
門を出たところでハッとなる。
向うから禮子が、守を連れて歩いてくる。
禮子、上機嫌。

禮子「ボクの名前は？」
守「（生垣《いけがき》の垣根の葉っぱを千切《ちぎ》ったりしている）」
禮子「ボクの名前、どうしたの」
守「マモル！」
禮子「マモルだけじゃ迷子になったとき、おうち、帰れないよ。パパの名前は」
守「カドクラシュウゾー」
禮子「よく出来ました！」
守の帽子をかぶせ直して、ハッとなる。
ちょうどスレ違う君子の足がとまる。
禮子びっくりして帽子をおっことしてしまう。
君子、腰をかがめひろってやる。
泥《どろ》をはらって、守にかぶせる。しゃがんで、ゆっくりとひもを結んでやる。
君子「――お元気そうな、いい坊ちゃん――」
禮子「――おかげさまで……」
君子、守に笑いかける。
泣くような複雑な笑い。
そして、立ちあがると、会釈《えしやく》して歩み去る。
立ちつくす禮子。

水田家の門のところで、出ている白旗をとり込んでいるさと子、棒立ちになって、それを見ている。

●道（夕方）

ちょっとした盛り場。駅前の人波のなかを仙吉が歩いてくる。はげしい勢いでぶつかられる。老人（鉄次）である。ぶつかった勢いで鉄次は、よろけ、地面に尻《しり》もちをついてしまう。それでも、口だけはすこぶる達者《たっしゃ》。

鉄次「気、つけろい！」
仙吉「――――」
鉄次「どこ、目、つけて歩いてやがんだ」
仙吉「ぶつかったのはそっちのほう――。（呟く）おとっつぁん」
いいかけて、アッとなる。死んだ父、初太郎にそっくり。身なりはみすぼらしいが面《おも》差《ざ》しは生きうつし。
仙吉、手を差しのべる。
鉄次、はあはあと息を荒くしているくせにかたくなに拒む。
仙吉「ほら――」
仙吉、起してやる。
仙吉「大丈夫かい」

仙吉、はたいてやる。
仙吉「どこかでひと息、入れてったほうがいいよ」
目と鼻のところにおでんの屋台。

●屋台（夜）

おでんと酒を前に鉄次と仙吉。
鉄次、がつがつと食べる。いやしい手つきで、意地汚なく酒をのむ。
仙吉、その横顔をじっと眺《なが》める。
仙吉「あんた、生れは」
鉄次「生れは上州中郡《なかごおり》――」
仙吉「（くさるが）身よりはあるの」
酒をのむ仙吉。
仙吉「いやね、死んだおやじに面差しがそっくりなもんだから――ひょっとして故郷《くに》が同じかな、なんてねえ」
鉄次「目ン玉二つに鼻ひとつ、口がひとつと耳ふたつ。くくっていやあ、人間はみんな同じ顔だろよ」
仙吉「その通りだ。まあ、当分、日本人の顔も見納めなもんでね」
鉄次「――応召か」

仙吉「この年じゃ応召なんて年じゃないよ。薬の方やってンだけど、南方に支店が出来るんでね。そっちへやってくれって、あっちこっちかけ廻《まわ》ってさ、今日やっと決ったところ……」

鉄次「――日本で食いつめてかい」

仙吉「(問わず語りで、ポツンポツンとしゃべる) 友達がオレのカミさんに惚《ほ》れててねえ。いや、ありゃ、惚れたなんていっちゃ可哀《かわい》そうだ。『おもってる』『想《おも》ってる』ってやつだ。もちろん、そんなこと、おくびにも出しゃしない。カミさんの方も固い女で、あれも知ってて知らんプリだ。門倉ってンだけどね。こいつが、いい奴《やつ》でさ――ウマが合うっていうか、オレの方も親兄弟よか深いつき合いで来たんだが――突然、けんか売られてね。こっちも気がみじかいもんで、かっとなって絶交だとやったんだが――ハハ、あとで判ったよ――。門倉の奴、ここまでと思ったんじゃないかねえ。これ以上、気持が深くなったらとんでもないことになる――」

鉄次、ガツガツ食い飲む。

仙吉「今まで大事にしてきたものに汚点《しみ》つける――そう思って――」

鉄次「――」

仙吉「欲得離れた友達だったよ。あいつにゃ何でもいえた。あいつといるとけんかしてもたのしかった――。

一人でのむ酒は、酒じゃない。逢いたくってねえ――ハハ、ハハ。このまま、東京にいると、おたがい目と鼻のとこだ。危ないよ。こりゃ、自分の気持断ち切るためにゃ、遠くへゆかなきゃ――そう思ってさ」

鉄次「もういっぱい！」

仙吉「おい――」

鉄次「のろけ料だよ」

仙吉「おでん、二、三本、みつくろいで――（やってくれと合図）」

仙吉「まあ娘のほうも、つき合っちゃいけない相手に惚れてるんで、こっちのほうも一緒に引っぱってきゃ、四方丸く納まると思ってね」

鉄次「一挙両得ってやつだ」

仙吉「そういうこった」

鉄次「――男としちゃ、どっちが上だ？」

仙吉「え？」

鉄次「おめえさんと友達」

仙吉「あっちだね。男っぷり、金廻り。いや、人間としても、あっちの方がずっと上だな」

鉄次「女房はどっちに惚れてる」

仙吉「――五分五分――じゃないかな」

鉄次、笑う。

鉄次「男冥利《みょうり》だナ」
仙吉「だれが」
鉄次「(仙吉を指さして口ずさむ)〽酔っぱらった振りして、かっぱらったね」
仙吉「まだかっぱらわれてないよ。いや、あいつは、一生、かっぱらわないよ」
鉄次「お宝が入ってるから、手、出すンだよ」
仙吉「そら、そうだ(いい気持)」
鉄次「——南だか北だか知らねえけど、ゆくのよしなよ。懐《ふところ》抑え、抑え、油断しねえで暮すほうが面白《おもしれ》えぜ」
仙吉「うむ——」
鉄次「ごっつおさん」
　鉄次、フラフラと立ち上り、よろけて寄りかかってしまう。
仙吉「危ない——。気つけて行きなさいよ」
　鉄次、手を振ってよろよろしながら行ってしまう。
仙吉「——お宝が入ってるから手出すんだ——か。うまいこと言うねえ。たみの奴——お宝って柄《がら》かい——」
　やに下がる。
仙吉「おい勘定——」
　ポケットに手を入れてあっとなる。

　あちこちさぐる。
おでんや(主人)「?」
仙吉「紙入れ、やられた——」

●仙吉の家・縁側（夜）

　ガラス戸に向って大きくベロを出すさと子。
そのベロを噛《か》み切るマネをして、悲壮な顔をする。
そのまま、ガラス戸にうつしている。
　雨戸をしめようとした、たみが見とがめ、
たみ「なんて顔してンの、バカだね」
さと子「ベロって噛み切れるのかな」
たみ「え?」
さと子「舌、噛み切って死ぬっていうじゃない。タクアンより固いのかな。スジ肉くらいの固さかな」
　さと子、目で、言葉以外のものも、母親に訴えている。
たみ「バカなこと言うんじゃないよ。ベロなんてのはね、やわらかそうにみえるけど固いんだよ。歯でも折ったらどうするの」
さと子「——知識がないなあ。歯の方が丈夫なの」

たみ「ベロの方が丈夫なの」
さと子「お母さん（言いかけて）玄関、あいたんじゃない？」
たみ「え？」

●玄関

上りがまちにガックリして坐《すわ》っている仙吉。
たみ、さと子。
たみ「お帰りなさい——（言いかけて）お父さん——」
仙吉「バタビアへゆくことにしたぞ」
たみ・さと子「バタビア」
仙吉「ジャワに支店が出来るんだ。支店長としてゆくことにした」
たみ・さと子「——」
仙吉「お前たちも、一緒に来てくれ」
たみ・さと子「（小さく叫びにならない叫びを洩《も》らす）」
仙吉「（かぶせて）ただし——無理にとは言わん。気が進まないんなら、来なくても——
いい。東京へ残って——」
さと子「お父さん、あたし」
たみ「お待ち——（とめて）あたし、いきますよ」

仙吉「――」
たみ「夫婦ならあたり前でしょ。なに言ってンですか」
仙吉「たみ――」
たみ「こんなとこでハナシしたってほら、お父さん、あがって――。さと子、早く鍵《かぎ》（しめて）」
さと子、下へおり、鍵をしめかけてアッとなる。
くもりガラスの向うに夜目にも白くうつる男の背広姿。
さと子「あッ！　門倉（言いかける）」
仙吉「なにグズグズしてる。早く鍵しめないか」
さと子「だって門倉のおじさん」
仙吉「電気消すぞ。早く鍵！」
パチンと消し、仙吉わざと肩をそびやかして入りかける。
仙吉「おい、今晩、風呂、いいや」
たみ「――お父さん、待って！」
たみ、電気をつける。それから、裸足《はだし》で土間に飛び下り鍵をあけようとする。
仙吉「あけるな！　あけたら、離縁するぞ！」
たみ、あける。
門倉が立っている。

上がりがまちに立ち、うしろを向いた仙吉。
さと子。
たみ「──門倉さん。うち、こんど、バタビア──ですか、そっちへゆくんですよ」
門倉「──────」
たみ「遠いとこなんでしょ。当分──これっきり逢えないんだから──仇《かたき》同士じゃあるまいし、背中向けたまんま、さよならなんて、あたし、さびしいわ。二十何年、仲よくやってきたんじゃありませんか。せめて（絶句する）」
門倉「──水田。栄転、おめでとう……」
仙吉、うんうんとうなずく。
仙吉「──────」
門倉「あっちは暑いから、あせもと──マラリヤに気つけろ」
仙吉「お前も、軍需景気軍需景気で調子づくな。お前は調子づくと次必ずドカンとやられるんだから」
門倉「気、つける──じゃあ、元気で──」
門倉、たみとさと子を見る。あふれるようなものをこらえて──出てゆこうとする。
うしろ向きになっていた仙吉、
仙吉「待てよ」
門倉「──────」

仙吉「上って、いっぱいのんでけよ」
たみ「お父さん――」
門倉「――」
　さと子、とびつくように門倉をひっぱり上げる。

●客間

　仙吉と門倉に酒をつぐたみ。
　二人、グラスを合わせる。
　さと子、真中へ割り込むようにする。
さと子「おじさん、あたしを下宿させて」
仙吉「下宿」
さと子「東京に残りたいの」
仙吉「許さん。年頃《としごろ》の娘が一人で」
さと子「心配なら門倉のおじさんとおばさんに見張ってもらえばいいじゃないの」
仙吉「許さんぞ、そんな勝手は絶対に」
さと子「（ベロを出す）あたし、ベロ嚙むからね。いけないっていったら、本当にベロ嚙むから――」
　さと子、嚙もうとする。

たみ「さと子」
仙吉「バカ！」
門倉「よしなさい」

一同、折り重なってとめる。

義彦(声)「ごめん下さい」
さと子「あッ！　義彦さん！」

●玄関

立っている義彦。
さと子、仙吉、たみ、門倉。

義彦「召集令状がきました」
一同「――」
義彦「一週間後に入隊します」

さと子と義彦、じっとみつめ合う。

仙吉「――武運長久を――いのります」
義彦「ありがとうございます――」
仙吉「――」
義彦「では――」

義彦、一礼して、さと子をじっとみつめて出てゆく。
仙吉、何かを振り切るように奥へ入ってゆきかける。
たみ「お父さん――お酒かなにか、さし上げなくても（と入ってゆきかける）」
門倉「（さと子に）早く――追っかけて――」
仙吉とたみの足がとまる。
さと子「――」
門倉「今晩は一晩中、そばにいなさい」
仙吉「門倉――」
仙吉がふり向きかけるのを、たみが体でとめる。
さと子「――」
門倉「おじさんが、責任とる――早く――」
さと子「ありがとうございます」
門倉「さと子ちゃん。いま、一番綺麗《きれい》だよ」
フフと笑うが、さと子の目から大粒の涙がこぼれ落ちる。聞いている仙吉も、たみも、泣いている。
仙吉「（嗚咽《おえつ》がもれてしまう）」

●夜の道

目黒不動あたり。
電柱のかげにポッンと立っている男の影。義彦である。小さい影がころがるように走ってくる。そばに立つが息が切れて、ハアハア喘《あえ》ぐ。
さと子の背中をさすり、叩《たた》いてやる義彦。
義彦「息が切れるほど駈《か》け出すことないじゃないか」
さと子「一分一秒でも惜しいもの」
義彦「――――」
さと子「一人でいる時は、時間がゆっくりたつの。一緒にいると、時間たつの早いでしょ。時計が憎らしくて。あんなもの、誰が発明したんだろ」
義彦「――戦争を発明した奴《やつ》だろ」
さと子「死刑にしてやるぞ。ドン！」
言ってしまってから、アッとなる。
さと子「もとへ！　いまのなし！　いまの、冗談――」
義彦「大丈夫だよ。ぼくは、福引きとか、そういうのあたらないタチだから。鉄砲のタマもあたらないよ。大丈夫だよ」
さと子「ごめんなさい――」

義彦「大丈夫だよ」

義彦、泣いているさと子を抱きしめる。

二つの影が一つになって動かない。

●仙吉の家（夜ふけ）

万感こめて酒をのむ三人。

●義彦の下宿

抱き合う義彦とさと子。

ならんでねむる二人。

●仙吉の家（夜ふけ）

さと子の声「特高ににらまれて出征した人は、生きて帰れない――そう言う噂《うわさ》を聞いたことがありました。

この一晩を、私は一生だと思いました」

（間）

さと子の声「父は、多分、バタビアへは行かないと思います。

父と母と門倉のおじさんは、今までと同じように、暮してゆくにちがいありません」

夜があけてくる。
ねむる二人の男に夏がけをかけてやるたみ。
遠くから軍靴《ぐんか》の音。
小さな日の丸の小旗の波。
出征兵士のニュース映画が重なる。
ねむる二人の男の間で、じっと坐っているたみ。

あ・うん

NHK総合テレビ　ドラマ人間模様(4回連続)
1980年3月9日〜3月30日

■スタッフ

制作――小林　猛
演出――深町幸男
　　　　渡辺丈太
美術――鯛正之輔
　　　　小針　明
技術――吉村政明
　　　　斎藤政雄
効果――大八木健治
　　　　岩田紀良
照明――堀川二三男
　　　　藤田弘道
カメラ――小林正彦
　　　　吉野照久
音声――宮下謙佐
　　　　平野公一
記録――那須正尚

■キャスト

水田仙吉――フランキー堺
門倉修造――杉浦直樹
水田たみ――吉村実子
門倉君子――岸田今日子
水田さと子――岸本加世子
三田村禮子――池波志乃

＊

金歯――殿山泰司
イタチ――田武謙三
辻本研一郎――市山　登
梅子――伊佐山ひろ子
大友金次――上田忠好

＊

水田初太郎――志村　喬

続 あ・うん

NHK 総合テレビ　ドラマ人間模様(5回連続)
1981年5月17日〜6月14日

■スタッフ

制作――勅使河原平八
演出――深町幸男
　　　　加藤郁雄
美術――足立正美
　　　　斎藤利明
技術――安藤和夫
　　　　稲垣恵三
効果――大和定次
照明――福島輝雄
　　　　木下正雄
カメラ――白井政治
　　　　奥村重喜
音声――太田進潑
　　　　渡辺秀男
記録――久松有子

■キャスト

水田仙吉――フランキー堺
門倉修造――杉浦直樹
水田たみ――吉村実子
門倉君子――岸田今日子
水田さと子――岸本加世子
三田村禮子――池波志乃
＊
まり奴――秋野暢子
石川義彦――永島敏行
金歯――殿山泰司
イタチ――田武謙三
庄吉――今福将雄
タミ――野村昭子
＊
鉄次――志村喬
作造――笠智衆

附録

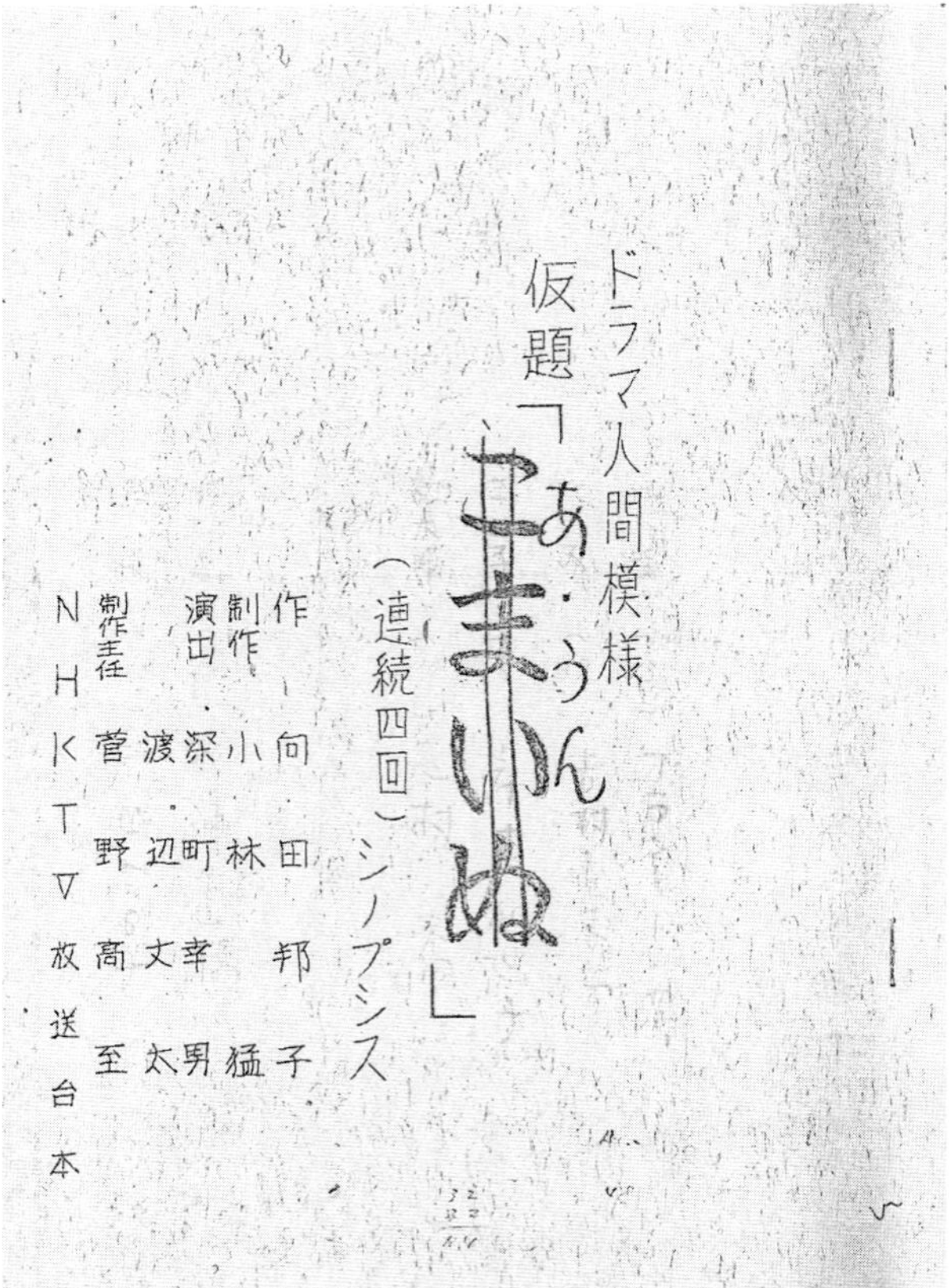
ドラマ人間模様
仮題「~~こまいぬ~~あ・うん」
（連続四回）シノプシス
作　向田邦子
制作　小林猛
演出　深町幸男・渡辺文太
制作主任　菅野高至
NHKTV放送台本

かごしま近代文学館所蔵

企画意図

教育勅語に「夫婦相和シ」「朋友相信ジ」とある。

この登場人物たちも、その通りに生きた人間である。

決して法(ノリ)を越えることはなかった。

修造とたみは、生涯、言葉に出して、好きだと言うことはなかったし、手を握ることもなかったろう。仙吉もそれを知っていたからこそ、友を信じ、妻を信じて、二人の男は、誰よりも強いきずなで結ばれて、生きていった。

だが、教育勅語や修身のページの表側で、このような、おかしい、かなしい、おもしろいものがなかったとはいえない。

男と女のドラマであり、二つの家の物語であり、日本のある時期の姿でもある。そんな作品を考えています。

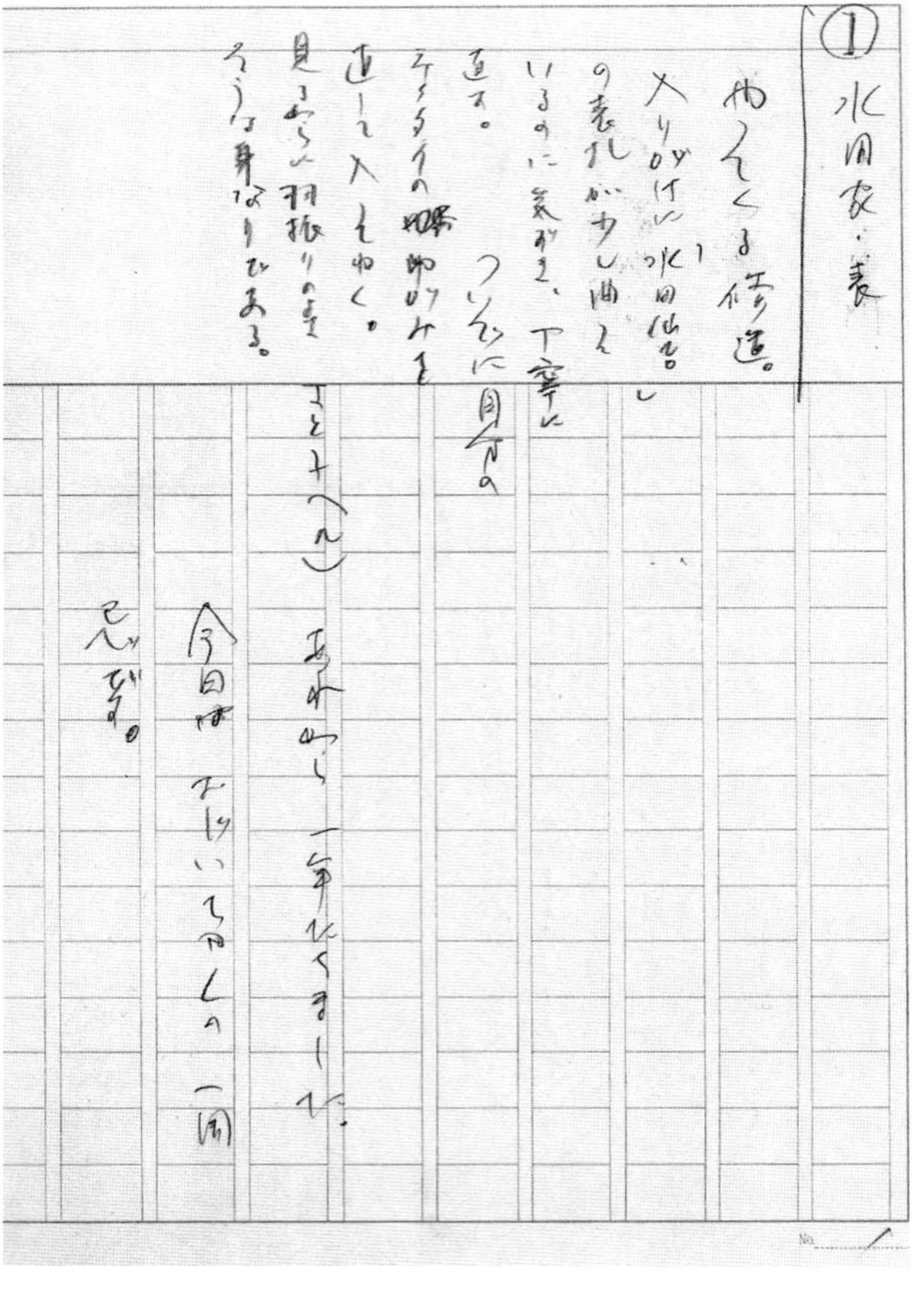
① 水田家・表

ゆるく登る坂道。
入りがけに水田仙吉の表札が少し曲って
いるのに気がつき、丁寧に
直す。 ついでに自分の
[illegible]の[illegible]をそろえて[illegible]
通して入ってゆく。
見るからに羽振りの良さそうな身なりである。

[illegible] あれから一年たちました。
今日は [illegible]の一周
忌だ。

✣手書き原稿1（「続あ・うん」冒頭、本書一九二、三頁）　かごしま近代文学館所蔵

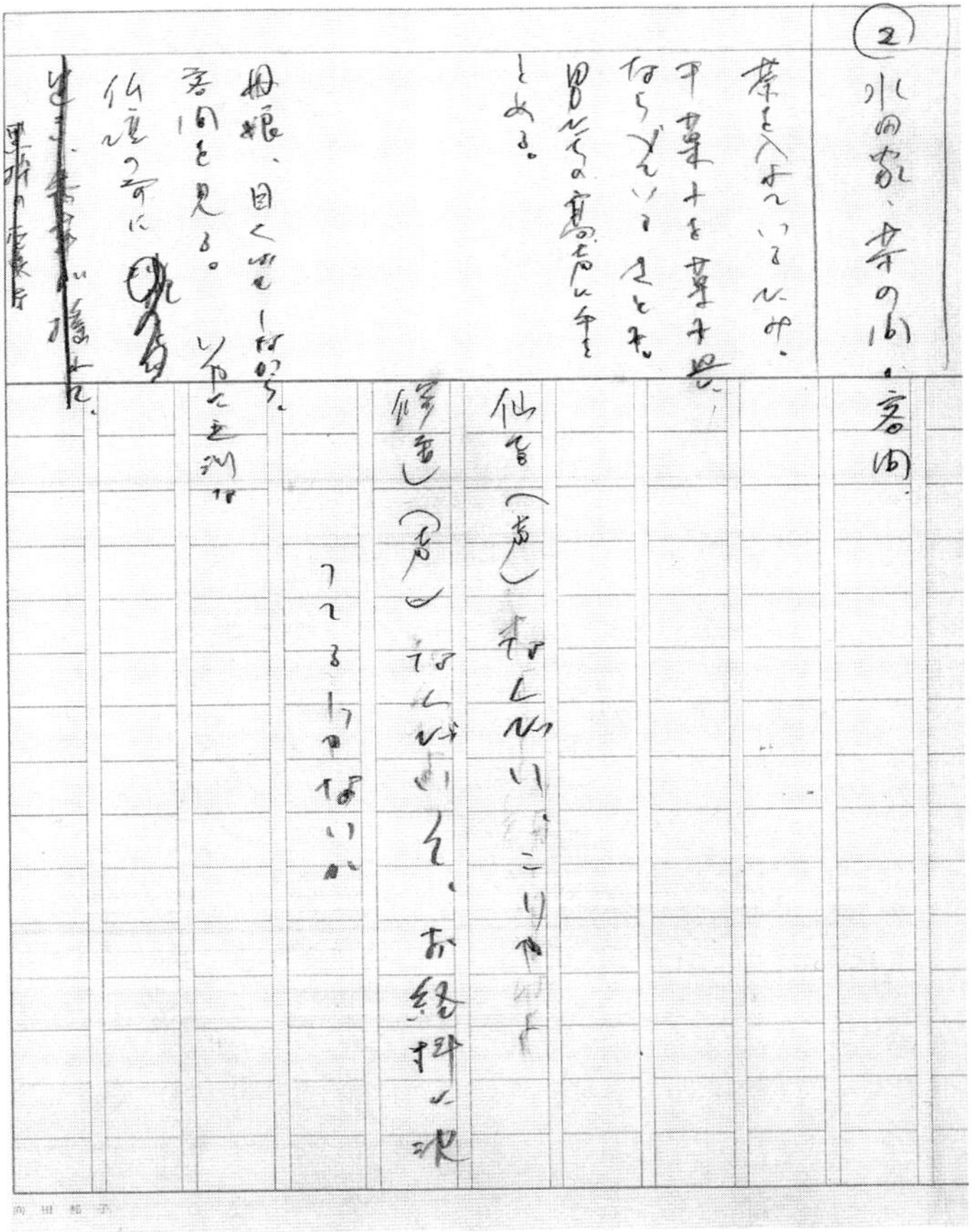
②
客間
茶を入れている
菓子を
さと子
とめる。
母親、目く
客間を見る。
仙吉（声）
修吉（声）
お経料

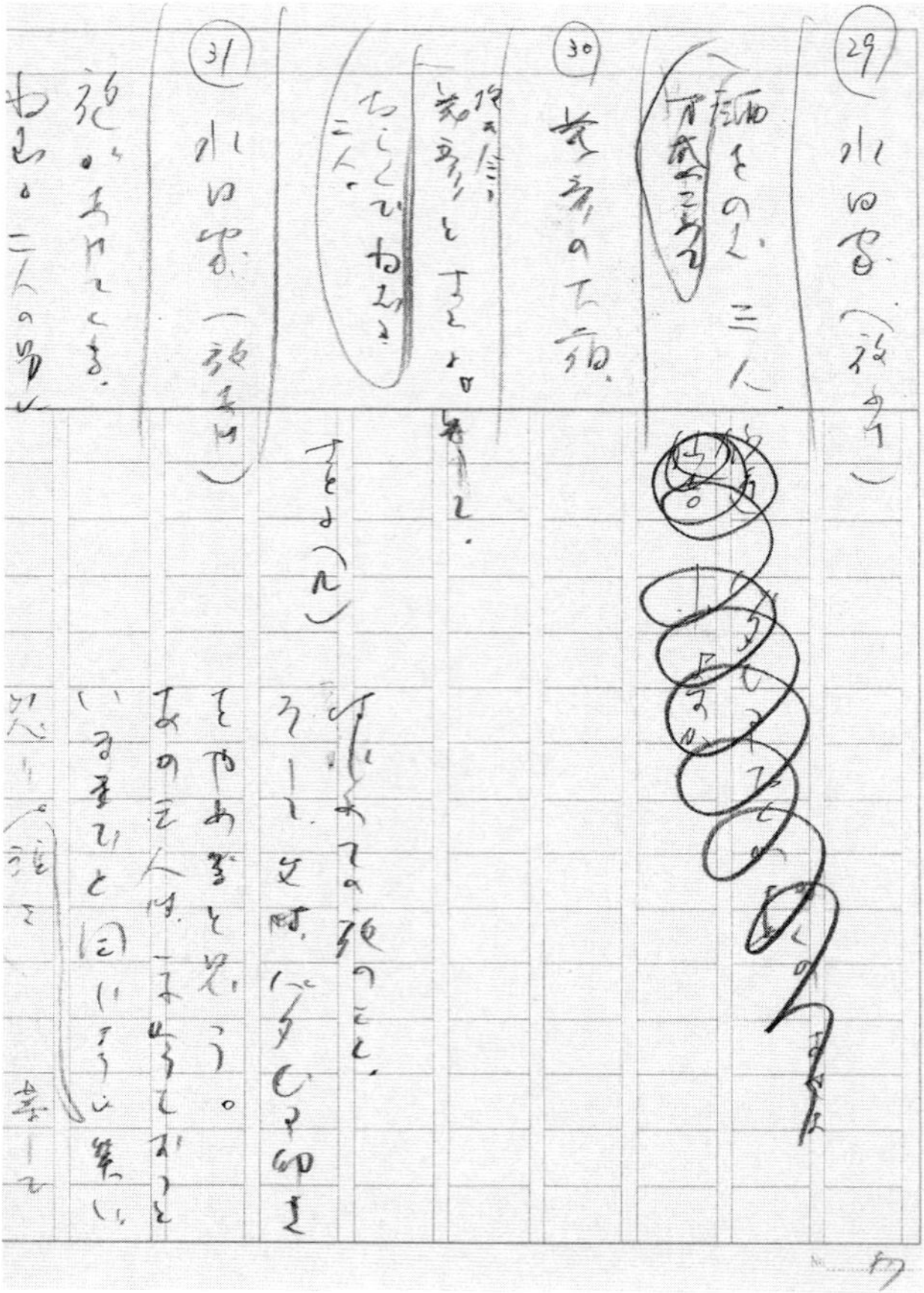

❖**手書き原稿2**（「続あ・うん」ラスト、本書四〇七、八頁）　かごしま近代文学館所蔵

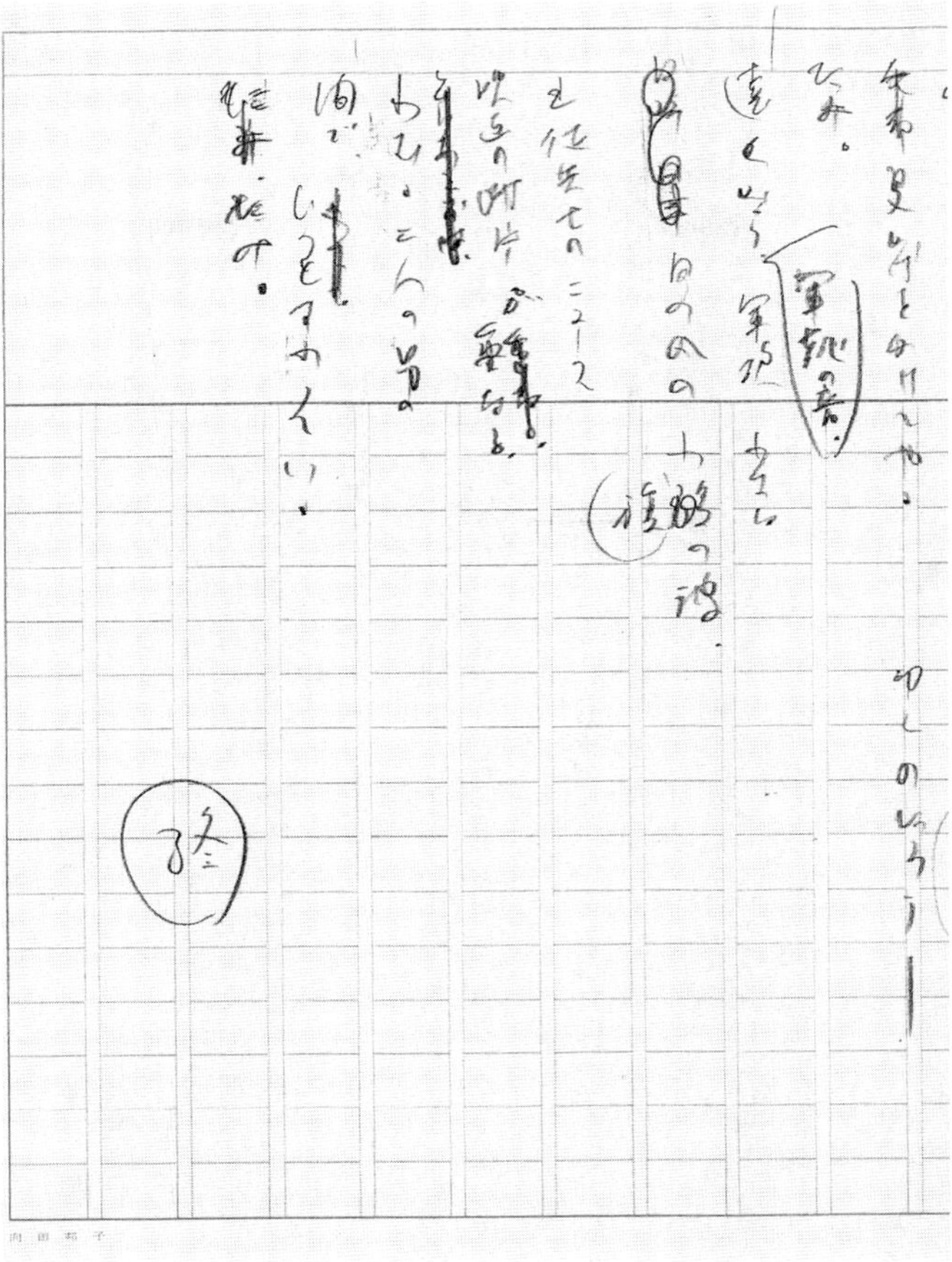
向田邦子

❖座　談

新春たれんと模様　一九八〇年元旦

倉本聰
橋田壽賀子
向田邦子
山田太一

いやな人の台本は書けない

——たとえば橋田さんのドラマでいえば、沢村貞子さんとか山岡久乃さんとか、常連みたいな人がありますね。だから皆さん、それぞれ好きなタレントがいるんじゃないかと思うんですが。

橋田　好きな人はたくさんいます。池内淳子さんも京塚昌子さんも奈良岡朋子さんも波乃久里子さんも長山藍子さんも松原智恵子さんも……。（笑い）

——それをしぼるのは難しいですか。

橋田　ええ、でもきらいな人はいるんです。きらいな人はいるけど一緒にお仕事してる人はみな好きです。いやな人だと書けなくなるんです。だから（局側から）最低限相談していただいて、ノーということはいいます。

向田　全く同じですね。もうこの人のものを書くぐらいなら転業したい、って思う人がいますよ。

——そういうのは、どんな感じの人なんですか。

向田　波長の問題かしら。

橋田　そうね。ウマが合わないんですね、要するに。わたしの本の色に合わない。イメージがわかないんですね。

向田　男の方、そういうことないですか。

橋田　山田さんは、いやだけど、がまんしてお書きになるタイプでしょう。

山田　好きになろうと努めるところはありますね。

橋田　私はがまんして書いててもやっぱり最後にダメになってしまう。何本かは、これは商売だと思って書いたこともありますけど、やっぱり書くと吐いたりする。つらいんですね。

倉本　ぼくも、きらいな人は絶対に拒否する。ただね、ぼくが好きな人でも、役者同士できらいというのがいるわけね。これは困る。

山田　ぼくはね、自分の好ききらいをあまり大げさに考えたくないという気持ちがあります。あまり自分の好ききらいを前に出すと、作品の世界が複雑にならない、広がらないいって気がする。

——倉本さんは、出演者の写真を置いてお書きになるそうですが。

倉本　ええ、写真を置くことありますね。そうしないと、その人のしゃべり言葉が出てこない。この人だったらこういうしゃべり方するだろうな、ということがあるんですよ。

――配役が決まってて書く方がイメージがわくんですか。

倉本　ぼくはそれじゃないと書けないですね。

向田　確かに、決まってない人の部分って、セリフが少ないですね。顔がないから、声がないから。

山田　ぼくもそうですね。主役数人は決まっていないと。

橋田　決まっていると、セリフや人物設定が違ってくるんですよ。

――そうしますとね、山田さんの今年(一九八〇年)の大河ドラマ(「獅子の時代」＝NHK)なんか菅原文太主演で売り出してますけど、その役者のイメージが登場人物のキャラクターを左右するということはありませんか。

山田　それはありますね。

倉本　ぼくの場合は、話のモデルから三分の一とってくると、役者から三分の二とってきますね。

橋田　私も、最初考えてたのと、変わってくることはありますね。

素人役者の名演にびっくり

――意外な人から名演技が飛び出すこともあるのでは。

山田　それは(「寺内貫太郎一家」＝TBS＝の)寺内貫太郎に尽きるんじゃないかな。

向田　小林亜星さんですね。あれは、(作者の)私にも意外でした。もう時効でしょうから話してもいいと思うんですが、あれ、最初は某大スターが予定されてたんです。ところが、企画書が書きあがったところで、スケジュールの理由でご破算になった。それでプロデューサーが「あの方(小林)でどうだろう」って。結局は引き受けたんですが、最初は本当にいやで。赤ちゃんを育てるようなもので、初めは這《は》えばいい、立てればいいとやってるうちに、結果的には私より大きくなってしまった。最後は、大好きになってしまいました。

橋田　(漫画家の)滝田ゆうさんもすごく味があってよかった。

向田　そういっちゃ失礼かもしれませんが、素人さんというのは、やはり最初の一本に尽きるという感じがありますね。

橋田　みんなが寄ってたかってダメにしちゃうんですね。せっかくいい面が出たのに。

向田　倉本さんがいくら上手に使っても、その次に〝おさがり〟で使うのはどうも敬遠しちゃうな。

倉本　ぼくはそうでもない。太一さんの番組を見てて、あれはいいと、おこぼれをちょうだいしてしまう。桃井かおりや坂口良子もそれですよ。

山田　倉本さんは、完全に自分のものにしてしまう。

倉本　うーん、まず、役者とつきあう期間が先行しますからね。そのまま使うのはいやだから、発酵させるために、どうしてもつきあっちゃう。そうすると、女優さんはぼくらを男性とは見ずにお医者さんと見てしまい、いろんなことをしゃべっちゃうわけですよ。恋愛関係みたいなことまで。それが、たとえばあの人(桃井)を書くときにすごくプラスになってる。ときどき、ずっと前にぼくに話した体験みたいなものをドラマの中にポーンといれちゃったりする。セリフの部分でも、あの人がしゃべってくれた言葉というのがすごく多いですよ。

「このセリフ言えません」

――役者さんが、私的な事情でセリフに注文をつけるようなことはありませんか。

橋田 いつか池内淳子さんとお仕事したとき、亭主に対する残酷なセリフを、私はいえないと泣いてがんばられて……。あわてて、スタジオに駆けつけて、これは池内淳子じゃなくて役の人物がいっているんだから、と説得したことがあります。

倉本 老人問題をテーマにしたドラマで、ぼくもある役者さんから、このセリフはかんべんしてくれと頼まれたことがあった。劇中で母親に対していうセリフを、お袋が(テレビを)見ているからと。ぼく自身、自分の母親が生きてる間は発表できなかった作品があった。この役者さんも、ぼくと同じ状況にあったんですねえ。

向田 私も自殺のシーンを書いたとき、タレントさんの身内に自殺なさった方がいた。ご本人は何もいわないんだけど、周りのプロデューサーたちが気をつかって、何とか変えてくれという。そのときは、どうしても譲れない設定だったのでカンベンしてもらいましたけど。

山田　テレビは役者の人柄がそのまま出るなんて言い過ぎた報いですね。その人の本質とかかわりない。実は悪人でも善人をやっているんだと言い出さなくちゃいけませんね。

——歌手でドラマやっても上手な人もいますね。

向田　演技力があるんですよ。歌を三分間で表現するというのは、演技してるんです。演技力がある人がたまたま歌手であったにすぎないんですね。

——「源氏物語」(TBS＝同年一月三日放送予定)の沢田研二は向田さんのアイデアですか。

向田　とんでもありません。沢田が決まって、私が決まったんです。

——この人で、この番組をっていう夢の企画はどうでしょう。

山田　冗談としてはいえますけど、本気の話をすると、すぐよそでやられちゃう。(笑い)

倉本　番組企画書にイメージキャストを入れるのも危ないんだ。

向田　私、関西の人ってだめなんです。イントネーションがわからないし、どうしても、東の人をお願いすることになりますね。

山田　僕は東京の人間だけど、藤田まことさんなんか出てもらいたい。

橋田　山田さんの「獅子の時代」の菅原文太さん、すばらしいひとらしいけど、茶の間には向かないんじゃないかしら。映画の画面でキャラクターが生きる人で……。

山田　ほんとうにいい人です。余りくさささないで下さい。(笑い)

メークに凝る人はだめね

――好きなタレントということではどうでしょう。

山田　倉本さんと競合するかも知れないけど、八千草薫さん。

倉本　そうね、僕も八千草さん。それから、興味ある人を挙げましょう。山田五十鈴さん。山田さんと三益愛子さんね。山田さんで何か発想してみたいってことです。

山田　夢っていう訳じゃないけど、吉永小百合さんとやってみたい。「衝動殺人」見てすごくよかったですね。きれいで……。

向田　あの人、メークしないところが好きですね。

倉本　本命がいるんだ。出ないだろうけど、書いてみたいのは芦川いづみさん。日活にいた女優さんで、小百合ちゃんも、松原智恵子も、芦川さんの影響をものすごく受けている。彼女がどういう老け方してるか興味ありますね。

橋田　私が好きなのは前田吟さん。私の番組、あの人でどんなに救われているかわからない。あのいやらしい番組を面白く見せてくれる……。自分で工夫して来て下さるし、二枚目じゃないところがいいでしょ。

向田　一人を挙げなくっちゃならないとしたら、根津甚八さんにね、二・八枚目をやらせたいですね。もう一人挙げるなら緒形拳さん。

橋田　女の出席者には男の人を選んでもらったと書いといて下さいね。じゃないと、女優さんに申し訳ない。私のドラマは女優さんに支えてもらってるんですから。

倉本　いや、困っちゃうんだよな。たとえば、(高倉)健さんていえば男優はだれも文句いわない。八千草さんていえば、女優さんから文句は出ない。それ以外で、まじめに答えるのは、やりにくい。

――新人に望むことってありますか。

向田　女性についてですけど、きれいであろうと思わないこと。メーキャップに凝ろうなんて詰まらないことですよ。死んでゆく人が目ばりを入れてたり、出家した尼将軍がつけまつげをしてたり。それは、それでいいけど、客にさとらせ、心を冷えさせるってことはメークが下手なんですね。女性を使う際は、メークをしない人って条件にしようと思ってるんです。

倉本　そうだね、最近の向こうの女優は、ジェーン・フォンダとかは、しわをかくしもせず出てくるんだな。日本のは、二十代の美しさを保とうとするから、ドーランを塗って、ということになる。

向田　この五年ぐらい、目ばりは濃くなり、つけまつげは長くなる一方ですよ。

橋田　逆なんですけど、松原智恵子さんに、つけまつげをするなって演出家がいったら「いえ、これ自前です」っていってました。(笑い)

(『朝日新聞』一九八〇年一月一日)

解題　「あ・うん」のころ

昭和三十三(一九五八)年を、日本のテレビドラマ元年とすることに異を唱える人はいないだろう。

東京タワーの完成ふた月前の十月、フランキー堺主演「私は貝になりたい」(KRテレビ)が放映され、この一作で、テレビドラマは「電気紙芝居」と軽視される存在から、映画や本と同じような人間の生きる糧《かて》になりうる茶の間の娯楽へと、劇的な進化を遂げたのだ。

同じ昭和三十三年十月、向田邦子がシナリオライターとしてテレビドラマの世界にデビューする。「ダイヤル110番」(NET)第五十五回「火を貸した男」、放映日昭和三十三年十月七日。この一致を偶然という一言でかたづけることはできない。

向田邦子もフランキー堺も同じ、昭和四年生まれである。

昭和三十三年当時、向田は、雄鶏社で「映画ストーリー」の編集者として働きながら、ラジオの構成シナリオなどを書いていた。シナリオを書き始めた動機は、「一話書くとスキーに一回行けた」からである。「冬になると季節労働者のように書いていた」とのちに向田は語っている。

そのころの映像はほとんど残っていないが、昭和三十年代には、「ダイヤル110番」も収載されている集英社の『テレビ漫画文庫』全二十三巻をはじめ、付録漫画などでテレビドラマを原作としたマンガ作品が多数発刊されており、当時の熱気を今に伝えている。

デビューから二十余年後、向田邦子は、フランキー堺に自ら電話をした。「あ・うん」への出演交渉、深夜の電話だったという。同い歳で向田家ゆかりの地鹿児島生まれのフランキーに、向田は父の面影をみたのだろうか。「父に似ている」と向田に言われたとフランキーがのちに述懐している。

「あ・うん」は、向田邦子という類まれな才能の持ち主が、テレビと活字の世界で頂点をきわめ成熟期に入ったときの作品ということができる。

この作品で向田は、プロデューサー的動きを試みているようにみえる。メディアミックスという言葉が人口に膾炙《かいしゃ》する前に、向田は、一人でテレビ台本と小説原稿とを書き上げ、テレビと書店で同時に世に送り出しているのだ。

その間の仕事の密度はまさに驚異的だ。

昭和五十五(一九八〇)年一月、原作ありきのドラマ作りを滅多にしなかった向田がTBSから独立した久世光彦のために書いた沢田研二主演「源氏物語」(TBS)と、「阿修羅のごとくⅡ」(NHK)放映。二月、初の短編小説「思い出トランプ」(「小説新潮」)連載開始。三月五日、小説「あ・うん(狛犬〜やじろべえ)」(「別冊文藝春秋」)掲載。

三月九日から三十日、「あ・うん」(NHK)放映。五月三十日、「あ・うん」「阿修羅のごとく」「源氏物語」などの創作活動に対してギャラクシー賞奨励賞を受賞。七月十七日、連載中の短編「花の名前」「犬小屋」「かわうそ」で直木賞受賞、三十日「幸福」(TBS)放映開始。八月、『無名人仮名人名簿』(文藝春秋)発刊。十一月には三浦友和・山口百恵の披露宴に出席し、十二月、単行本『思い出トランプ』(新潮社)発刊、大晦日には紅白歌合戦の審査員になる。紅白の司会者は、紅組が歌番組「ザ・ベストテン」で人気絶頂だった黒柳徹子、白組は山川静夫。初出場に松田聖子、田原俊彦などがいた。

翌五十六年一月、「蛇蝎のごとく」(NHK)放映。二月、三月にはニューヨークでロケハン。五月、「隣りの女」(TBS)放映。

五月十七日から「続あ・うん」(NHK)放映開始。

その三日後の五月二十日、単行本『あ・うん』(文藝春秋)発刊。

六月一日には小説「あ・うん(四角い帽子~四人家族)」(「オール讀物」)発表——。

「続あ・うん」の最終回「送別」が放映されたのは昭和五十六年六月十四日。向田邦子作の新作テレビドラマ放映は、この日曜日の夜が最後となった。

本書の編集過程で発見されたドラマの制作秘話のひとつに、タイトル案の変遷がある。かごしま近代文学館に所蔵されているシノプシス(制作用あらすじ)によると、当初このドラマのタイトルは「こまいぬ」とされていた。保存されているシノプシスは二種類あり、表紙に大書されたタイトル「こまいぬ」が棒線で消され、「あ・うん」と手書きで書きかえられているものと、タイトルが「あ・うん」とされているものと、二種がある。

また、ドラマ制作の発端は、昭和五十三年十一月に発刊された初の単行本『父の詫び状』がベストセラーとなったことにある。

その本を原作としたドラマを書いてほしいという演出家の申し出を、「家族の迷惑になりますから」と向田がやんわりと断った。その延長線上で、向田はオリジナル台本の「あ・うん」を書き、小説としても成功させた。

昭和の歴史、とくに戦前戦中の庶民感覚を文学全集のような形式で後世に伝えようとする時、真に残すべき作品は少ない。

向田は「あ・うん」で、娘が嚙むたくあんの音から、山本五十六の名の読み方のうろおぼえ、見会いの席上の空気まで、戦前戦中の音、匂い、空気を、ユーモアと皮膚感覚を、そして昭和人の正義感と性とを、家庭人の目線から背伸びすることなく活写した。

シナリオと小説とによる「あ・うん」は、向田ドラマと昭和を代表する名作文学として、その輝きはあせることなく発光し続ける。

テレビドラマの平均視聴率は一六パーセント、最終回は二二パーセントを記録(ビデオリサーチ調べ・関東地区)。本シナリオ集が発刊されるまでの小説『あ・うん』の単行本、文庫本の累計発行部数は百万部に近い。

文中敬称略　(烏兎沼佳代)

〈編集付記〉

差別等にかかわる表現については、時代性や著者が故人であることを考慮し、そのままとした。

協　力　Ｂｕｎｋｏ／ままや
編集協力　烏兎沼佳代

この作品は一九八七年六月、大和書房から刊行された。

向田邦子シナリオ集 I
あ・うん

2009年4月16日　第1刷発行
2021年3月15日　第3刷発行

著　者　向田邦子《むこうだくにこ》

発行者　岡本　厚

発行所　株式会社　岩波書店
〒101-8002 東京都千代田区一ツ橋 2-5-5

案内 03-5210-4000　営業部 03-5210-4111
https://www.iwanami.co.jp/

印刷・精興社　製本・中永製本

© 向田和子 2009
ISBN 978-4-00-602144-3　　Printed in Japan

岩波現代文庫創刊二〇年に際して

二一世紀が始まってからすでに二〇年が経とうとしています。この間のグローバル化の急激な進行は世界のあり方を大きく変えました。世界規模で経済や情報の結びつきが強まるとともに、国境を越えた人の移動は日常の光景となり、今やどこに住んでいても、私たちの暮らしは世界中の様々な出来事と無関係ではいられません。しかし、グローバル化の中で否応なくもたらされる「他者」との出会いや交流は、新たな文化や価値観だけではなく、摩擦や衝突、そしてしばしば憎悪までをも生み出しています。グローバル化にともなう副作用は、その恩恵を遥かにこえていると言わざるを得ません。

今私たちに求められているのは、国内、国外にかかわらず、異なる歴史や経験、文化を持つ「他者」と向き合い、よりよい関係を結び直してゆくための想像力、構想力ではないでしょうか。

新世紀の到来を目前にした二〇〇〇年一月に創刊された岩波現代文庫は、この二〇年を通して、哲学や歴史、経済、自然科学から、小説やエッセイ、ルポルタージュにいたるまで幅広いジャンルの書目を刊行してきました。一〇〇〇点を超える書目には、人類が直面してきた様々な課題と、試行錯誤の営みが刻まれています。読書を通した過去の「他者」との出会いから得られる知識や経験は、私たちがよりよい社会を作り上げてゆくために大きな示唆を与えてくれるはずです。

一冊の本が世界を変える大きな力を持つことを信じ、岩波現代文庫はこれからもさらなるラインナップの充実をめざしてゆきます。

（二〇二〇年一月）

岩波現代文庫［文芸］

B313
惜櫟荘の四季
佐伯泰英

惜櫟荘の番人となって十余年。修復なった後も手入れに追われ、時代小説を書き続ける毎日が続く。著者の旅先の写真も多数収録。

B314
黒雲の下で卵をあたためる
小池昌代

誰もが見ていて、見えている日常から、覆いがはがされ、詩が詩人に訪れる瞬間。詩人は詩をどのように読み、文字を観て、何を感じるのか。〈解説〉片岡義男

B315
夢十夜
夏目漱石原作
近藤ようこ漫画

こんな夢を見た――。怪しく美しい漱石の夢の世界を、名手近藤ようこが漫画化。描き下ろしの「第十一夜」を新たに収録。

B316
村に火をつけ、白痴になれ
伊藤野枝伝
栗原康

結婚制度や社会道徳と対決し、貧乏に徹しわがままに生きた一〇〇年前のアナキスト、伊藤野枝。その生涯を体当たりで描き話題を呼んだ爆裂評伝。〈解説〉ブレイディみかこ

B317
僕が批評家になったわけ
加藤典洋

批評のことばはどこに生きているのか。その営みが私たちの生にもつ意味と可能性を、世界と切り結ぶ思考の原風景から明らかにする。〈解説〉高橋源一郎

岩波現代文庫［文芸］

B318
振仮名の歴史
今野真二

「振仮名の歴史」って？　平安時代から現代まで続く「振仮名の歴史」を辿りながら、日本語表現の面白さを追体験してみましょう。

B319
上方落語ノート　第一集
桂米朝

上方落語をはじめ芸能・文化に関する論考・考証集の第一集。「花柳芳兵衛聞き書」「ネタ裏おもて」「考証断片」など。〈解説〉山田庄一

B320
上方落語ノート　第二集
桂米朝

名著として知られる『続・上方落語ノート』を文庫化。「落語と能狂言」「芸の虚と実」「落語の面白さとは」など収録。〈解説〉石毛直道

B321
上方落語ノート　第三集
桂米朝

名著の三集を文庫化。「先輩諸師のこと」「不易と流行」「天満・宮崎亭」「考証断片・その三」など収録。〈解説〉廓　正子

B322
上方落語ノート　第四集
桂米朝

名著の第四集。「考証断片・その四」「風流昔噺」などのほか、青蛙房版刊行後の雑誌連載分も併せて収める。全四集。〈解説〉矢野誠一

2021.3

B323
可能性としての戦後以後
加藤典洋

戦後の思想空間の歪みと分裂を批判的に解体し大反響を呼んできた著者の、戦後的思考の更新と新たな構築への意欲を刻んだ評論集。〈解説〉大澤真幸

B324
メメント・モリ
原田宗典

死の淵より舞い戻り、火宅の人たる自身の半生を小説的真実として描き切った渾身の作。懊悩の果てに光り輝く魂の遍歴。

B325
遠い声
―管野須賀子―
瀬戸内寂聴

大逆事件により死刑に処せられた管野須賀子。享年二九歳。死を目前に胸中に去来する、恋と革命に生きた波乱の生涯。渾身の長編伝記小説。〈解説〉栗原　康

B326
一〇一年目の孤独
―希望の場所を求めて―
高橋源一郎

「弱さ」から世界を見る。生きるという営みの中に何が起きているのか。著者初のルポルタージュ。文庫版のための長いあとがき付き。

B327
石の肺
―僕のアスベスト履歴書―
佐伯一麦

電気工時代の体験と職人仲間の肉声を交えアスベスト禍の実態と被害者の苦しみを記録した傑作ノンフィクション。〈解説〉武田砂鉄

岩波現代文庫［文芸］

B328
冬の蕾
—ベアテ・シロタと女性の権利—
樹村みのり

無権利状態にあった日本の女性に、男女平等条項という「蕾」をもたらしたベアテ・シロタの生涯をたどる名作漫画を文庫化。〈解説〉田嶋陽子

B329
青い花
辺見庸

男はただ鉄路を歩く。マスクをつけた人びとが彷徨う世界で「青い花」の幻影を抱え……。災厄の夜に妖しく咲くディストピアの〝愛〟と〝美〟。現代の黙示録。〈解説〉小池昌代

B330
書聖王羲之
—その謎を解く—
魚住和晃

日中の文献を読み解くと同時に、書作品をつぶさに検証。歴史と書法の両面から、知られざる王羲之の実像を解き明かす。

B331
霧の犬
—a dog in the fog—
辺見庸

恐怖党の跋扈する異様な霧の世界を描く表題作ほか、殺人や戦争、歴史と記憶をめぐる終わりの感覚に満ちた中短編四作を収める。終末の風景、滅びの日々。〈解説〉沼野充義

2021.3